絵描き令嬢は元辺境伯の愛に包まれ
スローライフを謳歌する

CHARACTERS
クイーン
白銀金眼の飛龍。
気位が高く、
人間の好き嫌いが
はっきりしている。
オリオン・ディヴィス・ホワイトディア
どんな行動にも余裕がある、
老齢の元辺境伯。
若い頃の戦果で王国の英雄でもある。
アメリアと婚約し、庇護下に置く。
アメリア・フォルトス・ローズハート
男爵令嬢。人間に興味がなく、
感情の起伏が乏しい。
絵を描いている時は神々しく、
第三者が神聖さすら感じる
雰囲気を纏う。

ラファエル
アメリアの元を
訪れていた画商。
彼女の状況を知り、
オリオンに
保護を要請する。
アンタレス・エーデルハイム
・ホワイトディア
ホワイトディア辺境伯の子息。
オリオンの婚約を祝いに訪れ、
アメリアの絵に惹かれる。
ミモザ・ホワイトディア
アンタレスの妹。
兄と共にバラリオスに来訪し、
アメリアに妹のように懐く。

序章

アメリアはローズハート男爵家の長女として生まれた。

ローズハート家は王国のやや北寄りに領地を持つ貴族である。特別裕福でもなければ特別貧しくもない、男爵家としては極めて平均的な力の、御家騒動や貴族同士の派閥争いとは無縁の家だった。

――そう、だった、だ。

アメリアの母は子爵家から嫁いできた女性だった。両家は領地が近く、同年代の子供がおり、同じ派閥に所属している。益もないが損もない、親しい下位貴族同士の結婚だった。

結婚して二年後、ローズハート家でよく見る赤い髪と、母の翡翠色の目を受け継いだ女児――アメリアが生まれた。

娘だからと落胆されることはない。若い夫婦のことだ、いずれ跡取りの男の子も生まれるはず。そうすれば両親と子供たちは、歴代のローズハート家の人間と同じように、小さい領地を穏やかに治めていくだろうと、思われていた。

しかし、アメリアの母は出産から三年後――彼女が物心ついた頃に馬車の事故で他界した。

そして、それからまた三年後――アメリアが六歳の時、父は新しい妻を屋敷につれて来た。四歳になる、少女と共に……

跡取りの男児がいない以上、まだ若く、貴族である父が後妻を娶《めと》るのはしかたのないことだ。問題なのは、父が後妻と共につれて来た少女の実父だった点だ。少女とアメリアの年齢差は二歳。浮気の末に生まれた庶子だというのは明白だった。

ローズハート家には温厚な人間が多い。それはつまり、波風を立てるのを嫌う気質ということだ。アメリアの父の不貞を好意的に見る者はいなかった。だが跡取りもおらず、正妻も亡くなっている以上、再婚を反対されることはない。いくつかの小言を頂戴しただけで、後妻と異母妹は、ローズハート家の人間となった。

「ここにあんたの居場所なんてないのよ」

けれどそれは、アメリアに家族ができたということではない。

「世界のどこにだってないでしょうね。だって、あんたは人間に興味ないんだから。誰も、自分に興味がない人となんて、一緒にいたくないわ。わかる？　人間はひとりじゃ生きていけないから、他の人間のことが気になるようにできてるの。そういう生き物なの。だから、他人に興味も感情も向けないあんたは、欠陥品よ」

そう言った少女は——

第一章　絵描き令嬢は北の大地を踏む

時は流れて十四年後。アメリアは二十歳になった。

彼女は五年前から父や義母、異母妹がいる王都を離れ、ローズハート男爵領で暮らしている。

冷遇されて追いやられたわけではない。不貞を働いて子供を作る最低男でも、その本質は温厚でおとなしいローズハート家の気質だ。では義母に追い出されたのかといえば、そうでもない。良くも悪くも義母はアメリアに関わろうとしなかった。

アメリアは十五歳の時、自らの意思で家を出た。貴族の子女は十六歳になる年の春、王立学園への入学が許可される。在学は任意とされるが、ほとんどの子女は学園に籍を置く。アメリアは入学せず領地へ下がることを選んだ。

王都のタウンハウスを出て領地で暮らすと言った彼女を、父は止めなかった。

冷遇されていたわけではないが、ついぞ家族に馴染《なじ》むことができなかった。同じテーブルで食事を囲んでも家族の話に入れない。何か言わなければと口を開いた瞬間には沈黙が流れる。上手く交われないまま、気づけば時間だけが過ぎていた。

関わることはできないが、アメリアは周囲の様子をよく観察する子供だった。十歳になる頃には家の事情や自分の立場をほぼ完璧《かんぺき》に理解しており、離れる決断をするのに迷いはなかった。

男爵領で自由気ままに暮らすこと、五年。

二十歳となり、結婚適齢期を逃しつつあるアメリアに、次の決断をすべき時が迫っている。

「はあ、今、なんとおっしゃいました？」

困惑した男の声だ。

領内にある小さな森の中――やわらかな陽光が差し込む湖の傍らで、アメリアは絵を描いていた。作業の邪魔にならないように真っ赤な髪は後ろでひとつにくくり、絵の具で汚れたエプロンを身につけている。澄んだ翡翠色の目は森が描かれたキャンバスに向けられていて、背後にいる男を映していない。

切り株に腰を下ろした男は年かさだが、老人というには若々しい雰囲気を纏《まと》っている。そこはかとない気品を漂わせ、困惑した顔をしながらもどことなく優雅な物腰だ。

「ええ、だからね、ラファエルさんのところで雇ってもらえないかって聞いたの。そう遠くないうち……だいたい、半年以内に」

「僕の耳が耄碌《もうろく》していたわけではないようですね」

「耄碌って、そんな歳でもないでしょう？」

「もう六十三ですよ。お嬢様にしてみればジジイもいいところです」

「そんな風に思ったことはないけれど、実の祖父より頼りにしているわ。だからこそ雇ってもらえないか頼んでいるのよ」

くすくす笑いながらもアメリアの目は前を向いている。

「僕は一介の画商にすぎません」

「優秀な、画商でしょう？」

「まあ、そうですね。見る目はあると自負しています。けれど僕は店を構えているわけではありませんし、各地を放浪して買いつけをする業態です。雇用も何もありませんよ」

「その放浪に同行できないかしら？」

「男爵家のお嬢様が、ですか？」

「ええ。男爵家のお嬢様が、よ」

軽い声音で話してはいるが、アメリアは本気だった。

半年以内に家から除籍してもらい、平民として生きていくつもりだ。下位とはいえ、貴族の娘が平民になるのは大変だということくらい理解している。覚悟の上での願いだった。

絵筆を動かし、パレットから絵の具を取ってキャンバスに置いていく。背後から向けられる視線が少し気になった。

(集中できていないわね)

アメリアはひとりごちた。集中できている時は、視線はもちろん声すら聞こえない。何を考えなくても手が動き、筆がキャンバスを走った。自我や意識が希薄になり、浮上した頃には絵が仕上がっている。集中できている時は、そんな感覚だ。

小さく息を吐き、筆とパレットを傍らの小さな台に置いた。エプロンを外しながら振り返ると、ラファエルと視線が絡んだ。

「お嬢様は何をどうして、その考えに至ったんです？」

「次の冬が終わる頃、異母妹とその婚約者が学園を卒業するの。あと九か月くらいかしらね。それまでに男爵領から離れないと。余裕をもって、半年以内には身辺を整理したいわ」

「何故アメリア様が出て行く必要があるのでしょう？」

「だって、ここはふたりが受け継ぐ領地だもの。いずれ視察にも来るでしょうし、もしかすると定住するかもしれない。そうなったら、もうここにはいられないわ」

「後継者問題ですか」

「問題にすらならない。結論は最初から出ていたの」

「この国では男児がいない場合、家督は長子相続が通例では？」

「わたしが籍を抜けば、長子は異母妹よ。そもそも、領主としての仕事や社交が、自分に向いているとは思えないもの。もっとも、身近な人間である家族とすら上手くやれなかったのよ。根本的に人と関わる才能がないの」

「おや、悲しいことをおっしゃいますね。まるで僕とお嬢様は関係を築けていないと言われているようです」

ラファエルは、およよ……と、流れてもいない涙を拭《ぬぐ》う。

お茶目な老人にアメリアは肩を竦《すく》めながらも笑みをこぼした。

「ラファエルさんは特別よ」

「特別ですか。社交辞令でも嬉しいですね」

「そんなのじゃないわ。わたしは絵を描くことしかできないけど、あなたはその絵に価値をつけてくれる。ラファエルさんがいなかったら、わたしは一ベルにもならない絵を、ただ趣味で描いているだけの小娘でしかなかったわ」

ラファエルと出会ったのは、ローズハート領に下がってしばらくした頃のことである。その頃の彼女はキャンバスやイーゼル、絵の具、パラソルなどの道具を背負い、絵を描く場所を探して領内を歩き回る日々を送っていた。

緑豊かな農耕地を一望できる小高い丘をひいこら言いながら登り、絵を描く支度をしていた時、ここで描かれるのですか、と声をかけられたのが最初だ。アメリアはぎこちなく返事をしてから、絵を描き始めた。

ラファエルが後ろから見ているのには気づいていた。会話はない。アメリアは彼がすぐ立ち去ると思い、キャンバスに集中した。

夕暮れの時間が訪れて集中が切れた頃、後ろを振り返った彼女はギョッとした。すぐいなくなると思っていたラファエルが、予想に反してその場にいたのだ。それも真剣な顔をして——

そこからはとんとん拍子に話が進んだ。

ラファエルは自身が画商だと告げ、アメリアの絵を専属で取り扱いたいと申し入れてきた。初対面の相手だが、彼女は自分が描いた絵を、それ以上どうすることもできない。だからラファエルの申し入れを承諾した。彼は嬉々として屋敷に眠っていたアメリアの絵を数点選ぶと、その足で男爵領を去った。

趣味で描いていた絵だ。安く買い叩かれようが、騙《だま》されて持ち逃げされようがかまわなかった。

しかしこれまた予想に反し、半年後、ラファエルは再びローズハート領へやって来た。平均的な規模の男爵家の娘が見たことないほどの、大金を持って――

あまりに莫大な金を前にアメリアは悩んだ。どうすればいいのかわからず、結局、絵を描くのに必要な分だけを差し引いて、残りの金の管理はラファエルに任せることにした。

潔いと言えば潔いが、不用心と言えば不用心。あっさりとその判断を下してしまうところも、自分に領主は向かないと思う要因のひとつだ。

「お嬢さんは、僕が絵に価値をつけていると思っているんですか？　だとすればそれは買《か》い被《かぶ》りすぎですよ」

「そんなことはないと思うけれど……」

「元々価値がないものに、価値をつけることはできません。お嬢さんの絵が売れるのは、それだけ価値のある、魅力的な作品だからです」

「ありがとう……でも雇ってはくれないの？」

「絵を描く才能や芸術への審美眼と、作品の売買を成功させる商才は、全て別のものですからねえ」

人生の先達であるラファエルが言う意味は理解できる。だからアメリアは「それもそうね」と返し、それ以上食い下がらなかった。

生まれてからずっと、彼女はたくさんのものを手放してきた。家族の情も、貴族の長子としての権利も、友人を作ることも……小さなものから大きなものまで、数えきれないほどに。

そんな彼女が唯一手放せないのが、絵を描くことだ。

「画家として生きるつもりはないのですか？」

「女画家の絵は売れないわ」

王国の芸術家は男の世界である。国立の芸術学園にも、協会にも、女性が足を踏み入れることは許されていない。

「今のように男の雅号を使えばいいだけです」

「それでも、画材は厳選できなくなる。女の画家にいい品を売ってくれる画材屋は、そう多くないでしょう？　今は貴族の令嬢の道楽だと思われているから買えるのよ」

「僕が揃えますよ。お嬢様のためですからね。いくらでも用意しましょう」

「いつまで……それができるかしら？」

ラファエルが言葉につまったのがわかった。

ふたりの関係は、距離は、実際の祖父と孫よりも近い。だからこそ、生きていれば避けられない現実があることを、彼女は覚悟していた。ずっと頼ってはいられない。これから先、独りになって何もできなくなる未来が、アメリアには見えている。そしてそれは、ラファエルも悟っているだろう。

「詰《つ》んでいるのよ、わたし。性別を偽ったまま、平民の画家として生きていくことはできないわ。せいぜいあと三十年……ラファエルさん次第で、四十年くらいかしらね」

「さすがに百歳を超えるまでは生きられませんよ」

「ふふ、そうでしょう？　平民にならないで貴族のまま生きていくには、結婚して家を出るしかない。男爵家の……異母妹たちにしてみれば、穀潰《ごくつぶ》しの居候《いそうろう》を置いておくほどの資産も情もないもの」

「絵の売上を渡せば納得されるのではありませんか？」

「貴族の娘が性別を偽って、画家として稼いだお金なんて、まともな貴族なら家の収入に入れたがらないわ……娘だけじゃない。妻でもダメよね。よほど寛容か、鈍感な夫や家族でない限り、嫁が絵を描いて売るなんて許してくれないわ」

「八方塞がりですね」

「ええ、そうなの」

なんて生きにくいのだろう。もっと要領が良ければ、貴族の娘として普通に生きられたなら、良かった。あるいは絵を捨てられたなら。

いろんなものを手放してきたのに、唯一手放せないものが、己の首を絞めている。

こんなに生きにくいのだから、きっと自分は生きるのに向いていない。アメリアはそんな風にしか思えなかった。

「アメリア様は、どのような形を望まれているのですか？　本気で僕に雇われて、画商として生きていきたいと思われているのでしょうか？」

「それは……」

真意を問われて改めて考える。

自分が本当に望んでいる人生は、どんなものなのか。答えはすぐに出た。

風が吹いて、絵の具で汚れたアメリアのエプロンがはためく。森に差し込む陽光は穏やかで、湖面に反射して輝いていた。小さな虫の、小動物の、鳥の囀《さえず》りの、光の、温度の、香りの、全てが美しい。そして——

(その全てが、愛おしい)

アメリアは母譲りの翡翠色の目を、やわく細めた。

「わたしは、絵さえ描ければいいわ。筆を折らずに済むのなら、あとはなんでもかまわない」

「望むのは絵を描くことだけ、ですか?」

「ええ。他にはいらないわ」

できるとも思わないし、とアメリアが清々しく笑う。

そんなアメリアを前に、彼女よりも遥かに長い時を生きた老人は、呆れたように、あるいは眩《まぶ》しいものでも見るように目を細めた。そして深く息を吐いて、切り株から立ち上がる。

「わかりました。僕がなんとかしましょう」

「雇ってくれるの?」

「いいえ、そうではありません」

ラファエルは、そう言いおいて続けた。

「アメリア様。いずれ、どうしても断れない話がきます。何をどうしても断れない話です」

「何をどうしても？」

「はい。そんな話が近いうちにもたらされるでしょう。ですが悲観せず、それを受け入れてください」

「わかったわ」

「自分で言うのもなんですが、即答するような話ではありませんよ」

「そうかもしれないけれど、わたし、ラファエルさんのこと信じてるもの。あなたが言うなら、そうするわ」

アメリアが微笑むと、ラファエルは一瞬固まって、口元を手で覆《おお》う。

「全幅の信頼とは、面映《おもは》ゆいものですね」

彼はそう言い残すと、すぐに荷物をまとめた。いつもならラファエルは領内で一泊し、アメリアの絵をいくつか持ち出す。しかしその日は何も持たずに、ローズハート領を発《た》った。

アメリアのための行動だということくらい、彼女にもわかる。自分のために親身になって動いてくれる人間なんて、ラファエルしかいない。そんな人間を信頼しないはずがなかった。

ラファエルを見送ると、アメリアはまだ途中だった絵に再び筆を走らせた——

それからのアメリアの毎日に、特別な変化はなかった。

明るいうちは絵を描き、生きるのに最低限必要な食事をし、眠る。そんな代わり映えのしない一日を何度も繰り返した。

変化が起きたのは、最後にラファエルと会ってから三か月後のことだった──

夏が終わり、風が涼しくなり始めた頃──アメリアの実父、レオル・ローズハート男爵が、なんの前触れもなく領地を訪れた。

男爵は領地の差配《さはい》を管理人に任せている。用事や連絡は手紙で済ませるため、わざわざ遠く離れた王都から足を運んでくることはめったにない。せいぜい国法で義務付けられた三年に一度の視察で訪れるくらいだ。

視察の周期ではないのに、先触れのない当主の帰還。何かあったのかと、屋敷は騒然とした。アメリアも絵を描きに行くのを取りやめ、管理人と共に男爵を出迎えた。

馬車を降りてきた父の、アメリアと同じ赤色の髪が揺れる。良く言えば温厚そうな、はっきり言えば気の弱そうな顔は、心なしか青白い。

目が合った。しかし、どちらも互いに声はかけない。

レオルは管理人と挨拶程度の言葉を交わし、屋敷の中へ入って行った。

アメリアは実父の猫背気味の背中を見送ったが、それからさして時間をおかず、応接室に呼び出された。意外にも、そこに管理人の姿はない。レオルひとりだけだ。父用の軽食と、ふたり分の紅茶が置かれたテーブルを挟んで座る。

顔を合わせるのは前回の視察以来およそ二年振りだ。だがふたりが近況を語り合うこともない。

男爵が重々しく口を開いた。

「お前に婚姻の申し入れがあった」

「婚約ではなく婚姻ですか？」

「ああ、そうだ。お相手は、その……」

レオルが言いよどむ。ひたいに汗を滲《にじ》ませる父を急《せ》かしたりしない。後妻の言いなりになっているレオルの、気の小ささは知っている。婚姻を申し入れてきた相手は、言葉を紡《つむ》ぐのすら気が引けるような人物なのだろう。男爵はぬるくなった紅茶を一気に呷《あお》った。そしてカップを戻し、口を開く。

「婚姻の申し入れは、北の辺境伯家――ホワイトディア家からだ」

「ホワイトディア辺境伯家……」

王国の北部地域。

雪と氷に覆われた極寒の大地を支配しているのが、ホワイトディア辺境伯家だ。王都から遠く離れた領地にもかかわらず、この国にホワイトディアの名を知らない者はいない。

まず有名なのは、ホワイトディア家お抱えの飛竜騎士団だ。一小隊程度の飛竜騎士がいれば戦況は大きく変わるらしい。それを何十、何百と揃えているのは、よその領地、よその国では考えられないことだ。辺境伯家は強大な武力をもって、王国最大の領地を治めていた。

頂点に立つのは、領地と同じホワイトディアの名を持つ一族だ。人間の域を超える実力者ばかりだと、まことしやかに囁《ささや》かれている。彼らは辺境領よりもさらに北の地の勢力――蛮族が南下してくるのを決して許さない、王国の剣であり、盾だった。

軍事力、経済力は言うまでもなく、何よりもホワイトディアの名を王国に知らしめているのは、英雄の存在だ。

アメリアが生まれるよりも二十年以上、昔——今から四十年ほど前に、王国の南部でふたつの争いが起きた。異国の蜂起と異教徒が先導する反乱が重なったのだ。南部は農業が盛んな地域だが、軍事力はそこまで高くない。多くの兵が動員されたが、南部領主の手に負えず、鎮圧には至らなかった。

そんな時、ホワイトディア家の次男が飛竜部隊を率いて一気に南下し、これまでの苦戦が嘘だったかのように、あっと言う間に戦争を終わらせた。しかもそれだけでなく、異国に単騎で乗り込み、敵城を半壊させて凱旋《がいせん》したのだ。戦争が終わると、やがて反乱も鎮圧された。

南部を救った青年は英雄と呼ばれるようになり、今では齢六十を超えている。それでも、彼の名声は現代の若者も知るところで、まったく翳《かげ》りを見せていなかった。

そんな辺境伯家からの婚姻の申し入れ。顔には出さなかったが、アメリアは内心動揺していた。ローズハート男爵領が地理的には王国のやや北寄りに位置しているとはいえ、辺境伯家とはなんら関わりもない。名前が知られていることすら驚きだ。

「それで、お相手は誰なのですか?」

努めて冷静に尋ねる。

「それは、だな……先代、辺境伯様、だ……」

「……はい?」

聞こえた単語の意味が呑み込めず、アメリアは目をまたたかせた。

「婚姻の申し入れは……先代辺境伯で、王国の英雄……オリオン・ホワイトディア様からなのだ……！」

やけくそとばかりに父が声を張り上げる。

「オリオン・ホワイトディア様が、何故わたしに？」

冷静に、冷静にと、彼女は内心で自分に言い聞かせた。

「私にわかるわけがないだろう！　お前こそ、何か心当たりはないのか？」

「ありませんよ。何をどうすれば、国の英雄と呼ばれる北の御大と、たかが男爵家の小娘が関わりを持つと言うのですか」

もう何年も会話のない父娘だ。しかし、不測の事態がそうさせているのか、これまでにないほど会話が弾んでいる。

「……それもそうだな……私も、ホワイトディア辺境伯家と関わったことは、ない。あの家の方々はよほどのことがなければ、自領から出ていらっしゃらないからな……」

「婚姻の申し入れの文書が偽物という可能性はないのですか？」

「……最初は私もそう思った。だが、報復を恐れず、ホワイトディア辺境伯家の印章を偽造する度胸のある者はいないだろう……」

父の言葉はもっともだ。つまり結婚の申し入れは正真正銘、北の辺境伯家からということになる。

「先代となれば、御年は六十を超える……お前とは親子どころか、祖父と孫ほど歳が離れたお相手だ」

「生きる伝説、ですからね」

「ああ……辺境伯家直々の申し入れだ。家格が下の男爵家では断れない……が、そもそも、縁を結ぶこと自体が不敬に……くっ！」

「悩んでいらっしゃるご様子で」

「他人事《ひとごと》のように言うんじゃない！」

「断るという選択肢がない問題なら、他人事と同じです」

アメリアがなんでもないように言うと、実父は言葉を失った。

「申し入れが断れない以上、わたしはオリオン・ホワイトディア様に嫁ぎます」

家格が釣り合わない、歳の差がありすぎるなど、おそらくいろいろ言われるだろう。

「北の分——半分はわたしが甘んじて引き受けます。残りの半分、王都での不評は、そちらで甘んじて受け入れてください」

「……可愛げのない、言い方だな」

「もともと、可愛いなんて思っていないでしょう？」

「そんなことは——」

口をついて出た言葉に、父が何か言おうとした。アメリアは首を振ってそれを遮《さえぎ》る。

「やめましょう。これ以上話したところで、今さら何も変わりません」

嫌味ではなく、事実だ。アメリアは淡々と告げた。

親子関係はこじれている。嫌い合ってもいないし、恨んだり憎み合ってもいないけれど、親子の間には感情を向け合うほどの関係がなかった。

「ところで持参金はどうしましょう？」

「先方は不要だとおっしゃっていたが、そういうわけにもいかないだろう。持参金を出さない花嫁はまともに扱われない」

「いらないと言われたのなら、本当に必要ないのだと思います。先方も取るに足らない男爵家からの持参金を期待してはいないでしょうし……そもそも、まともな扱いを受けられるほどの持参金なんて、用意できませんよね？」

父が渋い顔をする。

「とにかく、馬車と旅費だけ準備していただければ充分です」

「付き添いの侍女はどうする？」

領地に下がって以来、世話をしてくれている女性の顔が思い浮かんだ。彼女は来春、結婚すると話していた。冷遇されるとわかっている場所については来ないだろう。

「侍女は、大丈夫です」

ひとりで行きます、と続けた娘に、レオル・ローズハート男爵は深く息を吐く。

「お前は……こんなに喋《しゃべ》る子、だったのか」

こぼれ落ちたかのような言葉に、返事はしない。

静寂が訪れた応接室で――アメリアも息を吐く。それは短い溜め息のようでも、吐息交じりの笑みが漏れてしまったようでもあった。

「承諾の返事をしたら、すぐに発ちます。可能であればひと月以内には領を出たいです。冬になれば、北へ行く街道は雪で塞がれてしまうでしょうから」

「そんなに早くか……」

「準備するものも、特にはありません」

「マーガレットとプリシアには、会わないつもりか？」

義母と異母妹の名前が出て、アメリアは首を傾げる。

「会ったほうが、いいですか？」

「……いや、いい……」

少し考えたあと、父は力なく首を振る。

アメリアは、話は終わったとばかりに席を立った。レオルは何か言いたげに口を開くが、結局、何も言わずに口を閉じた。

（ラファエルさんが言っていたのは、きっとこのことね）

何をどうしても受け入れるしかない話。これはまさしくそうだ。彼がどういう伝手《つて》で、辺境伯家に婚姻の話を出させたのかはわからない。だが、アメリアにとってそれは重要ではなかった。

大事なのは環境だ。

（彼の伝手なら、結婚したとしても絵を描けるはずだわ）

父にはああ言ったが、辺境伯家ほどの名家が、男爵家の小娘を甚振《いたぶ》るとは思わない。人間が足元の蟻を気にしないように、北の支配者が自分を気にすることはないだろう。離れに追いやられるとか、妻扱いされないとか、そういった類いの冷遇になるはずだ。

それはそれで、彼女の望む環境である。

応接室を出るアメリアの足は、軽かった。


婚姻の打診からひと月半——秋も半ばの頃、アメリア・ローズハートをのせた小さな馬車は、整備された街道を進んでいた。花嫁が乗る馬車にしては貧相だ。しかし特別裕福ではない男爵家が急遽あつらえた馬車としては充分と言えるだろう。

男爵領を発って十日余り。馬車はホワイトディア辺境伯領に入った。

辺境とは名ばかりだ。有事の際に物資を円滑に運搬するためか、街道は広く、綺麗に整備されている。城壁や関所、砦《とりで》も点在し、北部が軍事に力を入れているのが窺《うかが》える。

最低限の荷物が積まれた馬車には、若い侍女が同乗していた。名前はリサ。十三歳の小柄な少女だ。

侍女ひとりつけずに嫁に出すのは、さすがに問題だと考えたのだろう。ローズハート男爵は領の孤児院にいた子をつれて来て、礼儀作法や貴族令嬢の身の回りの世話のやり方を急遽詰め込んだらしい。地頭がいいのか、ひと月程度でそれなりの形になっている。

外から馬の蹄《ひづめ》の音が聞こえた。

馬車の隣を並走するのは、辺境伯家から来た護衛兼案内役の騎士だ。彼はホワイトディア辺境伯家の騎士団を表す黒い制服とマントを身に纏い、ピンと背筋が伸びた姿勢を崩すことなく馬を走らせている。

その若き騎士——エリック・ハルドが男爵領を訪れたのは、出発の直前だった。あらかじめ発つ日取りを伝えていたこともあり、アメリアの夫になる人物が、好意で遣わしてくれたそうだ。

真面目で堅物な印象の青年は、最低限の荷物しか積んでいない馬車を見て顔を顰《しか》めた。

「失礼ながら、こちらで全てでしょうか？」

「はい。持参金は不要とのことでしたので、お言葉に甘えさせていただきました」

なんでもないように言うアメリアの隣で、父のレオルが青い顔をする。騎士は表情を変えないまま「持参金の話ではありません」と静かに言った。

「目的地までは長期間の移動になります。これだけでは道中で足りない物も出てくるかと」

「そうなのですか？」

「はい。辺境伯領はこちらより寒いので厚手の着替え、いざという時の携帯食、長距離の移動に慣れていらっしゃらないのなら、クッションや毛布もあったほうがいいでしょう」

「なるほど……では、追加の旅支度をお手伝いいただけますか？」

「……はい？　私が、ですか？」

「見ながら教えていただくほうが、間違いないでしょう。お父様、ハルド卿を屋敷の中にお招きしてもかまいませんか？」

「え？　あ、ああ……」

男爵は辺境伯家の騎士に荷造りを頼むことに気が引けている様子だ。

一方のエリックも「俺が令嬢の荷造りの手伝い……」と、一人称がおそらく本来のものに戻ってしまうほどには混乱しているようだった。

アメリアは前日に顔を合わせたばかりのリサと、半ば呆然とする騎士をつれて部屋へ行き、追加分の荷物をまとめていく。狼狽《うろた》えていたエリックだが、持ち前の真面目さを発揮し、途中からは率先して本物の旅支度を教えてくれた。

そんなこともあり、彼女たちは予定より少し遅れてローズハート男爵領を発った。父娘の別れはあっさりしたものである。アメリアは後ろ髪を引かれることなく、馬車に乗り込んだ。

その後の道中は天候にも恵まれたこともあり、順調に進んでいる。

エリック・ハルドが無理のない行程を組んでくれたおかげで、野宿などはなく、いざという時の携帯食の出番は今のところない。街道にいくつかあった関所は、ホワイトディア辺境伯家が発行した許可証を見せればすぐに通行させてくれた。

朝に出発して日暮れ前に宿を取るといった日程で、十日。こうしてアメリアが乗る馬車は無事に辺境伯領に入ったのである。

(風と、光が変わったわ)

アメリアは馬車の窓から外を見る。男爵領はまだ秋だったが、この辺りはもう冬の匂いがしていた。

北への街道を進むにつれて空気がだんだん冷えてきていたが、辺境伯領に入った途端、気温が急激に下がった。さすがと言うべきか、馬車と並走する騎士は冷たい風など意に介さず、平然とした様子だ。

「くちゅん！」

馬車に同乗している侍女が毛布にくるまってくしゃみを漏らす。

揺れる馬車に身を任せながら、アメリアは窓の外の風景を目に焼きつける。綺麗に整備された街道と、冬の色に変わり始めた木々の対比には、妙な寒々しさを感じるが、同時に静謐《せいひつ》な美しさがある。

少し視線を上げれば空が曇り始めていた。ひと雨きそうだ。予定とはずれてしまうが、今夜は次の村か町に泊まることになるかもしれない。

馬車の外を行くエリックと目が合った。どうやら彼も同じ結論に至ったらしい。

一行は次の町で一泊することになった。街道沿いの宿場町のため、宿はすぐ取れた。降り出した雨は夜が近づくにつれ、雨脚を強めていく。このまま明日も雨がひどければ、滞在が延びるだろう。

宿の隣に併設された食堂で夕食を摂る。肉と野菜の煮込み料理、堅焼きのパン、じゃがいもがゴロゴロ入ったサラダ、香辛料が利いたソーセージと、腹に溜まるメニューだ。

アメリアはあまり食に関心がない。飢えを満たせれば充分だと思っている。サラダのじゃがいもを口に運ぶ。見た目よりも濃い味のソースがかかっていた。

（これだけでお腹いっぱいになるわね……）

食に興味がないだけでなく、彼女は小食だ。馬車にのっているだけでは腹も空かず食が進まない。

注文した料理のほとんどをエリックとリサが食べるのが、道中の日常となっていた。

食事が終わると、アメリアが宿泊する部屋に三人で集まることになった。エリックに今後の旅の道程を説明してもらうためだ。当然ドアは半分開いており、アメリアの傍にはリサが立つ。アメリアは丸いテーブルに広げられた地図に視線を落とした。

「辺境伯領に入ったので、改めて今後の道程を説明させていただきます。ひと言に辺境伯領と言っても領地は広大です。そのため領を東西南北と中央の五つに区分し、ホワイトディア家のお血筋の方が中心となって統治されております」

地図を見る。

「北は前線です。辺境伯家が有する兵の中でも精鋭と呼ばれる者たちが、日々、蛮族との戦闘に明け暮れています。辺境伯の後継者が兵を率いるのが代々のならわしで、現在常駐なさっているのは嫡男のアケルナル様です」

「一番危険な場所に嫡男がいるのですか？」

貴族の嫡男といえば、当主を除き、何をおいても守られるべき立場だ。

「辺境伯領以外ではあまりないかもしれませんが、辺境伯領には兵士、騎士、傭兵……あるいは賊まで多くの腕自慢が集まります。その頂点に君臨するのが辺境伯であり、逆を言えば、力がなければ北の王として認められません」

アメリアにはあまりピンとこない価値観だが、納得はできた。北の人間が求めているのは強い支配者なのだろう。心酔でき、熱狂でき、生活の全てを預けられるほど屈強な王に率いてほしいのだ。

王国自体の大きな戦争は四十年前に終結した。だが、北は今でも戦地なのだ。だからこそ上の人間に求める資質も、王都とは違うのかもしれない。

ホワイトディア辺境伯領の北部には雪と氷に覆われた険しい山があり、その向こうには領地を虎《こ》視眈々《したんたん》と狙う蛮族がいる。山の先は辺境伯領よりもさらに寒さが厳しく、人が生きにくい土地だ。圧倒的な戦力差があるとわかっていても、蛮族は土地を奪いに来ざるを得ない。侵略を防ぎ、撃破することが次代の辺境伯に課された試練なのだろう。

「今、私たちがいるのは辺境伯領の南部地域です。ここは他領や王都との交易や商売を主としています」

「交易……あ、だから街道が整備されていて宿場町も多いんですね」

「はい。北でもっとも栄えている地域と言っても過言ではありません。西部は冷害に強い作物が開発されて以来、農耕が盛んで、ホワイトディアの食糧庫と言われています。とにかく土地が広いので、飛竜の育成、訓練をする施設があるのもそこです」

「中央には、ホワイトディア辺境伯家の居城があるのですよね？」

「ああ、ご存じでしたか」

「ええ。朝陽を浴びて輝く城――ホワイトディアの黄金城は有名です。とても美しいと聞いて、一度見てみたいと思っていました」

「そうでしたか。アメリア様もホワイトディア家の一員になられるので、今後足を運ぶ機会はいくらでもありますよ」

だといいですけど、という言葉は出てこない。辺境伯家の一員になると言われても実感は薄かった。笑顔で迎えられる可能性が低いことを思えば、あまり期待しないでおくべきだろう。

（実物を見ながら、時間をかけて描くのは難しそうね。見る機会があれば、目に焼きつけておかないと……スケッチくらいなら、できるかしら？）

アメリアはほのかな希望を抱きながら、地図を指差した。

「東部は海沿いですね」

「ええ。過去、海を越えてきた敵との交戦拠点になっていた名残りで、各地に城塞が点在しています。これから私たちが向かうのは東部の中心――城塞都市バラリオスです」

「そこに……オリオン・ホワイトディア様がいらっしゃるのですか？」

「そうです。辺境伯位を甥御《おいご》――現辺境伯アークトゥルス様にお譲りになって以来、東部の責任者として常駐なさっておられます。かれこれ十五年になりますね」

「甥御、ですか？　息子ではなくて……？」

「はい。ご存じありませんでしたか？」

エリックが目を丸くした。貴族社会にまったく興味がないアメリアは知らなかったが、どうやらその辺りの事情は有名らしい。彼は「説明いたしましょうか？」と言ってくれたが、アメリアは首を横に振る。よそのお家事情に興味はなかった。

「いえ、大丈夫です。それよりも、バラリオスまではどのくらいでつきますか？」

「通常であれば三日以内には到着できるかと。ただ雨のあとの道はぬかるみます。馬車で行くとなればもう少しかかるかもしれません」

「三日……」

早くて三日後には、自分の夫になる人物と顔を合わせることになる。まだどこか他人事のように思えるのは、あまりにもことが早く進んでいるからか――それとも、他人に興味や関心がない、ある種の、人間としての欠陥が表に出てきているからか。

自問の答えは、出ない。

それからいくつかの確認をして、エリックとリサは部屋を出て行った。

ひとりになったアメリアはトランクを開け、底からスケッチブックを取り出す。男爵領を出て以来、毎晩、その日馬車から見た景色を描くのが日課になっていた。今日もまた、白い紙を黒で埋めていく。没頭して、集中すれば、彼女の頭の中から余計な思考は全て消えてくれる。宿の外で降る雨の音も、聞こえない。

夜明け近い時間まで、アメリアの部屋の明かりが消えることはなかった。


翌朝――雨はやんだ。雲間から微かに日が差している。しかしエリック・ハルドが危惧《きぐ》した通り、雨上がりの道はひどくぬかるんでいた。

御者が苦戦しながら馬車を走らせること四日。通常よりも一日多くかかったが、アメリアの乗る馬車は無事、城塞都市バラリオスに到着した――

「わあっ、高い外壁ですね！」

馬車の窓から見える景色にリサがはしゃいだ声を上げる。出会ったばかりの頃のリサは、緊張のせいか大人びて見えていた。しかし半月余りを一緒に過ごしているうちに、彼女は年相応の子供らしさを見せるようになった。

アメリアは少女を横目で見たあと、自身も窓の外に目を向ける。

城塞都市と言うだけあって、まず目に飛び込んでくるのは石造りの高い外壁だ。壁がぐるりと街を囲んでいて、出入りできる場所は東西南北にある四か所の門だけらしい。アメリアたちは馬車が行き交う南門から、バラリオスに入ることになった。

通行証を確認する門番はエリックの知人のようだ。彼が馬を降りて帰還を伝えると、門付近の詰所から騎士たちが出てきた。精悍《せいかん》で屈強そうな男ばかりだ。

外の声が聞こえてくる。視線も感じた。挨拶をすべきだろうか。だが婚姻相手とも顔を合わせていない状況で、先に臣下の騎士に挨拶をするのも順序が違う気がした。とはいえ無視をするのもどうだろう。正解がわからず困っていると、エリックが馬車の窓を隠すように間に立ちはだかった。

「興味本位で覗《のぞ》き見しようとするな。紹介なく声をかけるのも無礼だ」

屈強な騎士たちはエリックの注意にハッとすると、馬車から少し離れて並んだ。そして胸に手を当て、一斉に頭を下げた。アメリアは目を丸くする。北の地を守る高潔な騎士が、たかだか男爵家の娘に対して敬意を表すなんて、想像もしていなかった。

エリックが馬車の窓越しにアメリアを見る。もう、充分だ。アメリアは小さく頷《うなず》く。エリックが頭を下げる騎士たちに声をかけると、彼らは顔を上げた。

止まっていた馬車が動き出す。

馬車から見える城塞都市の街並みに、リサが度々、感嘆の声を漏らした。その傍らでアメリアは口を閉じたまま、流れていくバラリオスの風景を頭の中に刻む。たくさんの商品が並ぶ市場、頑丈そうな建物、屋根は雪除けのためか傾斜がきつい。

城塞都市だった頃の名残りか、現在も北部に戦線を抱えているからか、バラリオスには武器屋や防具屋が多いようだ。市場とは別に、酒場などの飲食店、衣料品店など一般市民向けの店もある。この辺りは市民の居住区も兼ねているらしい。

そのまま奥――町の中心へ進んで行くと、建物や商店の様相が変わる。どうやらバラリオスは中心に行くほど裕福な人間が多いようで、客層に合わせた高級店が増えてきた。

となれば城塞都市の中央にいるのは――

「お嬢様、お城です！　お城が近づいてきました！」

リサが声を上げた。

馬車の進む先に、高くそびえる城が見える。市街地よりも一段高くなっており、そこもまた、外壁ほど高くはないが城壁に囲まれている。

(二重の壁……軍用拠点の名残り、なのかしら)

だんだん城との距離が縮まっていく。都市全体を囲む外壁ほど高くないが、間近に迫った城壁は、馬車の中からでは天辺が見えないくらい高かった。

進んでいた馬車が止まる。どうやら正門についたらしい。エリックが馬から降りて門番に声をかけていた。今度は周りに騎士が集まることはなく、男爵家の小さな馬車は再び動き出して城壁の中に入った。

玄関まで距離があるらしい。速度を落とした馬車は長いアプローチを進んで行く。興奮を緊張が超えてしまったのか、リサはすっかり静かになっていた。

やがて——馬車が停止し、扉がノックされる。

アメリアは細く、長く、息を吐いた。自然と落ちた目線の先に、膝の上でギュッと握られている両手がある。見慣れた両手が震えていた。バラリオスの街並みを頭に刻んでいた時よりも、心拍数が上がっている。彼女は目をまたたかせた。

(わたし、緊張してる)

自身の状態に気づくのと同時に扉が開く。その音と流れ込んできた冷たい外気に、アメリアは慌てて席を立つ。扉を開けたのはエリックだった。彼が差し出した手の平に、彼女は握りこんでいた手を広げて重ねる。

震えは止まっていない。寒さのせいだと思われたのだろう。エリックに「外套を用意しましょうか?」と尋ねられ、アメリアは「大丈夫です」と答えた。

そして彼女は馬車を降り、バラリオスの地を踏んだ——

(あれは……)

体勢を整えて前を向いたアメリアは、視界に飛び込んできた人を見て、翡翠色の目を見開いた。

城の前に、遠目でもわかるくらい大きく、真っ白な男がいる。服も、髪も、ヒゲも、肌も、白い。

真っ白な彼は、こちらへ足を踏み出している。

後ろではリサが馬車を降りる気配がした。だがアメリアは、近づいてくる人物から目が離せない。それほどの迫力と、存在感だった。

足が長いからか、歩幅が広いからか、その人はあっと言う間にアメリアの前にやって来た。彼女の父よりもずっと年上の老人だ。老人だが……そう呼ぶには、あまりにも屈強でたくましく、雄々しい雰囲気を纏っている。

名乗られなくても、誰なのかわかった。

「そなたがアメリア嬢で相違ないか」

腹の底に響くような、低く渋い声だ。

「……はい。ローズハート男爵が長女、アメリアにございます」

片足を後ろに引き、ドレスの裾をつまんでこうべを垂れる。大きな足が視界に入った。

「ああ、そんなに畏《かしこ》まらずともよい。頭を上げてくれ」

本当にいいのか少しだけ迷い、彼女はおそるおそる身体を起こす。自分よりも頭ふたつ分ほど高いところにある顔を見上げる。冷たい空気の中、白と銀が混ざったような髪が光り輝いていた。

(真っ白な人……)

もみあげから顎まで繋がったヒゲも白ければ、北の地に住む人特有の透けるような肌も白い。身に纏うのは詰襟の軍服と白い毛皮のマントだ。見上げるほどの巨躯《きょく》と相まって、白熊を彷彿《ほうふつ》とさせた。けれど、頭に浮かんだ白熊はすぐ別の動物へと姿を変えていく。

白色の中で、深い色味の赤――紅玉の瞳がきらめいている。生気に満ちこぼれた、爛々《らんらん》と燃える瞳だ。

「雪兎……」

白熊から姿を変えた愛らしい小動物が、頭の中で跳ね回る。無意識のうちに漏れた声は決して大きくなかったが、目の前にいるその人の耳には届いたようだ。

「雪兎？」

紅玉の目を丸くした彼が、首を傾げながら聞き返してくる。生きる伝説とまで言われた屈強な英雄が、小さくか弱い小動物にたとえられて喜ぶはずがない。失態に気づいたアメリアは小声で謝罪の言葉を告げた。

「ははっ、そうか、雪兎か！」

大きな白熊が肩を揺らして豪快に笑う。その反応に、彼女は安堵《あんど》の息を漏らした。どうやら気分を害してはいないようだ。

彼はひとしきり笑うと、やがて赤い目を細めた。目尻に皺《しわ》が寄る。

「初対面で雪兎だと言われたのは、生まれて初めてだ。ホワイトディア――白鹿の名前ですら似合わんと言われるのに、雪兎ときたか。我が花嫁殿の翡翠のまなこは、えらく奇特な世界を映すらしい」

「花嫁……やはり、あなた様が……」

「ああ。私が、恥ずかしげもなく孫ほど歳の離れた令嬢に婚姻を申し込んだ好色ジジイ、オリオン・デイヴィス・ホワイトディアだ」

彼女は目をまたたかせた。

(好色ジジイ……)

その言葉は目の前の人物とそぐわないように感じるが、人の内面など見た目からは正確に読み取れない。英雄色を好むという言葉もある。オリオン・デイヴィス・ホワイトディアは、アメリアでさえ知っている英雄だ。だとすれば、好色ジジイはあながち冗談ではないのかもしれない。

口を噤《つぐ》んだアメリアは、オリオンと見つめ合う。

流れた沈黙を破ったのは、前に出てきたひとりの使用人だった。きっちりと身なりを整えた老人だ。細身の体躯だが姿勢は真っ直ぐで足取りもしっかりしている。薄いレンズのモノクルをかけていて、真面目そうな雰囲気を醸し出していた。

「オリオン様、僭越《せんえつ》ながら申し上げます」

「ん？　なんだ、エリティカ」

オリオンがエリティカと呼んだ男のほうを見る。ただの使用人ではなく、近しい存在なのだろう。

エリティカは呆れたと言わんばかりの目を、主人へ向けていた。

「お言葉が過ぎます。貴方様の冗談は非常にわかりにくいのです」

「何？」

「何、ではありません。お嬢様が絶句しておられます」

「おお、それはいかんな」

オリオンがハッとした様子で、アメリアへ向き直る。

「すまぬ。口が過ぎた。今のは冗談だ」

「冗談、ですか」

「主はお嬢様が緊張なさっているのではないかと思い、雰囲気を和ませようとされたのです。しかしその手のことに慣れていらっしゃる方ではありませんので、下手を打ってしまわれたご様子。どうぞ寛大なお心でお許しいただけますと幸いにございます」

恭《うやうや》しく頭を下げるエリティカと、気まずげに頬を掻くオリオンを順に見て、アメリアは納得した。

「そうだったのですね。お気遣いいただきありがとうございます。その……今のお言葉が冗談であるのなら、ひとつお尋ねしたいことがあります」

「ひとつと言わず、いくらでもかまわんが……尋ねたいこととは？」

「わたしを、伴侶として迎えていただく理由はなんでしょう？　これまで、お目にかかったことすらないと思うのですが」

「ふむ……」

オリオンはヒゲごと顎を撫《な》でながら頷く。

「もっともな疑問だ。道中……いや、結婚の話を聞き、疑問を抱いた時から、さぞ悩んだことであろう。それならば、きちんと答えよう。だがその前に場所を変えてもよいか？」

「あ……はい、もちろんです」

「エリティカ、温室の支度は？」

「万事整っております」

「さすが我が執事は仕事が早い」

北の英雄は太い首を動かして満足そうに頷くと、アメリアに手の平を差し出してきた。大きな手だ。自分のものとはまったく違う。長年、領地を守るために武器を取り、最前線で戦ってきた戦士の手だった。

ほんの少し、手を重ねることに躊躇いがあった。アメリアの目に映る、大きな手が、とても尊いもののように見えたからだ。

(わたしなんかが、触れてもいいのかしら?)

そう思いながらも、手を伸ばして、重ねる。馬車を降りる時から続く手の震えは、未だに止まらない。

「外は寒かろう」

「そう、ですね」

手が震える理由はそれだけではないが、そうだと思われていたほうが気が楽だ。アメリアは口の端を持ち上げて笑うが、それはひどくぎこちないものだった。

オリオンにエスコートされながら、温室へ案内してもらう。足の長さが違うのに、早足になることも、遅れることもない。彼女が無理をしなくてもいいように、オリオンは歩幅を合わせてくれていた。

温室は城内の中庭を通った先にあるらしい。辿《たど》りつくまでに、何人もの使用人や騎士とすれ違った。こうべを垂れる者たちに、オリオンは時折足を止めては、アメリアを「我が花嫁殿だ」と紹介する。紹介された使用人は皆、祝福の言葉を口にした。

使用人たちの反応が、彼女は不思議でしかたない。

オリオン・ホワイトディアとは祖父と孫ほどの年齢差もあれば、天と地ほどの家格の差もある。彼は、男爵家の小娘に過ぎないアメリアが、本来顔を見ることすら叶《かな》わないような人間だ。

ホワイトディア家の当主は、北の王と言われている。先代とはいえ、オリオンは王だった存在だ。アメリアが伴侶としてつり合うとは思えない。当然、使用人たちも、もっと言えばこの結婚を知った人間は皆そう思っているだろう。それにもかかわらず、冷たい態度を取られることなく、丁寧に扱ってもらえている。

(顔を見せて回っているの？　どうして……お飾りにするほどの価値もないし、捨て置くのなら、そんなことしないほうがいいと思うのだけど……)

混乱する彼女の後ろでは、リサが感嘆の声を上げっぱなしだった。バラリオス城の大きさや柱の太さ、剪定《せんてい》された中庭など、目に映るもの全てに声を漏らす。隣を歩くエリックはその度にひとつひとつを説明していた。

「旅路で打ち解けたようだな」

オリオンがちらりと後ろに視線を向けた。

「リサたちのことですか？」

「うむ。気心の知れた様子は、まるで兄妹のようだ」

「ハルド卿には、とてもお世話になりました。旅に不慣れなわたしたちに、随分と気を遣ってくださって、感謝しております」

「そうか。不便がなかったようで良かった。真面目と言えば聞こえはいいが、堅物なところのある男だ。気遣いができていたと知れば、エリティカも安堵することだろう」

「エリティカ様とは……先ほどの、執事の？」

「ああ。エリックはエリティカの息子だ。五番目か、六番目か……どっちだったか」

オリオンが後ろを歩く青年騎士に問いかけると「七番目です」と、答えが返ってきた。

「おそらく四番目の兄ミリスを飛ばされているのかと。あの人は自分の顔にもっとも似合う装いだと公言し、常日頃ドレス姿で過ごしていますので」

「男性がドレスを⁉」

余程驚いたのか、リサが思わずという風に声を上げた。貴族の会話に口を挟んではいけない。自分の失態にすぐ気づいたリサが、慌てて「失礼しました！」と謝罪をする。頭を深く下げた十三歳の少女の肩は、小刻みに震えていた。

（あ……）

時と場合、あるいは相手の貴族によっては、無礼討ちにされても文句は言えない。リサが怯《おび》えるのは当然だ。アメリアは共に謝ろうと口を開く――

「ははっ、よいよい」

彼女が声を発するより先に、オリオンが笑い飛ばした。

「若いうちの失敗の経験は糧となろう。礼儀作法はこれから学んでいきなさい」

「っ……は、はい……」

オリオンがエスコートする手を軽く引き、再び歩き出す。

アメリアもそれにつられて止めていた足を動かした。高いところにあるオリオンの顔を見上げる。

機嫌を損ねている様子はなく、本心からの言葉だったようだ。

(使用人の失敗を、笑って許した……寛大な人、なのかもしれない……)

寛大な人なら、城内外で絵を描くのを許してくれるだろうか。

城の片隅でもいいから、絵を描き続けることさえできるなら、それだけで充分だと思っていた。

だがもしも、心惹《ひ》かれる場所へ赴《おもむ》き、筆を握ることができるなら……アメリアの心に希望が芽生える。

(ラファエルさんは、何をどこまでこの方に話したのかしら?)

もし許されるのなら、と考えずにいられなかった。


温室の中に足を踏み入れたアメリアは、深く息を吐く。陽光を取り込むためか温室の天井はガラス張りで、光が降り注いでいた。

北の辺境は、冬になると氷雪に覆われる極寒の大地だ。短い秋も底冷えする日が続く。だがそんな土地とは思えないほど、バラリオス城の温室には色とりどりの花や木が植えられていた。

ふと視線を落とす。ガラスの天井にばかり気を取られていたが、不思議な地面だ。熱が発生している。温暖な地域でしか育たないはずの色鮮やかな花が咲いているのは、この熱のおかげだろうか。

（でも、どうしてあたたかいの？）

考え込むように足元を見つめていると、視界に大きな足が入った。エリックとリサとは温室の入り口で別れたため、中にいるのは自分とオリオンだけだ。彼女は顔を上げる。

「熱が不思議か？」

「はい。温室が暖かいのは地熱のおかげというのは、わかるのですが……」

「その通りだ。城の中に温泉が湧いていてな。地面の下に管を巡らせて温泉を引き、その熱を利用しているのだ」

「管……まさかお城中に？」

「だったら良かったのだが、残念。新設、増設した部分だけだ。温泉を引く技術を確立する前にこの城は建ったからな。本格的な冬が訪れたら城内でも外套は手放せん」

「オリオン様でも、ですか？」

「ん？　ああ、私でもだ」

北で生まれ育ち、身体を鍛えた英雄でも外套を手放せないのは、少し意外だ。そう思ったのを察したのか、オリオンがおかしげに笑った。

「そなたはホワイトディア領の冬が初めてだ。上着を一、二着重ねた程度では耐えられんだろう。城内でも場所によっては凍死しかねない」

オリオンはそう言って、角熊のコートを用意することを約束した。角熊といえば北の雪山にしか生息していない、獰猛《どうもう》な熊だ。その毛皮には優れた防寒効果があり、狩猟の難しさも相まって高値で取引されている。

「どうして、そこまでしてくださるのですか？」

流されるままホワイトディア辺境伯領に来た。絵さえ描ければ充分で、それ以外は最低限のものでいい。婚姻の申し入れを聞いた時から、アメリアの気持ちは変わらない。

向こうも、偉大な王につり合わない小娘を歓迎するはずがないと思っていた。しかしそんな予測とは反対に、厚意を向けられている。理解が追いつかない。

オリオンが目を緩く細めた。

「もっともな疑問だ。座って話そうか」

手の平が差し出される。未だに震えている手を、重ねた。

そのまま進むと、温室の中央付近に椅子とテーブルが用意されていた。サイズは身体の大きなオリオンに合わせてあるようだ。アメリアにはテーブルの位置がやや高い。

テーブルにはたくさんの菓子が用意されていた。きらきら輝くプチフールやクッキーなどが三段のケーキスタンドにのっている。それだけでなく、アメリアが名前を知らないようなスイーツまで、大きなテーブルに所狭しと並んでいた。

「食べながらでもかまわぬかな？」

「は、はい……」

「紅茶を淹《い》れよう」

「あっ、わたしが――」

「よいよい。そのままで。心配かもしれぬが、これでも紅茶くらいは淹れられる」

冗談めかすオリオンに、アメリアは逡巡《しゅんじゅん》する。引き下がらないのは彼の言葉に逆らうようだし、任せて紅茶を淹れさせるのも気が引けた。少し迷って、結局アメリアはおとなしく座っていることにする。淹れ方は知っているが、美味しく淹れられる自信はない。

席を立ったオリオンが紅茶を淹れ始めた。身体の大きな彼が持つと、通常サイズのポットやカップは玩具のように見える。

「口に合うといいが」

「ありがとう、ございます……」

目の前にカップが置かれた。深い色味の紅茶は表面が微かに波打っている。ひと口飲んでみれば香ばしい薫りが鼻に抜けた。これまでに飲んだどの紅茶よりも美味しい。アメリアは、ほうと息を漏らす。

正面の椅子に戻ったオリオンも、自身のカップに手を伸ばした。

「菓子も一緒に食べるといい。アメリア嬢の好むものがあれば良いが……わからなかったゆえ、ある程度の種類を用意したのだ」

「わたしの好み……」

「甘い物は得意ではなかったか?」

「いいえ、そんなことはありません。ただ……好き嫌いを分類できるほど、食べ物への興味がなくて……身体が動いて、頭が働く程度の栄養を摂取できれば、それで……」

「ほう」

オリオンが、握り拳ほどの大きさのカスタードタルトをフォークで半分に切る。アメリアの口には入りきりそうにないそれを、彼はひと口で食べた。

「……うむ、美味い。しかし、そなたは戦場の兵士のようなことを言うのだな」

「そうでしょうか？」

「ある意味では兵士より欲がない。戦場では食料が限られるゆえ、味よりも栄養価が重視される。だが、食えるのであれば美味いものを食べたいと思う者がほとんどだ。それもあって、戦場食の開発を領をあげて推進している」

「戦場食……どんなものか、想像もつきません」

「あまり美味くはないぞ。昔よりはだいぶマシになったがのう」

大きな白熊は喉の奥で笑いながら、カップに口をつける。自分にはない喉仏が上下するのを、アメリアはじっと見ていた。

「だが、そうか。食の好みがわからぬとな」

オリオンがカップを戻して、顎のヒゲを撫でる。

「すみません……」

「謝らずともよい。わからぬのなら探ればいいだけのこと。そうだな……まずは、このケーキを食べてみなさい」

オリオンが勧めたのは、色鮮やかな菓子が並ぶ中でもっとも素朴な見た目のケーキだった。全体的に白く、クラッシュされたアーモンドがのっている。

「これは……？」

「世界一美味しいケーキ、だ」

「世界一美味しいケーキ、ですか？　それはなんという──」

「ああ、わかりにくいか。世界一美味しいケーキというの名のケーキなのだ。変わった名だが、ホワイトディア領では有名な菓子でのう」

アメリアはそのケーキがのった皿を手に取り、自身の前に置く。

「四角い型に流したスポンジ生地の上に、しっかりと泡立てたメレンゲを広げ、砕いたアーモンドをのせて焼くのだ。焼き上がったら横半分に切って、間に生クリームとカスタードを混ぜたクリームを挟む。そしてよく冷やしたら完成だ。見かけは素朴でも味はいい」

「作り方も、ご存知なんですね」

「うむ、辺境伯から退いて以来、時間ができてな。時折、厨房の隅で料理を学んでいる。これがなかなか奥深い世界よ……と、説明だけでは味もわかるまい。さあ、召し上がれ」

「はい。いただきます」

フォークで切って、口に運ぶ。

卵と牛乳の優しい味と、鼻から抜けるアーモンドの香りが絶妙なケーキだった。スポンジ生地からもほのかにアーモンドの香りがする。飽きずに、いくらでも食べられそうな味だった。

「美味しい、です」

「それは良かった」

「気の利いた感想を言えればいいのですが、そういうのは、よくわからなくて……でも、本当に、美味しいです」

アメリアがひと口、ふた口と食べ進めると、オリオンが目尻に皺を刻んで微笑んだ。そして彼はケーキスタンドから菓子をいくつか取りわけて、アメリアの傍へ置いた。

「これは……？」

「食べながらでいい。少し、話をしよう」

本題を切り出されるのだとわかった。フォークを置こうとすれば、タルトがのった別の皿もアメリアの傍に寄せられる。食べながら話そうというのは、どうやら本気らしい。

紅玉の目が、アメリアを真っ直ぐ見る。

「私が何故、求婚したのか。そなたも疑問に思うていたことだろう」

アメリアは頷いた。

「ひと言で言えば、それは、我らが共通の友人に頼まれたからだ」

「共通の友人……」

他人と必要最低限の関わりしか持たないアメリアに、友人と呼べる人間はほとんどいない。

「その者は言った。『何にも縛られず、思う存分、絵を描かせてやりたい令嬢がいる。天より授けられたかのごとき、輝かんばかりの才能を潰すべきではない。令嬢の自由と安寧を護り、後顧の憂いを抱かせない、彼女だけの騎士になってくれ』と。それはもう、熱く語られてしまってな」

「っ、その人は――」

数少ない、心を許した人――彼女の頭の中にひとりの画商の顔が浮かぶ。数か月前に男爵領で別れて以来、顔も見せず、なんの音沙汰もない彼の、笑う声が聞こえた気がした。

「ラファエルさん、ですか？　彼がこの話を……？」

「ラファエル？」

オリオンは一瞬、怪訝《けげん》そうな顔をしたが、すぐにふっと笑った。

「ああ、そうであったな。画商としての名は、ラファエルであった」

「画商として？　それはどういう……」

「やつの正体を知りたいか？」

「え……」

アメリアの知るラファエルは、平民とは思えないほど、優雅で気品ある立ち居振る舞いの老人だ。元辺境伯に友人と認められ、婚姻の申し込みを促せるほどの存在――その正体、つまり素性を知りたいのかどうかを尋ねられている。答えは、考えるまでもない。

「いいえ。正体も何も、ありません。彼は、画商のラファエルさんです。それ以上、どんな人だというのでしょう」

彼女は首を横に振った。

「あの人は、わたしの絵を価値のあるものと信じ、売ってくださいました。作品を丁寧に扱ってくれますし、お金に関しても誠実で……わたしをひとりの画家として……いえ、画家と画商の枠を超えて、親身になって、気にかけてくださる人です。わたしは、ラファエルさんを信頼しています」

「『ラファエル』はやつの一面でしかない。それを知ってなお、信頼を向けていると？」

「ダメ、でしょうか？」

他人の全てを知ることはできないだろう。人間関係を築くのが不得手な自分であれば、知り得る範囲はさらに狭い。だからこそ、見えている部分だけで決めるしかないのだ。

「ラファエルさんはわたしにとって、世界で一番信頼している人です。たとえ騙されても、裏切られても後悔はしません。彼を信じられないのなら、わたし、世界の誰も信じられません」

将来の不安を吐露《とろ》し、相談できるくらい、ラファエルを信頼している。だからこそ、残りの人生の全てを彼に賭け、流されるまま、遥か北の地へやって来たのだ。

（少し、不遜《ふそん》な言い方だったかしら？）

彼女がそう思った、次の瞬間――オリオンが肩を揺らして大声で笑った。

「そうかそうか、世界一信頼しているのか。奇遇だ。私もあやつを世界一信頼している！」

「オリオン様も……？」

「そうでなければ、孫ほど歳の離れた令嬢と結婚してくれ、などという頼みを引き受けるはずもない。人生で一度くらい結婚しておけば良かっただの、その手の後悔はしておらぬからな」

「え……初婚、なのですか？」

「ん？　知らなかったのか。有名な話だと思っていたが……まあ、若人が関心を持つ話題ではないな」

はっはっは、と笑うオリオンだが、アメリアは半信半疑だ。

「国の英雄と讃えられるお方で、結婚の適齢期だった頃は辺境伯の身分でいらした……それなら、引く手あまただったのでは……」

彼の顔をじっと見る。

歳を重ねた今でも凛々《りり》しく、雄々しく、優れた造形を保っている。若かりし頃、令嬢や夫人らの注目の的だったことは想像するに容易《たやす》い。

容姿に加えて、オリオンはホワイトディア家本流の血筋である。ホワイトディア家は王国に属してはいるが、その実、北の大地を支配する王の一族だ。妻になれば一国の王妃並みの権力を有することができる。婚姻を希望する女性が殺到していたはずだ。

それなのに何故、オリオン・デイヴィス・ホワイトディアは、六十歳を超える今の今まで独り身でいたのだろう。

理解が及ばないまま見つめていると、彼は静かに紅茶を飲み、カップをテーブルに戻して口を開いた。

「私には兄がいたのだ。英雄と呼ばれ始めた頃の私は、戦場で戦うことしか知らぬ若造でな。日々暴れられる場所を探しては、相棒の竜と共に参戦していた。当然いろいろと問題になっていたが、それを気にしてもおらなんだ」

オリオンが懐かしそうに目を細める。

「兄は、私が問題を起こす度に尻拭いをしてくれた。しょうがないやつだ、と笑う顔が今でも忘れられぬ……強く、賢く、誰からも頼られる人格者で、兄を尊敬していた。兄嫁もできたお人でな。血の繋がりがないとは思えぬほど、私に良くしてくれた」

「……過去形で、お話しされるのですね」

「ふたりは、とうの昔に亡くなっている。三十年以上も前のことだ。辺境伯を継いだばかりの兄と兄嫁殿は、事故でこの世を去った。三人の息子を残して、な」

ぼんやりとしていた話の輪郭が、はっきりしてきた。

「本来であれば兄の第一子が辺境伯を継ぐべきだが、当時、その子はまだ十二歳になるかどうかの歳だった。北の荒くれ者共を率いることはできぬ。一族の者で判断し、私が辺境伯を継いだ。そなたの言う通り、求婚の書面は山ほど届いたが、全て断った」

「子供を……残す気がなかったから、ですか？」

オリオンが頷く。

「いかにも。正当な後継者は甥だ。彼の成長を待ち、爵位を返す。それが正道だ。だが、もしそこに英雄の息子がいれば、争いの火種になりかねん。良くも悪くもホワイトディア家は実力主義……我が子が無能で凡庸な男となればよいが、確証はない。もっとも、そうなったとして……英雄の子でありながら無能で凡庸など、哀れであろう。ならばいっそ最初からいないほうがいい。そう判断したのだ」

オリオンの語ったことは、アメリアの予想とほとんど同じだった。

彼女の生家である取り留めもない男爵家ですら、複雑な事情が絡み合っている。地位も権力も強大な辺境伯家ともなれば、このような思い切った判断をする必要があったのだろう。

「ゆえに私は初婚だ。そなたを後妻として娶るわけではない。あやつがアメリア嬢を私に任せようと画策したのは、その点もあってのことだろう」

「……英雄の妻を、無下《むげ》には扱えないから、ですね」

「安心しなさい。私が生きている間も、死んでからも、ホワイトディアの家系図に刻まれた、オリオン・デイヴィス・ホワイトディアの最初の妻を、誰も蔑《ないがし》ろにはできぬ」

後妻として結婚した相手に前妻との子供がいれば、夫の死後、追い出されてしまう可能性がある。しかし最初の妻は親族内でも優遇される立場であり、遺産譲渡の権利も発生するのだ。貴族内においてこの権利は強く、他者が不当に介入することは許されない。

オリオンの深紅の瞳は、あたたかい。

「この地で、好きなだけ絵を描きなさい。私が生きている限り、否、たとえ死んだとしても、我が名がそなたを守る。決して自由が脅かされることはないと、約束しよう」

低く、力強い声が、アメリアの鼓膜を揺らした。

これほど偉大な人物が約束してくれたのなら、自分は死ぬまで、好きなだけ絵が描ける。何もできない自分の唯一を手放さなくて済む。

手の震えが、止まった。

不安を丸ごと引き取ってもらえたかのように、腹の奥底に溜まっていた澱《よど》みが軽くなる。歓喜と安堵の渦に投げ込まれ、上手く息ができない。

でもそれは、苦しくない。

アメリアの翡翠の双眸《そうぼう》から、ひと筋の涙がこぼれた――

第二章　絵描き令嬢と伝統的な婚約式

アメリア・ローズハートが北のホワイトディア辺境伯領に到着し、城塞都市バラリオスに居を移してから、およそ一か月が経った。

持参金もなく現れた男爵家の小娘など受け入れられるはずもないと思っていたが、冷遇されることもなく、気ままに過ごすことができている。

早朝——目覚めてすぐ、彼女は動き出す。

未だに慣れない広くやわらかなベッドを下り、リサの手を借りて着替えた。複雑な仕組みの服ではないため、ひとりで着替えることはできる。けれど、リサの仕事を奪ってはならないというようなことを、侍女頭にやんわりと言い含められて以来、彼女に任せることにしていた。

朝食はひとりだ。

婚約者となった元辺境伯のオリオン・ホワイトディアは一緒ではない。こちらの暮らしになれるまでは共に朝食を、と言ってくれたのだが、アメリアが辞退した。

バラリオス城では夜明け前から竜騎士の訓練が始まる。オリオンはその訓練に立ち会うのが日課だったらしい。

そもそも彼女は食に関心がない。朝食はいつも同じ、ジャガイモのポタージュと小振りなパンだけである。毎日続けていたことを変えてまで、自分につき合わせてしまうのは申しわけなかった。

ダイニングの広いテーブルも、ベッドと同じで未だに慣れない。バラリオス城の料理人が丁寧に裏漉《うらご》ししたポタージュとやわらかいパンを胃に詰めて、アメリアはリサと共に、用意してもらった私室へ足を運んだ。

赤い髪を頭の後ろでひとつにくくる。体格に合わせて仕立ててもらった角熊の外套を着込み、マフラーをぐるぐる巻いて、分厚いブーツを履く。最後に帽子と手袋をはめたアメリアは、絵を描く道具を背負って部屋を出た。

（こんなに着膨れて、雪だるまにでもなった気分だわ）

リサは同行していない。絵を描く間は特に移動しないため、リサはその時間、侍女に必要な教育を受けている。男爵家基準の付け焼き刃は、辺境伯家では通用しないらしい。そのためリサは、実際働きながら、バラリオス城の侍女たちに教えを乞うているそうだ。

アメリアが絵を描くことは、すでに城内の人間に知られている。どうやらオリオンが手を回してくれたらしい。堂々と絵を描いていても、今のところ、怪奇な目で見られたことはなかった。

今日は朝から雪が降っていた。

荷物を背負っているせいか、石造りの回廊に雪が降り込んでいるせいか、バランスが取りにくい。積もった雪で滑らないように気をつけながら、彼女は回廊を逸れて屋外に出た。

やがてアメリアが、ゆっくりとした足取りで辿りついたのは、バラリオス城の裏側――ちょうど、正門の反対に位置する場所だ。城をぐるりと囲む城壁の真下には、竜舎と、放牧用の敷地がある。

バラリオス城には二十数匹前後の飛竜——およそ二分隊ほどの竜騎士が常駐していた。飛竜は馬よりも大きいため、城内に置いておける数が限られる。残りの個体は、城塞都市バラリオスよりも東——海沿いの崖で、専門の人間が育成と訓練をしているそうだ。

常駐する飛竜は、騎士の訓練の都合や飛竜の状態、もしくは周期的に入れ替わる。

しかし、十五年以上も入れ替わることなく、バラリオス城に居続ける個体がいた。老いた白鱗の雌竜で、名前はクィーンだ。

飛竜の寿命は百年前後とされているが、実際、それほど長生きする個体は珍しい。人間と共存する飛竜は戦場で命を落としたり、戦いで受けた傷が原因で死亡したりする場合が多く、平均的な寿命は六十年前後のようだ。また野生の飛竜は同種の生存競争が激しいため、それよりもさらに短命となる。

そんな中、クィーンは九十年以上も生きているらしい。彼女はオリオンの相棒だ。長年にわたり戦場を飛び回っていたが、オリオンと共に戦いの第一線から退き、現在はバラリオス城に定住している。

竜舎の外の巨木の根元で、横たわったクィーンが目を閉じていた。

「おはようございます、クィーン。今日も美しいですね」

着膨れたアメリアが近づき、声をかける。クィーンは閉じていた目蓋《まぶた》を持ち上げた。竜種特有の、瞳孔が縦に長い黄金の目だ。アメリアの姿を視認し、クィーンはすぐに目を閉じる。

出会って一か月。美しい白竜に接近するのを許された距離は、五メートルだ。それ以上近づくと、喉を鳴らして威嚇《いかく》される。

アメリアはギリギリの場所に雪除けのパラソルを立てた。イーゼルにキャンバスをのせ、手慣れた様子で準備を終える。寒さのせいで絵の具は少し硬い。彼女は手袋を外すと、パレットを片手にキャンバスに筆を走らせた。

最近の絵のモデルは、クィーンだ。

冬の光を反射する白い鱗。今は目蓋に閉ざされているが、黄金の輝きを放つ神秘的な瞳。老竜とは思えないほどに鋭い爪と牙。風を切り、大空へ羽ばたくための力強い翼。何よりも、空の覇者である竜種の威厳を感じさせる佇《たたず》まいが、アメリアの琴線に触れた。

訓練に参加していない数匹の飛竜が、興味深そうに様子を窺っている。中にはアメリアの後ろをウロウロと行き来する個体もいた。しかし絵を描くのに没頭している彼女は、そんなことなど気にならない。

美しい白竜の姿を、光を、空気を、描き続け――

「さあ、そこまでにしておきなさい」

「っ⁉」

後ろから伸びてきた大きな手に腕を取られた。驚いて声を上げそうになる。だが水も飲まず、喋りもせずに、冬の屋外で呼吸し続けていたため、喉が張りついて咄嗟《とっさ》に声が出なかった。

「オ……リオン、様……？」

首だけで振り返りながら、声を絞り出す。大きな白熊のような婚約者は少し呆れた顔で、アメリ

アを見下ろしていた。

「どれほど長く外にいたのか。手が氷のようだぞ」

「ぁ……すみません……」

「手袋くらいせぬか」

「絵を、描くのに邪魔なので……」

冷えきっているのか、指が固まって動かない。自分のものとはまったく違う節くれだった熱い指に、握っていた筆を抜き取られた。

「邪魔だからと防寒具を手放すものではないぞ」

眉を寄せたオリオンの目は雪の上に置かれた手袋——だけでなく、マフラーや外套、帽子に向けられている。

絵を描くのはここまでだと理解し、そこでようやく、周囲の光景が目に入って来た。

二十人近い竜騎士と相棒の飛竜たちが、空から降りてきている。訓練が終わるのは正午だ。いつの間にかそんな時間になっていたらしい。集中していたせいで、竜騎士たちが戻ってきたことにも気づいていなかった。

「夢中になるのもいいが、身体を壊しては元も子もない。風邪をひいて寝台の住人になりたくなければ、適度に休まねばならん」

「……はい……」

「リサはどうした？」

「えっと……おそらく、勉強中かと」

「明日からは、定時的に様子を見るように言っておこう」

「いえ、そんな、自分でどうにか――」

「できると？」

じっと赤い瞳で見つめられ、アメリアはわずかに目を伏せる。

「リサに頼んでおきます……」

歳の差のせいか、彼の貫禄のせいか、強情を張ろうという気はすぐに削がれた。人に世話を焼かれるのは慣れていない。着替えを手伝ってもらうのも――人にあれこれしてもらうのは、どことなく、苦手だ。

そんな気持ちが表情に出てしまっていたのか、オリオンが息を吐きながら、拾った外套を肩にかけてくれた。

「バラリオスの冬はまだまだ寒くなる」

「はい……？」

「東に海を抱えているからのう。ホワイトディア領の中でも、北に次いで厳しい冬となる。身体を温めるのも忘れて没頭していると、凍死しかねぬぞ」

「凍死……」

「そなたは、死んでなお、絵が描けるのか？」

真剣な顔で問われ、アメリアは首を横に振った。

そんなこと、できるはずがない。だから、この生きにくい世界でも、なんとか生きているのだ。

黙ったまま何も言えずにいると、オリオンがアメリアから取った筆を置いた。そして上半身を乗り出すように、彼女の肩越しに絵を覗き込んだ。彼は顎のヒゲを撫でながら「ほう」と感嘆の声を漏らした。

「クィーンを描いていたのか」

「はい。彼女はとても優美で、高貴な女性ですね」

「そうだろう、そうだろう。女王の名に相応しい高潔な美女だ。クィーンほど美しい女王を、私は見たことがない」

オリオンは上機嫌だ。クィーンへの心酔具合がわかる。

ホワイトディア領に来て驚いたことのひとつが、飛竜に魅了され、骨抜きにされた竜騎士の姿だ。騎乗できるように訓練し、相棒と呼んではいるが、手綱《たづな》を握られているのは人間のほうなのかもしれない。

(オリオン様も、そう)

じっとオリオンの横顔を見ていると、彼が視線に気づいた。キャンバスの、白の女王に向けていた目が彼女を映す。ふ、とオリオンが笑った。

「これは礼を失してしまった。伴侶となる女性の前で別の女性を褒《ほ》めたなど、ラファエルが聞けば叱責は免れぬ。僕が教えた紳士としての在り方を戦場に置き忘れたのですか、とな」

アメリアとオリオンの間を繋いだ、画商のラファエル。共通の友人だが、彼への認識は少し違うらしい。

「ラファエルさんは、オリオン様にそんなことを言うのですか？」

「そなたの前では違うのか？」

「はい。覚えている限り、軽口はあっても皮肉はなかったかと……」

「なるほどのう。あやつにとって、そなたはよほど掌中《しょうちゅう》の珠《たま》のようだ」

掌中の珠。確かに、彼はアメリアを大事にしてくれていた。彼と過ごした日々を思い出していると、オリオンが囁く。

「そのような顔をされると、悋気《りんき》せざるを得んな」

「悋気……嫉妬……ですか……？」

「うむ」

頷くオリオンに、アメリアは苦笑いを返した。

「あの、オリオン様……それほどの言葉を使ってまで、寵《ちょう》があると演じていただかなくても……」

「ははっ、そう言うではない。かれこれひと月。楽しくなってきたところでな」

初めて顔を合わせた日から、オリオン・デイヴィス・ホワイトディアは、色ボケジジイを演じ始めた。歳の差を考えもせず浮かれ、若い娘にゾッコン、何をされても許すほど寵愛し、言われたことを全てハイハイと聞くほど尻に敷かれ、いいところを見せようと張り切る、見ていて恥ずかしくなるほど若い婚約者にのぼせたジジイ——それが、彼の演じる、役だ。

あくまでも演技のため、オリオンの普段の仕事ぶりや、他人への態度が変わるようなことはない。

静観している。
そのため、城の人間は主人の行動に顔を顰めたりせず、オリオンの遅すぎる春を、あたたかい目で

対するアメリアへの目も、あたたかいものだ。積極的に人間関係を構築しない彼女は、言うなれば謎の存在である。権力者の寵愛を受けながら、わがままを言うでも不遜な態度を取るでもない。日がな一日、絵を描いているお嬢さん——

リサ曰く、『先代様が恋に浮かれるなんて、初めてのことだ。そのお相手なのだからよっぽど、いい意味で、本当にいい意味で、奇特なお嬢さんなのでしょう……と、言われています！』とのことだ。

オリオンが身体を起こした。

「そなたにしてみれば、祖父ほどに歳の離れた男だ。寵愛に気まずい思いもあるだろうが、甘んじて受け入れてくれ」

「オリオン様……」

拒絶するはずもない。それが、いつかの日のための布石だということは、アメリアも理解していた。

「ホワイトディア領の人間は身内の情に厚い。オリオン・ホワイトディアが大事にした掌中の珠を、城の人間も、バラリオスの人間も……この地に生きる全ての者が、いつまでもそなたを守ってくれる」

「……お心遣い、感謝します」

「よいよい。愛《う》い婚約者のためだからのう」

「名演技、ですね」

「騎士らも見ておる。それに……言ったはずだぞ？」

「楽しんでいらっしゃるのですか？」

「いかにも」

オリオンが豪快に笑う。身体の大きな彼が笑うと、空気が震えるかのようだ。

「そろそろ、城に戻ろうか」

アメリアは頷き、道具を片づける。オリオンはパラソルを畳んでくれた。それ以外は手を出さないでいてくれる。彼は決してアメリアの絵や道具に触ったりしなかった。彼女が自分のものに触れられるのを厭《いと》うことを、察してくれているのだろう。

道具を背負って、キャンバスを持った。オリオンはパラソルとイーゼルを抱えてくれる。そのまま歩幅を合わせて歩いてくれるオリオンの隣に並び、城内に戻った。

絵と道具を私室に置く。早朝から留守にしていたため、室内は暖を取れるほど暖かくない。アメリアはオリオンにつれられて別の部屋へ入った。促され、防寒具を外しながら部屋を見渡す。

「このお部屋は……？」

バラリオス城にある部屋の中でも、狭い部類の部屋だろう。暖炉に薪《まき》をくべたオリオンに尋ねれば、彼は「休憩室のようなものだ」と笑った。

「執務が手につかぬ時、逃げ込む場所でな」

薪が燃える暖炉の前には大きな椅子がふたつ置かれている。白熊のような大男を包み込めそうなほど高い背もたれで、それに合わせて座面も広い。平均より細い体躯の彼女にとっては、まるでベッドを折って作ったかのような椅子だ。

アメリアは足を圧迫していたブーツを脱ぐ。オリオンが差し出す毛布を受け取ると、外套の上から巻きつけて大きな椅子に腰を下ろした。薪が爆《は》ぜた。冷たくなった足先をかざしながら、燃える暖炉の火を見つめる。

「しばらくすれば、エリティカが茶を持ってくる」

もうひとつの椅子にオリオンが座った。

「エリティカさんが?」

「意外か?」

「いえ、そうではなく……最近お忙しそうなのに、申しわけなくて……」

「ああ……そうか。だが、まあ、あやつが慌ただしいのはいつものことだ。そちらはどうだ? 婚約式の準備は進んでいるかな?」

「それは……そう、ですね。はい。まあ、それなりに……?」

要領を得ない返事に、オリオンが喉の奥で笑う。バツの悪いアメリアは視線を逸らした。

婚約式とは、今度バラリオス城で行われる、城主の婚約者——アメリアの、領民への顔見せの式典のことである。当日は貴族だけでなく領民にもバラリオス城の中庭が開放され、無償の食事も振る舞われるそうだ。

老齢とはいえ、先代辺境伯で英雄の名を冠する、オリオン・デイヴィス・ホワイトディアの存在は大きい。年内にバラリオス城で婚約式をし、冬が明ける頃、ホワイトディア辺境伯家の居城――メルクロニア城で結婚式を行うことが決まっていた。

誰もが独身を貫くと思っていた男が、急に婚約者を見初め、たった数か月で婚約式を行うとなれば、当然、準備は慌ただしいものとなる。同時に、使用人たちは降って湧いた慶事に、それはもう張り切っていた。その筆頭こそが、エリティカである。

「アメリア嬢があまり乗り気でないのはわかるが、式の準備を進めたい侍女らがやきもきしておるようだ。彼女らから逃げるのであれば、上手く逃げなければな」

「……逃げるなとは、おっしゃらないのですね」

「そなたの好きにすればよい。そういう約束だ。ただ……婚約式はバラリオスの民だけでなく、東部地域の民が皆、楽しみにしている。顔を出し、手のひとつでも振ってやってもらえぬであろうか？」

暖炉の火よりも赤い目で、じっと見つめられた。

人前に立つのも、人の中にいるのも得意ではない。けれど、頑《かたく》なに拒絶するつもりはなかった。この場所で数十日を過ごす間に、オリオンをはじめ、バラリオス城の人たちには少なからず恩を感じ始めていた。

「手を振るだけで、いいのなら……」

「感謝する。ありがとう、アメリア嬢」

「いえ、お礼なんて……本当に、それくらいしかできないんです。準備は、ドレスの採寸くらいで、あとのことはお任せするしかないので……」

ホワイトディア辺境領の風習も儀礼も知らない。どんなドレスを着るかは御用達の仕立屋に任せているし、お目出度い日の食事を作るのは料理人で、城内を飾るのは使用人の仕事、その他の細かい部分は詳しい人間でないとわからないことだ。

当事者であるアメリアは、もちろん、ひと通りの説明を受けた。その上で自分にできることはないと判断し、日がな一日、絵を描いて過ごしている。

だから、侍女たちがやきもきしているのだろう。

料理の味の好み、お気に入りの生地や色など、関係各所はことあるごとにアメリアの意見を求めてきた。親切心や気遣いで引き込もうとしてくれているのは、わかる。けれどアメリアには、いくら求められても、返せる答えがなかった。

「当事者よりも周囲が張り切っておる。そなたに負担を強いるなと言ってはいるのだが、すまぬな。皆、浮かれておるのよ」

「浮かれる……」

「私が婚約や結婚をするとは、誰も思ってはおらなんだ。できぬと思っていた祝い事の準備をするのが、楽しくてしかたないのであろう」

「そういう、ものなのですか？」

「ピンときていないな？」

アメリアは逡巡したのち、こくんと頷く。

「私も身に覚えがある。甥のアークトゥルスが辺境伯を継ぐ時だ。あまりにも感慨深く、本人よりも私のほうが浮かれていた。ついにこの日が来たのかと、継承式の準備を張り切ってしたものだ。終わる頃には自然と涙がこぼれてのう」

「オリオン様も泣くのですか？」

「ああ。歳を取ると涙腺が脆《もろ》くなっていかん」

オリオンは冗談っぽく言って、喉の奥で笑った。

「まあ、兎にも角にもそういうものだ。自分の大事な人にとって重要な意味を持つ日を、本人よりも待ち遠しく思うこと、歓喜で心が震えることは間々ある」

「……正直、婚約式と言われても実感は湧きません。でも、重要な意味を持つ日という意味なら、確かに、わたしにとって婚約式の日は、そうなのかもしれません」

「私たち、にとってだ。恋情により結ばれた縁ではなく、信頼する友人の仲介により結ばれた縁とはいえ……私にとっての婚約式も、まったく無意味な日ではない」

彼が、アメリアの名を呼んだ。毛布にくるまったまま、オリオンを見つめる。暖炉の火のあたたかい揺らめきが、彼の真っ赤な瞳にもあった。

「アメリア嬢。これからの私たちの関係は、一方的に与え、一方的に与えられる、そのようなものではない。よく覚えておきなさい。これは大事なことだ」

オリオンの真剣な眼差しに押されるように、アメリアは静かに首肯した。

けれど、どう考えてもふたりの関係は一方的なもので、アメリアにしか利のない関係だ。彼女が得るものはあっても、彼女が与えられるものは何もない。それがわかるからこそ、オリオンの言葉が間違っていると思うのに否定の言葉を紡げなかった。

それはたぶん、真剣な目に反して、彼の声音がやわらかかったからだ。

「婚約式は、お城の人たちにとって……大事な日、なのですね」

白熊が微笑む。

「領民にとっても、私にとっても……そなたにとっても、そうなれば良いと思うておる」

白熊が微笑む。何故だろう。出会って一か月だけしか経たないのに、オリオンの目には、表情には、言葉には、アメリアへの何かしらの感情が込められている気がした。その感情の正体はわからないが、ラファエルが向けてくるものに似ている。

寒冷地の城は壁が厚い。外の音は聞こえず、静かな部屋では暖炉の薪が爆ぜる音が、響いて聞こえた。

彼女を見つめてくるオリオンの顔は穏やかだ。言葉を探してアメリアの、わずかに開いた唇から、微かな声がふとこぼれる。

「招待状を――」

「ん？」

「エリティカさんに、招待状を書いてみないかと、言われているのです」

「何？　そなたに仕事を任せようとしておったのか？」

「はい。その時は返事ができなくて……打診からの、進展はないのですが……」

「よいよい。そなたの手を煩《わずら》わせるなと、改めて言っておこう」

「っ……いえ……！」

足を組んでひたいを押さえるオリオンに、咄嗟に否を投げた。彼は「どうした？」と首を傾げる。

「その……招待状を、書いてみようかな、と……思って……？」

そう言いながら、アメリア本人も首を傾げていた。

(わたし、何を言っているのかしら……)

自分でも理解できない。婚約式の準備は周りに任せておけば、万事上手くいくとわかっている。

それなのに手を出そうとしていることが、自分でも信じられない。

おかしなことを口走ってしまった。すぐに、なかったことにしようと口を開きかけ——アメリアは息を止めた。

「そうか。ならばエリティカにリストを用意させよう」

言葉を紡げなかったのは、彼があまりにもやわく笑み、紅玉の目を細めたからだ。喜んでいるとひと目でわかる、そんな顔を見てしまったら、今さら何も言えない。

「半分でよいぞ。残りは私がしたためよう」

「オリオン様が？　えっと……お忙しくは、ありませんか？」

「なに、のんびり進めるさ。婚約式の支度における、私のもっとも重要な仕事は、式の間近にならねば動き出せぬからな」

「そうなのですか？」

「うむ。蒼炎の花を採りに行かねばならんのだ」

「蒼炎の花……？」

聞いたことのない名前の花だ。アメリアは目をまたたかせた。

「知らなくとも無理はない。ホワイトディア領の山岳の一部にしか生育しておらぬ花でな。その花弁をバルコニーから領民に向けて撒くのが、バラリオス城で行う婚約式の伝統だ」

「特別な花なのですね」

「ああ。こう、ベルを逆さにしたような形の、薄い蒼《あお》の花弁の花だ」

オリオンは手を窄《すぼ》めて説明をしてくれるが、想像するのには情報が足りない。再び目をまたたかせると、彼が「ふむ……」と、さらに言葉を続けた。

「真っ白の雪原の中、風に揺れる様は、その名の通り蒼炎の揺らぎのように見える。一番の特徴は夜にしか咲かぬことだ。日が昇れば花弁が閉じてしまう。ゆえに花が咲く夜のうちに採取をし、持ち帰らなければならぬ」

話を聞きながら、見たこともない花の姿がアメリアの脳裏に浮かんだ。北の険しい山岳の、目が眩《くら》むほど白い雪原の中、月光の下で蒼炎のような花が揺れる光景は、きっと――

（きれいだわ）

ごくり、と。

無意識のうちに、彼女の白く、か細い喉が鳴った。腹の奥で湧き起こった欲望は、一瞬の間に身体中に広がる。肌が粟立《あわだ》ち、勝手に口が動いた。

「その採取に、わたしも一緒に行けませんか？」

「何？」

「蒼炎の花が咲いているところが見たいんです」

自分がしたいことを、オリオンにはっきりと告げるのは初めてだ。

「ふむ……蒼炎の花が咲くのは、ホワイトディア領の東部と北部の境にある、『竜の背』と呼ばれる山脈だ。吹雪《ふぶ》く上、足場が悪くてのう。馬は入れぬ。行くには飛竜に乗るしかない」

飛竜に乗る。言葉としては頭に入って来るが、あの美しい生き物に騎乗し、自分が空を飛んでいる光景は、まったく想像できない。

「それは……わたしは行けない、ということでしょうか……？」

「出発の日までに、飛竜に乗れるようにはならぬであろう」

つまり――

「だから、私の竜に乗りなさい」

「……え？」

予想と反対の言葉に、彼女は目を丸くした。

「私が抱いておけば落ちることはない。速度も考慮しよう。防寒具を、それこそ重装兵のように着込むことになろうが……有り体に言えば運ばれるだけでよいわけだ。技術はいらぬ。ただまあ、動きにくさだけは我慢してくれ」

「待ってください！」

「ん？　どうした？」

「いいの、ですか？　わたしが同行しても……」

「もちろんだとも」

拒否どころか快諾されて、アメリアは困惑する。

ついて行きたいと言ったものの、だ。飛竜でしか行けない竜の背という場所は、一般人が簡単に足を踏み入れられるところではないだろう。そんな場所に、平均よりも体力がないであろう自分を同行させるのが、どれだけ手間になるかは考えるまでもない。

オリオンの顔を窺うが、冗談で言っている様子ではなかった。

「そなたが見たいと思った世界なのであろう？」

「はい……」

「ならば私は叶えるだけだ。そなたの心が赴くまま、自由に絵を描くために、そこへ行かねばならぬのであれば、私が考えるべきは是《ぜ》か非かではない。思考すべきは、どうすれば叶えることができるのか、ただそれだけだ」

断言した彼に、アメリアは何も言えない。ただ、真っ直ぐ向けられた目を、見つめ返すことしかできなかった。

（やっぱり……）

オリオンに一方的に与えられているだけで、自分には何も返せない。彼はどんなつもりで一方的な関係ではないと言ったのだろう。少なくとも今の関係は、彼女だけが恩恵を受けているのだと改めて自覚した。頭の中は、申しわけない気持ちでいっぱいだ。それなのに――

美しい景色を目の当たりにできるチャンスに、歓喜する自分がいる。心と呼ばれる部分か、はたまた、身体の奥底でとぐろを巻く欲望か。頭と身体がまったく別の感情の中にあって、息苦しい。バランスを取るように、アメリアは深く息を吐いた。

彼女は毛布を置いて大きな椅子を下りる。そのまま絨毯《じゅうたん》が敷かれた床を裸足で進み、オリオンの前に立った。座っていて目線がアメリアより低いにもかかわらず、風格を感じる。

「オリオン様、ありがとうございます」

頭を下げて、礼を言う。頭と身体がちぐはぐでも、感謝だけは伝えたかった。

「頭を上げなさい」

静かな声で言われて、少しの間を置き、頭を上げる。オリオンの表情は穏やかだが、眼差しは真剣だ。

「竜の背は標高の高い山脈で、この時期はすぐ先が見えぬほど吹雪いている。まずは雪山での歩き方の講習を受けるように。よいな？」

「はい」

「それから、今後は毎日少しずつ身体を動かし、食事の量も増やすぞ。もちろん夜更かしも禁止だ。まずは体力をつけねばならん」

「はい」

「飛竜に乗る訓練も行う。私が同乗する形とはいえ、背に乗る以上、竜との信頼関係が重要だ。日にわずかでも交流しておいたほうがよい」

「はい」

まるで子供に言い聞かせるように、オリオンはひとつずつ、ゆっくりと、アメリアに話してくれる。彼女も真剣な顔で頷きながら聞いた。

「当日は、クィーンに乗る。戦場から退いた身とはいえ、彼女は今でも若い竜に負けぬほど飛ぶからのう。それに、そなたにも心を許しているようだ」

「え……」

絵を描く時、クィーンとの間は五メートルほどの距離がある。それ以上の接近ができないのに、心を許してくれていると言われ、彼女は困惑した。

「そう思えぬようだが、私にはわかる。アメリア嬢が描いた絵の中のクィーンは、穏やかな顔をしておった」

「もし、本当にそうなら……嬉しいです」

困惑は晴れきらないが、心底、嬉しい。彼女は笑みをこぼす。あの美しい生き物が心を許してくれているかもしれないと、考えるだけで胸が高鳴り、頬が熱くなった。

「そなたも竜の虜《とりこ》のようだな。見る目がある」

そう言うと、オリオンは椅子を下りた。目線が一気に高くなる。大きな白熊は隣の椅子に手を伸ばすと、アメリアが置いてきた毛布を掴んだ。

(あ……)

再び、肌触りのいい毛布に包まれる。動かずにいると、ぐるぐる巻きにされた。

「小さいのう……ふむ、竜騎士を増やすか」

「え？」

「蒼炎の花の生育地には、三ツ目狼が出る。私だけなら竜騎士はひとりでよいが……もうひとりはいたほうが無難そうだ」

「三ツ目狼、というのは……？」

「その名の通りの狼だ。獰猛だが心配はいらぬ」

飛竜がいれば近づかぬからな、と続けて、オリオンはアメリアの背を支えながら椅子に誘導してくれた。ちぐはぐな頭と身体の息苦しさは、飛竜の背に乗れる喜びと想像上の蒼炎の花への関心に、すっかり上書きされている。

オリオンは飛竜の話をしてくれた。

話を聞いているうちに、アメリアの顔の血色はだんだん良くなっていく。お茶の支度をしたエリティカが来るまで、彼女は、低い声が紡ぐ言葉に耳を傾けていた。

翌日――
オリオンに言い聞かせられた通り、アメリアは食生活の改善を始めた。少しではあるが、朝食の量を増やしてもらった。いつもの小さなパンとスープだけでなく、温野菜のサラダと、卵を使った料理がテーブルに並んでいる。

刻んだゆで卵とタマネギをアンチョビと共に炒めたそれは、彼——オリオンのお気に入りの料理らしい。本人が教えてくれたことだ。最初の数日以来、朝食の席を別にしていたオリオンが、今朝は正面の席にいた。

「うむ、美味い。アメリア嬢の口にも合えばいいのだが」

「美味しいです」

「塩辛くはないか？」

「えっと……パンが進む味です」

「無理もない。酒のアテにもなる料理だ」

フォークでゆで卵を口に運ぶ。アンチョビで味つけされた料理は少し塩辛いが、パンやスープ、温野菜の味を引き立ててくれていた。

「このゆで卵炒めは、お酒を飲む人が好きな味なんですね」

「ははっ、ゆで卵炒めか。この料理の名は『祖父の栄光』というのだ」

「祖父の栄光、ですか？」

「気取らない呼び名ならば『おじいちゃんの栄光』だな。領民の間では、その名で呼ばれることが多い」

「ホワイトディア辺境領は、不思議な名前の料理が多いのですね」

この地へ来た初日に食べたケーキを思い出した。

『世界一美味しいケーキ』に『おじいちゃんの栄光』なんて、どうしてそんな名前になったのか……不思議です」

「気になるのなら、料理長に聞いてみるといい。あやつは若者にあれこれウンチクを語るのが好きな男だからのう」

そう言いながら、オリオンはナイフで焼き目のついたハムを切る。豪快なひと口で食べたが、動作が洗練されているからか品良く見えた。アメリアは小さな口にパンを入れる。やわらかい食感だ。バターとミルクの香りが鼻に抜けていく。

普段よりも多い量の食事を、いつもより時間をかけて食べた。


アメリアがなんとか食事を終えた頃を見計らって、オリオンが口を開いた。

「さて、アメリア嬢。今日の予定だが、クィーンにのってみるのはどうだろう？」

言葉を理解するのに数秒を要した。いずれ……とは思っていたが、昨日の今日で、焦がれてやまない美しい生き物への騎乗を提案されるのは想定外だ。慣れない満腹への違和感がどこかへ吹き飛んで、胸の鼓動が速まっていく。

翡翠色の目を見開いて固まっていると、オリオンが言葉を続けた。

「高くは飛べぬであろうが何事も経験だ。座るだけでもわかることがあろう」

「わたしが、クィーンにのせてもらえるのでしょうか？　昨日まで、近づきすぎると唸《うな》られていたのですけれど……」

「誠心誠意頼んでみなさい。これまでクィーンに、背にのせてほしいと頼んだことはなかったのであろう？」

「え、ええ。背中に乗るなんて、考えたことも……」

「ゆえに女王は唸ったのであろう。背に乗りたい、傍に行きたいと訴えぬ者の接近を許すも許さぬもない。問われて初めて、クィーンも是か非かの答えを出せるのだ」

聞かれていないことには答えない。気位の高い女王陛下の面差しが脳裏をよぎった。

「もっとも、昨日の距離まで接近を許したなら、彼女の答えは出ているも同然なのだろうが」

「はあ、それはどういう……？」

「竜は矜持《きょうじ》の高い生き物だ。向こうからこうべを垂れ、背に乗れと言ってくることは、まずない。さぞクィーンもじれったかったであろう」

「まさか……」

「我らが女王陛下は待っているのだ。そなたがのせてくれと頼んでくるのを、な」

椅子を引く音が響く。マナーも何もかもを忘れて、アメリアは立ち上がっていた。見開かれた翡翠色の目の下で、白くまろい頬が薄紅色に染まっている。

美しい彼女が、自分を待っていてくれているとすれば、いったいいつから心を許してくれていたのだろう。絵を描いている時の、世界から切り離され、ひとりと一匹だけになったかのような感覚の特別な時間が、ますます煌《きら》めいていく。なんて光栄なのだろう。ダイニングも、城も飛び出して、彼女の元へ馳せ参じたかった。こんな気持ちは初めてだ。

アメリアがそわそわと落ちつきをなくしていると、オリオンが声を上げて笑った。

「目通りの前に防寒具を用意してきなさい。下もドレスではなく、乗馬服のようなズボンを穿くようにな」

「はい！」

彼女は足早に私室へ向かい、リサにパンツスタイルの服を用意してもらう。昨日の今日で飛竜に騎乗する予定はなかったため、まだ専用の服は用意できていない。下は乗馬用のズボンを重ねて穿いて、防寒を万全にした。

そして、薄暗い中、竜舎へ向かう。朝の空気は冷たく、呼吸する度に肺を刺すような痛みを感じた。しかし彼女の足は止まらない。凍った地面や降り積もった雪に足を取られながらも、アメリアは普段よりも遥かに速い歩みで進んだ。

竜舎に到着すると、クィーンをつれたオリオンがいた。美しい白鱗の背には鞍《くら》がのせられている。

オリオンがアメリアの元へ近づき、手を差し出した。

「昨日も思ったが、まるで雪だるまのようだな」

「丸すぎますか？」

「今日のところはそれでよかろう」

アメリアはオリオンの手を取ると、クィーンの元へ進んだ。四メートル、三メートルと、昨日までの距離を容易く超えた。

オリオンが足を止める。アメリアは止まらない。

重ねていた手を離し、ひとりで女王の前に立った。

馬よりも大きく、見上げるほど背の高い飛竜は、悠然と彼女を見下ろしている。瞳孔が縦に長い、美しい金の目に見据えられた。君臨するという言葉が相応しい風格だ。

オリオンは何も言わなかった。背中に彼の視線を感じるが、アドバイスはない。

（これが合っているのかは、わからないけれど……）

彼女は女王の金色の目をまっすぐ見つめたまま、己の胸に手を当てた。深く吐いた息は白く、宙に昇って消えていく。

「クィーン、あなたの背に乗る栄誉を、与えてくださいますか？」

当然、飛竜は人間の言葉を話さない。アメリアにクィーンの思考を読み取る術もない。

白い彼女が動く。クィーンは一歩、アメリアに近づき――翼を畳んで膝を折った。女王はそのまま動きを止めて、鼻を鳴らす。まるで、許可を与えるから早く乗りなさいとでも言っているかのようだ。

アメリアはちらりとオリオンを振り返る。彼は、笑みを浮かべながら頷いた。

「っ……よろしくお願いします」

彼女はクィーンの横に立ち、鞍に繋がるあぶみに足をかけて――

「……あの……」

片足を上げた状態で、止まる。

「どうした？」

「こ、ここから、どうすれば……？」

沈黙が落ちた。

「……馬に乗ったことはあるか？」

「ありません……」

「そうか……うむ、そうか……」

オリオンは逡巡するように言うと、彼女の名を呼んだ。

「申しわけないが、触れてもかまわぬか？」

「……はい？」

「失礼する」

承諾の意味の『はい』ではなかったが、それを説明する間もなかった。後ろから伸びてきた太い腕が、ぶら下がっていた足と、あぶみの上に引っかかっていた足をひとつにまとめて抱えるのと同時に、反対の腕がアメリアの腰を支えた。

年齢を感じさせないたくましい腕に抱かれ、身体が浮き上がる。

次の瞬間、アメリアの身体は鞍の上にあった。視界が急に高くなる。彼女は目をまたたかせた。

すぐに離れていったオリオンの腕の感触が、まだ腰に残っている。つい、彼のほうを見下ろせば、苦笑した顔と目が合った。

「ちゃんと前を向いていないと危ないぞ」

「あ、はい……」

言われて前を向く。視界が高くなり、普段とは違う景色が見えた。自然と背筋が伸びる。

「姿勢は良さそうだ。足はあぶみを踏んで、太腿で鞍を挟むようにするのだ」

「こう……でしょうか？」

「ああ。クィーン、頼むぞ」

オリオンがクィーンの身体を撫でた。すると彼女は折っていた膝を伸ばし、ゆっくりと立ち上がる。

「あっ！」

思わぬ揺れに、彼女は上半身を倒して、クィーンの首にしがみつく。

「オ、オリオン様……！」

「まずは体幹を鍛えるところから、だな」

「あの、ここからは？　何を、どうすれば……？」

「ひとまず降りてきなさい。さあ、手をこちらへ」

こちらへ、と伸ばされた手を、アメリアは見つめる。いつ見ても大きな手だ。軽々と抱き上げてくれた時に、力が強いことも身をもってわかった。掴んでも大丈夫。地面に落ちることはない。

少しの逡巡のあと、アメリアは手を動かした。獰猛な白熊のように大きな身体の、けれど、雪兎のようにきらきら輝く赤い目を持つ彼のほうへ、手を伸ばし、掴む――先ほどと同じ、たくましい腕に抱かれ、すぐに彼女の両足は地面に着いた。

下ろしてもらった直後は、普段よりも距離が近い。アメリアが見上げると、オリオンは目尻に皺を寄せて微笑んでいた。

「毎日少しずつ乗れば互いに慣れるだろう。毎朝、絵を描く前にクィーンに乗る練習ができればと思うておるのだが、どうかな？」

「わたしにとっては、とてもありがたいことです。でもオリオン様は、訓練を見なければいけないのでは……？」

「いや、問題はない。訓練自体の指導者は別におるからな。そなたが絵を描いている間に顔を出せばよかろう」

「……では、よろしくお願いします」

オリオンの協力がなければ、クィーンに騎乗することすらできない。アメリアは素直に頭を下げた。

「うむ、決まりだ。明日からも朝食を共にし、クィーンに乗る練習を行うこととする」

「朝食も、ですか？」

「ん？　私はそのつもりであったが、アメリア嬢はひとりのほうが気楽かな？　そうであれば無理にとは言わぬが……」

眉尻を下げ、どことなく寂しげな顔をするオリオンに、アメリアは目を見開く。そして慌てて首を横に振り「そんなことは、決して！」と、否定の言葉を口にした。

「それは良かった。では、今日のところは解散だ。そろそろ陽が昇る。今日もまた、クィーンを描くのであろう？」

「はい、そのつもりです」

そう、そのつもりだった。だが、まさか、オリオンから言い出してくれるとは思っていなかった。アメリアが思っている以上に、オリオンは彼女の絵を描きたいという欲求を理解してくれているのかもしれない。

だから——

「今日は、少しだけ……本当に少しだけですが、昨日よりも、クィーンのことがわかったような気がします。だから、わたしが今日描く彼女は、昨日よりも美しいと思うのです」

自分の絵の話をするのは、初めてだ。オリオンに対してだけではない。ラファエルにもしたことはなかった。自分の絵は美しいのだと、価値があるのだと——自負を滲ませて話した。

オリオンは少し沈黙したあと、アメリアの目を見つめたまま、力強く頷く。そして、口を開いた。

「私もそう思う。そなたの描くクィーンは今なお美しいが、これからますます磨きがかかっていくことであろう」

冬の朝の、張りつめた空気が、微かに緩んだ気がした。彼の言葉は、アメリアの中の、やわらかい部分に沁み込んでいく。腹の奥に居座る欲望を肯定され、認められ——すくわれたような気がした。

どんなに素晴らしい作品でも、女性芸術家の作品は売れない。だからアメリアは男性画家の名前で絵を売っていた。購入者は誰も彼女の正体を知らない。ゆえに画家のアメリアと向かい合ってくれるのも、彼女の作品を認めてくれるのも、期待してくれるのも、これまではラファエルしかいなかった。

（わたしのことを、理解してくれようとしている……）

本当に、自分の全てを理解してもらえる保証はない。けれど、何を考えているのかわからないと距離を置かれ、何を見ているのかわからないと気味悪がられ、人の営みの中に交じれないことで欠陥品の烙印《らくいん》を押された彼女にとっては、理解しようとしてくれるだけで――

アメリアはオリオンから勢いよく離れる。彼が何か言う前に深く頭を下げた。そして「道具を取ってきます」と震える声で紡ぐと、その場から逃げるように走り出す。着膨れて、身体を上手く動かせないが、一刻も早く彼の前から逃げてしまいたかった。

初めて抱いた感情を持て余す。向ける先もわからない。だから今はただ、何も考えずにキャンバスと向き合いたかった。そうすれば、絵を描くのに必要がない、余計なものは鳴りを潜《ひそ》めてくれる――そして、案の定。

動揺して逃げ出してしまうほどの感情も、美しい白竜を前に描き始めれば、無事に消えてくれた。

それから、十日――

新しくなった毎朝のルーティンにも、だいぶ慣れた。

陽が昇る前に婚約者との朝食を終え、まだ気温も上がりきらない、薄ぼんやりとした明るさの中でクィーンに乗る。白い竜が足音を響かせながら放牧場を歩く間、アメリアは振動で振り落とされないよう、鞍を挟む脚に必死に力を込めていた。

歩行のあとは飛行だ。後ろにのったオリオンに腰を抱いて支えてもらう。それから、城壁を越えない高さをぐるぐる回るだけの低空飛行だ。しかし支えられてなお、空を飛ぶ感覚に慣れないアメリアの体幹は安定しなかった。当日は壁よりも高い位置を、速度を上げて飛ばなければならない。互いの腰を繋ぐベルトの導入は早い段階で決まった。

騎乗の時間は技術的な訓練というよりも、アメリアとクィーンの、相互理解のための時間という意味合いが大きい。そのため長時間続けるのではなく、朝陽が城塞都市バラリオスに差し始める頃には切り上げとなる。一般人が飛竜に乗るのは体力も神経もすり減るからだ。

その後、アメリアは白の女王を前に、絵を描き始める。

オリオンは日課である竜騎士たちの訓練の監督に行き、代わりにリサがやって来た。彼女はお目つけ役だ。アメリアが寒い屋外で時間も忘れて没頭しないように、タイミングを見計らって声をかけてくれた。

かれこれ十日ほど、このルーティンで動いている。

(時間が足りないわね)

アメリアは溜め息を漏らし、筆を置いた。

空には雪をもたらす濃い灰色の雲がかかり始めている。貴重な晴れ間はわずかな時間で幕引きだ。冬のホワイトディア辺境領は太陽が出ている時間が短い。そもそも天候が芳しい日が極端に少なく、光が差し込まない日も珍しくなかった。

道具を持ち運ぶ手間があっても、屋外の条件が望み通りのものになる可能性が低くても、アメリアは戸外で絵を描くことにこだわっている。

自らの目に映る光や、肌で感じる空気、風の温度や湿度までをも表現するには、建物の中にいては得られる情報が足りなかった。当然、自然の光は時間によって変化するため、描きたい瞬間を描くための時間は限られる。だからこそ、ひとつでも多くの材料を得なければと、アメリアは戸外で描くのをやめないのだ。

（もっと、鮮やかな色彩を表現するためには……）

完成していないキャンバスを、睨《にら》むように見据えた。

男爵領にいた頃よりも、息がしやすくなった。将来の不安や不自由から解放されて、精神的に楽になったおかげか、以前にも増して何にも囚われず、心のままに描けている。

だからか、欲が出てきた。もっと、もっと……と、いろんなことを試してみたくなった。それは手法かもしれないし、見たことのない世界を描くことかもしれないし、初めての画材を使うことかもしれない。まだ具体的な形にはなっていないが、間違いなく、アメリアの中には欲が生まれていた。

悶々《もんもん》とした思いと共に描きかけの絵を見ていると、後ろで足音が聞こえた。リサだろう。彼女が昼食の時間を伝えてくるのも、いつものことだった。

「リサ、片づけて行くから――」

「今日の食事は温室に用意しているぞ」

「え……？」

振り返ると、そこに立っていたのはリサではなく、白熊のような婚約者だ。アメリアは目をまたたかせる。

「オリオン様、どうして……？」

「リサには別の仕事を頼んだ。婚約者殿と昼食を共にと願うているのだが、かまわないかな？」

「はい。片づけてから温室へ参ります」

「うむ、待っている」

アメリアは描きかけの絵や画材一式を片づけ、服を着替えたりと、支度を整えた。その足で温室へ向かう。

ガラスの天井の温室には、冬の厳しさを感じさせない、色鮮やかな花が咲き誇っていた。地面の下に引いた温泉の地熱で全体が温められており、足を踏み入れた瞬間、寒さで強張っていた筋肉が弛緩《しかん》していくのがわかった。

温室を進んで行くと、中央付近にテーブルが置かれている。その傍らにはカップに紅茶を注ぐオリオンがいた。テーブルには平らな白い皿がのっている。

「おお、来たか」

彼はカップをテーブルに置くと、椅子を引いてアメリアを座らせてくれた。すると、陰に隠れて見えなかったワゴンが視界に入った。薄く切ったライ麦パンや白パンと、瑞々しい野菜、調理済みの肉や魚、海老などの食材がそれぞれのっている。

オリオンは濡れた布巾で手を拭うと、薄いライ麦パンを手に取り、たっぷりとバターを塗った。それを平らな皿に置いて、薄切りのローストポーク、紫キャベツをのせていく。慣れた手つきだ。

たっぷりの食材でライ麦パンの姿は見えなくなる。最後にオレンジの薄切りを飾ったオリオンは、ナイフとフォークと共に、それをアメリアの前に差し出した。

「スモーブローですか？」

「正解だ。さあ、召し上がれ」

「い、いただきます……？」

どうして彼が手ずから振る舞ってくれるのか、さっぱりわからない。だが、感想を待つかのようにじっと見つめられると、早く食べなくてはいけない気になってくる。

パンが隠れて見えなくなるまで具材をのせるのが、普通のオープンサンドとは違う、スモーブローの特徴だ。ひと口分を切り分けて、食べる。ローストポークの塩気と紫キャベツの相性は良く、オレンジの風味が料理を上品に仕上げている。

「美味しい、です」

咀嚼《そしゃく》して感想を言うと、オリオンは目を細めて頷いた。

「口に合って良かった。どんどん食べなさい」

「はい。でもわたしだけでは……オリオン様はお食べにならないのですか？」

昼食を共にしたいと言っていたはずだが、今のままでは給仕のようだ。

「私も食べるぞ。そうだな……うむ、タルタルステーキにしよう」

オリオンは手を拭くと、黒ライ麦のパンに、牛肉のみじん切りに香辛料を混ぜたタルタルステーキをのせ、生のオニオンリング、ホースラディッシュのすりおろしと卵黄をトッピングしていく。

彼女よりもボリュームがあった。それを渡されていたら食べきれなかっただろう。

ひとつでは足りないのか、彼はふたつ目、三つ目のスモーブローを作り始めた。

白パンにスモークサーモンのスライスと小エビをのせ、薄切りのレモンと新鮮なディルをトッピングしたもの。ローストビーフを黒ライ麦のパンにのせ、レムラード・ソースをトッピングし、ホースラディッシュの千切りとカリカリのオニオンフライを散らして飾りつけたもの。綺麗なスモーブローができあがっていく。

(オリオン様、なんだか、楽しそうだわ)

広いテーブルにいくつものスモーブローが並んだ。まるで皿の上に花が咲いているかのようだ。大きな手の太い指から生み出されたとは思えないくらい、繊細な見た目だった。

「ワインもあるが、そなた、酒はあまり嗜《たしな》まないのであろう?」

「そうですね、あまり……飲めたほうが、いいのでしょうか?」

「ん? 酒は嗜好品ゆえ、楽しめぬのなら無理に飲む必要はない。代わりの飲み物はいくらでもあるからのう」

オリオンは濃い赤のワインをグラスに注いで、椅子に腰かけた。ワインをひと口飲んで、彼がスモーブローを食べ始める。

「ん、美味い。やはりローストビーフとレムラード・ソースの組み合わせは抜群だ」

「スモーブローも、バラリオスに来て、作り方を覚えたのですか?」

「ん?」

「いえ、その……以前、そんなお話をしてくださったので……」

世界一美味しいケーキを振る舞ってもらった時のことを思い出して尋ねれば、オリオンはふっと笑って口をナプキンで拭いた。

「簡単なスモーブローは、メルクロニアで辺境伯だった頃にも作っていた。だがまあ、その時はすでに用意してある具材を、パンにのせるだけだったがな。具材やソースまでを自ら作るようになったのはバラリオスに来てからだ」

「もしかして、今日の具材も、全部……？」

「うむ、訓練後に作ったものだ。時間がかかるものは昨夜から仕込んでおいた」

「昨夜から……大変、なんですね。料理って」

アメリアはこれまでに料理をしたことがない。明瞭な想像はできないが、目の前に並んだ色鮮やかなスモーブローを見ると、手間がかかっていることは、なんとなくわかる。

「大変だが、苦ではない。私に合っておったのであろう。辺境伯でなくなり、老後の趣味を見つけようと、いろいろなことに手を出したものだ。チェス、読書、オルガン、それこそ絵を描いたこともあるが、どれもしっくりこなかった」

「料理は、しっくりきたのですか？」

「もともと戦場で、簡単にではあるが作っていたからのう。思い返せば、それも嫌ではなかった。その延長のようなものなのかもしれぬが……うむ、難しいことは抜きにして、料理は好きだ。作るのも食べるのも、振る舞うのもな」

さあ、と勧められ、アメリアは止めていた手を動かした。オリオンが作ってくれたスモーブローを食べる。小食の彼女でも食べるのが苦でないのは、ローストポークがやわらかく、紫キャベツがあっさりしているからだろう。オレンジの爽やかな香りもひと役買っている。

アメリアは少しずつ、ゆっくり、半分ほど食べ進めた。オリオンを見れば、彼はふたつ目のスモーブローを食べ終わろうとしている。

「あの……」

「おかわりかな？」

「あ、いえ、ひとつで充分です。それよりも、今日はどうして昼食に誘ってくださったのですか？こんな風に振る舞ってくださる理由は……」

「婚約者殿との仲を深めるため……というのもあるが、ただ単に自慢したかっただけだ」

「自慢……？」

「そなたの婚約者はこれほど美味いものを作れるのだぞと、年甲斐もなくいいところを見せたくなった。もっとも得意なのは飛竜で戦場を駆けることだが、さすがにそれを見せるわけにはいかぬしのう」

肩を竦めるオリオンを、アメリアはじっと見る。

「本当に、その理由ですか？」

「さてな。嘘やもしれぬ。何か困っていることはないかと聞くために、気軽に話せる席を用意した……そう言ったら、どう答える？」

「その時は……困っていることはありませんと、答えます」

「ふむ……ならば私は、本当か……と、問い直すであろうな」

そう言われて、アメリアはナイフとフォークを置いた。

もしかするとオリオンは、アメリアが行き詰まっていることに気づいたのかもしれない。壁というほどではないが、靄《もや》がかかって前方がハッキリしない、ぼんやりとした違和感を覚えていることを、察したのだろうか。

（もしそうなら、鋭い方、ね）

どうして気づかれたのか、わからない。

「本当に、困っていることはありません。男爵領にいた頃より、自由に絵を描けていますし、キャンバスや絵の具などの画材も、質のいい物を用意していただいています。飛竜を描く機会だって、ホワイトディア領でなければ、なかったでしょう」

偽りのない、本心を語る。

「目の前の絵、それだけに集中できる環境は、わたしにとって、あまりにも幸運なものです」

それは本心だ――ただ、全てではないけれど。

アメリアにとってはあまりにも急に訪れた、まるで降って湧いたかのような幸運だ。だから、ある日いきなり消えてしまうのではないかと、不安が脳裏をよぎることがある。ああしたい、こうしたいという欲が増えた。それなのに、幸運が消えて欲だけが残ったら、どうなってしまうのだろう。

絵を描けるなら、それだけでいいと思っていた。なのに、もっと上手く表現したい、光も彩も、自分が美しいと感じたものを、ただ美しく描きたいと――足掻《あが》いている。

幸運を得て、恩恵を受け、それでもなお、みっともなく足掻く小娘の姿を見て――幸運のような恩恵を与えてくれた張本人――偉大な英雄は、どう思うのか。

アメリアはそっと目を伏せた。

「アメリア嬢」

名前を呼ばれて、閉じた目蓋をそのまま持ち上げた。穏やかな光を湛《たた》えた瞳が、彼女を映している。返せるものがないのに、オリオンが向けてくれる親切と気遣いを拒めない。

「何度でも言おう。そなたの思うままに、何をどうしてもかまわない。すでに幸運はそなたの元にあり、逃げてゆくことはないのだ。だから、怯えずともよい」

「怯える……わたし、怯えていますか？」

「私にはそう見えるが、本当にそうかどうかは本人にしかわからぬであろう。とはいえ、自分自身の感情と向き合うことは、容易ではないからのう。焦らず、のんびりと考えればよい。そなたはまだ若いのだからな」

アメリアには想像できないほどの、激動の時代を生き抜いてきた人。彼も、そうやってきたのだろうか。尋ねてみようかと、アメリアは口を開き――思いとどまる。そして、言葉を紡ぐために開いた口に、残りのスモーブローを押し込んだ。

婚約式まで、あと十日――ついに出発の日を迎えた。久しぶりに朝から天気がいい。冬の朝陽が差す中、アメリアは竜舎の前にいた。

分厚い外套や毛布でぐるぐる巻きにされた彼女は、自分では身動きが取れない状態だ。厚手のブーツや手袋、耳当てつきの帽子はもちろん、革製のパンツを重ねて穿き、隙間ができないようにマフラーをぐるぐる巻きつけている。その上から、極寒の戦地で騎士が使用するレベルのマントを羽織っており、自由と引き換えにした防寒対策に油断はない。

直立不動の状態で待っていると、オリオンと白竜のクィーンがやってくる。専用の鞍をつけた女王陛下が、力強く地面を踏みしめながら近づいてくるのを、アメリアは翡翠色の目を輝かせながら見つめていた。白鱗に朝陽が反射し、高貴な光を纏っているかのようだ。

（なんて美しいのかしら）

アメリアはうっとりとした顔で彼女を見つめる。これからクィーンに乗って空を駆けるのだと思うと、期待で胸が高鳴った。

「待たせてすまない。何もなかったか？」

「……っ、はい。大丈夫です」

クィーンに見惚《みと》れていたため返事が遅れる。アメリアのクィーンへの熱の上げっぷりを知っているからか、オリオンは楽しげに目を細めた。

「熱烈な眼差しだな。今日から四日にわたり、クィーンと時間を共にするのだぞ。心臓が持たぬのではないか？」

「持たせてみせます。貴重な時間ですから」

「うむ、いい意気込みだ」

彼女が真面目な顔で答えると、オリオンは一瞬間を置いてから、力強い頷きを返してくれた。もしかすると最初の言葉は冗談だったのかもしれない。

アメリアはオリオンから視線を外し、クィーンを見る。その場から動けないと察してくれたのか、白い竜は自ら首を伸ばし、鼻先をアメリアに寄せてくれた。

「クィーン、今日からお世話になります」

小さく言葉を紡げば、白の女王は是とばかりに喉を鳴らす。

毎朝の訓練を通して、光栄にも彼女と親しくなることができた。着膨れて可動域が狭くなった腕をゆっくり持ち上げ、アメリアは高貴な白竜の貌《かお》をそっと撫でる。手袋越しでなければ、冷たく硬くありながら、つるつると滑らかな質感を直に堪能することができただろう。

クィーンに触れていると、オリオンがふっと笑った。

「アメリア嬢、幸福な時を堪能しているところすまない。同行する騎士を紹介させてもらってもかまわぬかな？」

「す、すみません。お願いいたします」

彼女の目にはクィーンとオリオンしか映っていなかった。彼の言葉で視野が広がると、二匹の飛竜と、ふたりの騎士がいることに気づく。彼女はのそのそと身体を動かし竜騎士たちと向かい合った。

「まだ若いが、上官が有望と推した者たちでのう。エリック・ハルドと相棒のゼニス、ヴァネッサ・ジルと相棒のイーグルだ」

エリック・ハルド。男爵領から要塞都市バラリオスに至るまでの道中を、護衛兼案内役として同行してくれた青年騎士だ。執事のエリティカの七男で、相変わらず真面目そうな風貌をしている。

ヴァネッサ・ジルは初めて見る顔だった。バラリオス城に少なからずいる女性の竜騎士らしい。髪をきつくひとつ結びにしており、目が猫のように吊り上がっている。年齢はアメリアと変わらないくらいか。気の強そうな顔立ちの女性だ。

「エリック・ハルドです。本日から四日間、身の安全をお守りいたします」

「ヴァネッサ・ジルです。私は主に身の回りのお世話をさせていただきます。どうぞ、ヴァネッサとお呼びください」

ふたりが胸に手を当て、頭を下げた。アメリアは咄嗟に下げ返そうとして、止まる。オリオンの婚約者が軽々しく頭を下げるべきではないと、婚約式を執り行うにあたり、エリティカに言われたことを思い出した——のではない。単に着膨れて動けないだけだ。

「万全の計画を立て、日程を組んでいる。道中は問題が起きぬよう徹するが、それでも万が一がないとも限らぬ。ゆえに雪山の訓練において優秀だった者を選ばせた。何が起きても対処できようと、まあ、いろいろ申したが、そなたは安心して運ばれておればよい」

「はい、わかりました。おふたりと、オリオン様も、よろしくお願いいたします」

アメリアが言うと、オリオンは「うむ」と頷いた。

「よしよし。では参るか」

オリオンが軽く地面を蹴《け》り、難なくクィーンの背に乗る。直立不動のまま見上げていると、エリックが傍らに来た。そして「失礼いたします」と、アメリアを抱き上げた。視界が一気に高くなる。

「危険ですので、あまり動かれないでください」

着膨れて動けない彼女は、ほとんど荷物と同じだ。エリックは割れ物が入った箱を扱うかのようにアメリアを持ち上げ、クィーンに騎乗するオリオンへ引き渡した。

アメリアはオリオンに背中を預ける体勢で白竜の背に座った。馬よりも高い目線で見る景色は、何度見ても新鮮だ。キョロキョロと周囲を見渡していると、腰にベルトが巻かれた。そのベルトはオリオンと繋がっていて、いざという時の命綱だ。

「ゴーグルをつけるぞ」

ガラスを削って型にはめたゴーグルは、飛竜に乗る時の必需品だ。それがなければ速度を上げた飛竜の背で目を開けていられない。腰を固定されてますます動けないアメリアには、オリオンが手ずからつけてくれた。

エリックとヴァネッサが騎乗する。ふたりの相棒の竜にはアメリアとオリオンの荷物も積まれていた。

「よし、クィーン……出立だ！」

オリオンが声をかけると、クィーンが翼を広げ、二、三度羽ばたかせる。次の瞬間、一気に目線が高くなった。空気の温度と、光の眩しさが変わる。声を上げる間もなく、彼女の目に映る景色が広がった。

城塞都市バラリオスは、城は元より、都市自体が高い城壁に囲まれている。飛竜は軽々と城壁の高さを越え――北の辺境領の絶景が視界に飛び込んできた。

点々と見える集落、雪化粧を施された山、草が枯れて色褪《いろあ》せた丘に走る整備された道の跡、飛ぶ鳥の群れに、鬱蒼《うっそう》とした森へ駆けて行く獣の姿――数日振りに顔を出した太陽の光が、恩恵の雨のように空高くから降り注ぎ、雪に反射して煌めいていた。

(世界が、輝いてる……)

まばたきも忘れてガラス越しの光景を目に焼きつける。

クィーンが速度を上げて進み始めた――瞬間、後ろから強く腰を抱き寄せられて、アメリアの身体はオリオンの太い腕の中に収まった。

「オリオン様……？」

「アメリア嬢、まばたきは忘れてもいいが、呼吸を忘れてはならんぞ」

言われて、呼吸を止めていたことに気づく。冷たい空気が肺を満たし、背中越しに、彼が笑う振動が伝わってきた。

「気持ちはわかるがな。何せ、絶景だ」

「……ええ、本当に……」

防寒具で着膨れていても風の冷たさを感じた。地上よりも気温が低いようだ。気分が高揚していなければ、寒さで身を震わせていたかもしれない。

身体は動かせないが、頭はこれまでにないほど働いていた。スケッチができないため、視界に入る全てを記憶していく。後ろで支えてくれているオリオンとの会話もそれきりとなり、アメリアの頭はめくるめく世界でいっぱいになった。

飛竜の羽ばたきの、なんと力強いことか。訓練とはまったく違う。クィーンが風を切って真っ直ぐ進むと、アメリアも、まるで自分の身体が空気に溶け込んでいくかのような感覚を覚えた。

（クィーン、あなたたち竜の目から見える世界は、こんなに美しいのね……ううん。もっと、わたしが感じる以上に、美しいのかもしれない……）

次の瞬間には変わってしまう雄大な自然を、何ひとつ見逃したくない。彼女はまばたきも忘れて、景色に見入っていた。

北上していくにつれて、空気がさらに冷えていく。点在していた村や町も見かけなくなった。おそらく人間が住みにくい環境の地域に入ったのだろう。久しぶりに顔を出していた太陽もすでに雲に覆われ、周囲はどことなく不安を煽《あお》る、薄い灰色の世界へと変貌した。

だんだん風が強くなって、支えられていても身体が揺れるようになった。ずっと前方に見えていた、荘厳な雪山に近づいているのだ。天候はかなり荒れているようで、まだ距離があっても、暴風が吹きすさぶ音が聞こえてきていた。

「あれが『竜の背』だ」

耳元でオリオンの声がする。吹きつける風のせいで会話もままならない。

「竜の背は、一年を通して雪深い山でな。夏でも雪が融けることはない。間違ってもひとりで行こうなどとは思うてくれるなよ」

こちらの声は届きそうにないため、彼女はオリオンが話すのを聞いていた。

彼曰く、竜の背はひとつの山の名前ではないそうだ。ホワイトディア辺境伯領の、東部と北部の境に位置する、六つの連山の総称であるらしい。海側から吹く卓越風の影響で、強い風と大量の雪が山を越えようとする者の行く手を遮っているのだという。

「今日は日暮れ前に、山の中腹辺りに到着する予定だ。そこで夜を明かし、蒼炎の花が咲く場所へは明日以降の到達となる」

アメリアは、わかったという意味を込めて頷く。

「飛竜であっても吹雪《ふぶき》の中をむやみに突き進んでは行けぬ。比較的、風が弱いルートを選んで進まねば遭難しかねん。これほどの雪山で迷えば、まず命はない」

彼が話す度、彼女は頷きを返した。

「危険な山だからのう。ホワイトディア領の人間は竜の背を恐れておる。だが、嫌ってはおらん。それはこの連山が盾であるからだ……長らく続く蛮族との戦いの歴史で戦線が押されたこともある。だがそれでも、激戦が北部地域以外で、竜の背を越えて行われたことはない。我ら北の民は、この険しく荘厳な雪山に守られておるのよ」

そう話す彼の声には、連山への畏怖《いふ》と、誇らしさが滲んでいた。

「その山を竜の背と呼ぶのは、北の人間にとって、竜は強さの象徴だからだ。竜はあらゆる外敵を退ける守護者……ゆえに、共に戦う竜騎士にも高い期待が寄せられる。その称号を背負うのであれば、期待に応えねばならん」

　領民の期待を一身に背負う竜騎士という存在。その頂点に君臨する一族がホワイトディア家だ。そして今、アメリアを支えてくれる男こそ、かつて、その頂点の一族を率いていた人物なのである。

（話を聞けば聞くほど、実感が湧かなくなるわ……わたし、本当にこの方と結婚するの？）

　そんなことを考えていると――一瞬で、視界が真っ白に染まった。

　見る景色も何もない。白一色だ。比較的に風が弱いルートを飛ぶと言っていたが、まだ入らないのだろうか。それとも、風が弱いルートで、これなのか。アメリアには判断できない。視界不良と、呼吸が苦しくなるほどの寒さに襲われた。彼女にできることは何もない。せいぜい邪魔にならないようにじっとしていることくらいだ。

　けれど、何も見えない状況でも、不思議と不安は感じなかった。オリオンが落ちついているのを背中に感じ、想定外のことが起きているわけではないとわかるからだ。

　だからアメリアはオリオンに抱かれたまま、ここまでに見た光景を、頭の中で何度も反芻《はんすう》した。光の差し方も、風の音も、竜の羽ばたきも、鳥の群れが何匹だったかまで、鮮明に頭の中に描いていく。

（早く、描きたいわ）

　これまでに見たことのない視点からの世界だった。キャンバスに筆で色をのせるのは無理でも、せめてスケッチくらいはしたい。気持ちが急く。

だからだろう。クィーンが徐々に降下し、悠然と雪の大地に降り立った瞬間、アメリアは即座に自分も降りようとし――

「絵を……あっ……」

動けないことを思い出した。腰に巻かれたベルトのことも、後ろで自分を抱きかかえているオリオンの存在も、頭の中から消えていた。彼はアメリアが唐突に飛び降りようとしていたことに気づいている。だからこそ、少しだけ咎《とが》めるような声音で、アメリアの名を呼んだ。

「落ちつきなさい。周囲を確認して、問題なければすぐに降ろそう」

「は、い……」

アメリアは蚊の鳴くような声を漏らした。

先に降りたエリックとヴァネッサが周囲の確認を終える。彼女はクィーンにのった時とは反対に、オリオンからエリックに引き渡す形で降ろしてもらった。

吹きすさぶ雪の中、時間の感覚もない。オリオンが日暮れ前に到着する予定だと話していたから、そのくらいの時間なのだろう。

「アメリア嬢、そのまま動くでないぞ。雪で見えぬだろうが、すぐ左手側は崖になっている」

崖と言われて目をこらすが、まったく見えない。

「この場所は崖の岩肌が突き出た部分だ。そなたから見て右手側に、行き止まりの洞窟がある。今日はそこで夜を明かす予定だ」

「崖も、洞窟も、ぜんぜん見えません……」

「であろうな。雪の中で地形を読むには訓練が必要だ。アメリア嬢、そなたは動けぬゆえ、抱きかかえて行くがかまわんな？」

「ええ、お世話になります……」

オリオンは「うむ」と頷いた。そしてアメリアを横抱きにすると、足元を確かめながらゆっくり前進する。そのまま進んで行くと、やがて前方に洞窟が見えた。木のウロのような穴が、崖の岩肌にぽっかり口を開けている。

洞窟の中は、真っ暗で何も見えない。足音が聞こえ、エリックとヴァネッサが入って来るのがわかった。風の音が小さくなる。三匹の飛竜が入り口を塞いだようだ。

「エリック、明かりを」

「はい。ただ今」

荷物を漁《あさ》る音に、石を打ちつける音が続く。火花が散るのが見えたかと思うと、すぐに火種ができた。エリックが火を大きくし、ヴァネッサが持参した薪をくべていく。次第に洞窟が明るくなった。

猛吹雪による白い闇から、洞窟の暗闇と、視界不良が続いていた。急に明るくなり、少しだけ視界が回る。彼女が眉間《みけん》に皺を寄せていると、オリオンが「失礼する」とゴーグルを外してくれた。そのまま雪除けのマント、耳当てつきの帽子、ぐるぐるに巻かれたマフラーなど、順に外してくれる。

ようやく自力で動ける程度にまで防寒具を剥《は》がされた頃には、エリックたちが立派な焚《た》き火を用意していた。彼らはそのまますぐに湯を沸かしたりと、食事の支度を始める。

「アメリア嬢にとっては初めての雪山だ。体調に変化はないか？」

「今のところは特に……あの、それより絵を、絵を描いてもいいでしょうか？」

欲求は未だ、治まらない。縋《すが》るような気持ちで言葉を紡げば、優しい笑みが返ってくる。

「ああ、好きにしてかまわぬ。だがその前に、口を開けなさい」

「え？」

「さあ、早く」

「は、はあ……」

よくわからないが、言われるがまま口を開けた。するとオリオンが小さな袋から出した丸い何かを、彼女の口にそっと入れた。

「……キャンディ？」

「食事の支度が済むまで舐《な》めていなさい」

「えっと……はい、わかりました」

どうしてキャンディを食べさせられたのか。不思議に思いはしたが、その疑問は答えが出る前に、彼女の中から消えてしまった。

預けていた荷物からスケッチブックを取り出す。まっさらなページを開いた瞬間、アメリアの手は動き出した。気持ちに急かされるまま、記憶の中の光景を描き出していく。彼女は速筆だ。紙面にはすぐ世界が生まれる。

彼女の意識は完全に手元のスケッチだけに向けられていた。周囲の音も、光景も、料理の香りすらも、すべてが意識の外だ。舐めるのを忘れられたキャンディは、まん丸のまま口に残っている。手が止まらない。

描かなければいけないものは、たくさんある。記憶が色褪せないうちに――自我が薄れていく感覚に、意識が沈み――

（あれ……今――）

肩を揺すられて、沈んでいた意識が戻ってくる。自分の名前を呼ぶ声が聞こえ、そちらに顔を向ければオリオンが立っていた。彼女は目をまたたかせる。

「オリオン様……？」

「随分と集中していたな。食事の支度ができているぞ」

いつの間にか時間が経っていたらしい。焚き火の上には鍋がかけられ、いい香りと共に湯気が立ち上っている。若い騎士たちはすでに焚き火を囲んでおり、アメリアを待っているようだった。

「でも……」

まだ、全て描ききれていない。

「……お腹が空いていないので、食事はあとで――」

「風はなくとも、この場所は冷える。食べて体温を上げねばならん」

オリオンに言葉を遮られる。アメリアはわずかに沈黙し、息を吐いた。彼の顔は真剣だ。その表情はいつかの、寒さを忘れて白竜を描き続けていたアメリアを止めた時と重なる。

「では、少しだけいただけますか？」

「ああ、それでよい。パンも温めてある」

アメリアはオリオンにつれられて、焚き火を囲んだ。炎との距離が近づき、自然と体温が上がる。

言い訳のように腹が空いていないと言ったが、嘘ではない。本当に空腹感はなく、それよりも絵を描きたい欲求が上回っている。

結局、彼女はパンを半分食べ、白湯を一杯飲んで、焚き火から離れようと立ち上がった――

「スープは飲まれないのですか？」

女性の声――ヴァネッサが、言った。彼女を見ると、猫のように吊り上がった目がアメリアに向けられている。眉間には皺が寄せられていた。

「はい。お腹が空いていないので……」

「御老公が作ってくださったスープですよ」

「え……？」

アメリアはオリオンを見る。

「ああ。だが、無理をしてまで食べずともよい」

彼はそう言ってくれたが、ヴァネッサは「お言葉を返すようですが」と、納得していない。

「雪山で食事を疎《おろそ》かにしてはいけません。食べなければ体温も上がりませんし、保てないのです。荷物のように運ばれていただけだとしても、体温は低下しています。身体が緩やかな死へと向かっているのに、食べないだなんて――」

「ヴァネッサ」

エリックの堅い声が、同僚の名を呼んだ。

「それ以上は無礼だ」

「っ……私は……！」

「仕える御方に使う言葉ではない」

エリックの淡々とした冷たい物言いは、初めて聞くものだった。表情には出ないが、アメリアは内心で驚く。男爵領からの道中も、バラリオス城で顔を合わせた時も、エリックは真面目な態度を崩さなかったが、冷たくはなかった。

ヴァネッサが口を噤む。エリックと、そしてオリオンに注視された彼女は、やがてアメリアに向けて頭を下げた。

「……失礼しました。心配のあまり、言葉が過ぎたようです。お許しください」

「あ……いえ、大丈夫です。どうぞ、頭を上げられて……食事を続けてください」

それだけ言って、アメリアは焚き火から離れる。

エリックは咎めたが、アメリアはヴァネッサの言葉が間違っていたとは思わなかった。雪山を知る者にしてみれば、食事を疎かにするのは愚行なのかもしれない。死という、厳しい単語が出てきたのも、彼女の言う通り、心配する気持ちがあってのことだろう。

アメリアは、洞窟の壁を背にして腰を下ろした。スケッチブックを手に取って再び開けば、余計なものは全て意識の外へ消えていく。焚き火の薪が爆ぜる音が聞こえたのを最後に、彼女の世界には、目の前の絵以外、何もなくなった――

――意識が浮上する。身体が横たわっていた。地面は硬いが、寝返りを打っても擦れてしまわないように厚手のラグマットが敷いてある。

いつの間にか眠ってしまったらしい。体力の限界がきて、糸が切れたマリオネットのように崩れ落ちたのだろうか――

（……ううん、違うわ……）

ぼんやりとした記憶を辿っていけば、少しずつ思い出してくる。

体力の限界が近づいて、集中力が切れ始めた頃、オリオンに声をかけられた。身に覚えのない毛布が、腰から足元にかけて巻かれている。知らないうちに誰か――おそらくオリオンがかけてくれたものだろう。

彼女は自分で動くことができなかった。オリオンに支えられる形で炎が落ちついた焚き火の傍に行き、先ほど食べられなかったスープを飲んだ。彼が作ってくれたというのは、ジャガイモのスープだった。温め直したからか、食事の際に見たものよりもとろみがついている。ほのかな、甘い香りに誘われるように、スプーンですくった。

ゆっくりでよい、と潜めた声が紡がれる。洞窟の奥では騎士たちが、入り口では三匹の飛竜が休んでいるからだろう。オリオンは休まなくてもいいのか尋ねれば、順番に火の番をしているそうだ。そんな話をしていたところで、アメリアの記憶は終わっている。

（オリオン様が、運んでくださった……）

厚手のラグマットを敷いて寝かせてくれたのも、保温性の高い毛布をかけてくれたのも、彼なのだと、記憶にはないが確信めいたものがあった。

横たえていた身体を起こす。

洞窟には、ヴァネッサと飛竜のイーグルしかいなかった。

「……お目覚めになりましたか。オリオン様とエリックは周辺の確認に行っています。想定よりも吹雪いているので……支度をお手伝いしますか？」

「あ……いえ、大丈夫です」

身の回りの世話をしてくれると言ってはいたが、ヴァネッサは侍女ではないのだ。同性だからという理由で、栄誉ある竜騎士に着替えなど手伝ってもらうわけにはいかない。アメリアは申し出を断り、自分で身支度を整えた。上着を着込み、使った毛布を畳む。そしてスケッチブックに手を伸ばした。

体力が回復したからか、頭の中がスッキリしている。昨日描いたスケッチを見れば、眠りに落ちる前の気持ちの昂《たかぶ》りも、記憶した往路の景色も、彼女の中に蘇った。アメリアは深く息を吐き、まっさらなページを前に手を動かし始める——

「痛……」

利き腕側の肩を掴まれ、手が止まった。集中の糸を強制的に断ち切られ、彼女は目を丸くして肩を掴む人物——ヴァネッサを見上げる。彼女は険しい顔をしていた。

「な、なんでしょうか？」

騎士の手は離れていくが、表情は変わらない。

どのくらい時間が経ったのか正確にはわからないが、まだあまり経過していないだろう。オリオンたちは戻っておらず、スケッチの枚数も増えていなかった。

「失礼しました。何度もお呼びしたのですが、聞こえていらっしゃらなかったようなので。お許しいただけますか？」

「え、あ、はい……それで、何かありましたか？」

座ったままのアメリアは、相手を見上げながら首を傾げた。

「いい機会ですから、お話ししたいことがあります。大事な話です。エリックは気を遣って言えないようですが——」

苦言ではなく忠言だと言い、ヴァネッサ・ジルは話を続ける。雪山における睡眠や食事の重要性、火を焚く薪の貴重さなど、彼女は次々と列挙していった。

「絵をお描きになるのは結構ですが、時と場所を選ぶべきだと諫言《かんげん》いたします。飛竜で吹雪の中を進むのは危険です。もしも貴方が気を失って落下でもしたら、オリオン様にまで危険が及びます。そうなった時、貴方に責任が取れますか？」

アメリアを見下ろす目に宿る感情は、決していいものではなさそうだ。とはいえ、言い返すことはできない。ヴァネッサの言葉は間違っていない。

「平時に絵を描かれるのはかまいませんが、今はやめてくださいませんか？　何かあってからでは遅いのです」

口を噤み、一方的に吐かれる言葉を受け止めていたアメリアは、ふと気づいた。

「御老公が全て受け入れてしまうのをいいことに、自由にしすぎではないでしょうか？　オリオン様が、若い貴方に甘いからと……今回同行したことも含め、わがままが過ぎるかと。ご自身で自重していただかねば、困ります」

アメリアはわずかに目を伏せると――スケッチブックを閉じた。

「正論ですね」

それ以上、言えることはない。アメリアは毛布を手繰《たぐ》り寄せて身体に巻くと、硬い岩壁に背を預けて目を閉じた。遠ざかって行く足音を聞きながら、膝を立てて顔を埋める。

（おかしい、のよね。たぶん。わたしは……）

集団の中に溶け込むことができない。

溶け込みたいと、思えない。

物心ついた時から――ローズハート男爵家の中にいた頃から、そうだった。

義母と異母妹のプリシアが男爵家の籍に入って、共に生活する日々が始まった。気が弱いが優しい父親と、凛としたしっかり者の母親、無邪気に笑う異母妹……幸せそうな家族だ。その家族の輪に入らず、彼女はいつも、一歩引いた場所にいた。

暴力を振るわれたことはない。食事を与えられなかったことも、食事の席に呼ばれなかったこともない。ただ、いないものとして扱われていただけだ。アメリアが彼女たちを見ていると、彼女たちもこちらを見る瞬間があった。その時、彼女たちの目に浮かぶ色には、負の感情が込められていた。

思い出す限り、父親がアメリアに嫌悪を向けたことはない。しかし同じく、声をかけられることも、手を引いて家族の輪の中につれて行かれることも、隣に寄り添うこともなかった。アメリアは――それでもよかった。

傍に誰もいない幼少期、不意に自覚した。

ひとりぼっちなのは相手に問題があるからではない。溶け込むために動こうとしない、現状で充分だと甘受する、自分が原因で、自分がおかしいのだと悟った。異端を疎《うと》む彼女たちは普通の人間で、異端だと知りながらも娘という理由で嫌悪しきれない父も普通の人間だ。そして自分は普通ではない。ゆえにそこに自分の居場所はない。

そう結論を出したから、彼女は時期を見て領地へ下がった。ひとりになれば、自身の異常性をつきつけられずに済む。他に誰もいなければ、異端ではないのだ。絵を描き続ける日々に、孤独を感じることはなかった。

(どこなら、わたしがいてもいいのかしら)

アメリアはずっと、自分の居場所を探していた。

ヴァネッサの言葉を聞いている間、アメリアの頭にずっと浮かんでいたのはオリオンの顔だ。

彼女は雪山について話していたが、おそらく本当に言いたいのはそんなことではない。アメリアがオリオン・ホワイトディアと出会ってからの二か月、国の英雄の庇護の下で、わがままが過ぎると言っているのだ。

こんな苦言を呈されてもしかたがない。ヴァネッサのようにオリオンを慕う騎士であれば、なおさらアメリアの言動が目につくのだろう。真っ当な人間の中で、高潔な精神と矜持を胸に育ってきたであろう彼女の言葉は、正論だった。

（正論なのは理解できるのに、やめられない）

絵を、描きたい。

たとえ命を削られるような、吹雪いた雪山の洞窟であっても。

アメリアにとって、時と場合を考えて絵を描けというのは、喉元に凶器を突きつけられるのに等しいことだった。従えば不自由を強いられて息がしにくい。かといって無視して描き続ければ、普通に沿えない自身の異常性を痛感せざるを得なくなる。

彼女が目を閉じていると、ルートの確認に出ていたオリオンとエリックが戻ってきた。竜の足音や息遣い、彼らが服についた雪を払う音や声が聞こえる。それでもアメリアは目を閉じたまま寝たふりをしていた。

いろいろ考えすぎて、どんな顔でオリオンと向き合えばいいのか、わからない。

「今日はもう回復せぬであろうな。ここにもう一泊して、また明日、様子を見たほうが良さそうだ。エリック、物資はどうだ？」

「多めに準備しておりますので、問題ありません。婚約式の日取りを考えると、最長であと六日は余裕があるかと」

「あまりギリギリで戻るとエリティカがうるさかろうな……明日を入れて二日だ」

「たった、二日ですか？」

オリオンの提示した日数を、ヴァネッサが繰り返すように確認する。

「そう驚いてくれるな。私は六十を超えたジジイだぞ。吹雪の中の穴蔵生活は三日もすれば充分だ」

「……限界が三日なのは、御老公ではなく――」

「ヴァネッサ」

エリックが同僚騎士の名前を呼んだ。

目をつぶっているアメリアでも、ヴァネッサが何を言おうとしていたのかわかる。洞窟滞在の限界が三日なのはオリオンではない。それはおそらく、アメリアだ。素人が雪山の同じ場所で平静を保っていられるのは、そのくらいの日数が限界なのだろう。

「……差し出がましいことを言いました。申しわけございません」

彼女は謝罪の言葉を口にしたが、納得はしていなさそうだ。

(しかたないわよね……)

滞在日数が限定される原因は、わがままを強行した自分にあると理解している。今になって思えば、蒼炎の花を入手できなかった場合、婚約式の伝統をぶち壊すことになるのだ。北の辺境領で生まれ育ったヴァネッサが苛立《いらだ》つのも無理はない。

「ヴァネッサよ、アメリア嬢は寝ているのか？」

「はい。一度目覚められましたが、またお眠りになられました」

女性騎士が答えると、沈黙が落ちた。

「……あの、御老公……？」

「エリック、食事の支度をしてくれ。飛竜たちのほうも頼むぞ」

「はい、ただいま」

「御老公、私は――」

「優先順位がわからぬか」

オリオンが静かな声でヴァネッサの言葉を遮る。静かだが、肌が粟立つような冷ややかさを内包した声音に、誰かが息を呑むのが聞こえた。

「睡眠に重きを置く令嬢ではなくてのう」

「え？」

冷ややかなのはひと言きりで、続いた言葉は普段通りの響きだ。

「ヴァネッサ、エリックを手伝ってやってくれ」

「あ……は、はい」

若い騎士たちが動き出すと、狸寝入りを続けるアメリアのほうに、ひとりの足音が近づいてきた。目を閉じたままでいると、大きな身体が、すぐ隣に座った。今起きたという顔で、目を開けるべきか。迷っていると、隣から吐息のような笑い声が聞こえた。

「そのまま寝ていなさい」

オリオンは、狸寝入りに気づかないような鈍感な人間ではなかった。

「ここへ戻ってくるまで、私は、そなたが絵を描いていると思っていた。昨日のそなたは、まるで翌日に楽しみを控えた子供のように浮き足立っていたからのう。目覚めていの一番に、夢中になって絵を描き始めるのだろうと、考えていたのだ」

オリオンの囁くような声が続く。声を潜めて喋っているからか、少し枯れているようにも聞こえた。

「そなたが寝食に重きを置かぬことはわかっている。人間の欲求の全てを、絵を描くことへの欲求に変えているのであろう。それがわかるからこそ、聞かせておくれ……ヴァネッサに何を言われた」

わずかに、空気が変わる。

断定的な物言いだ。アメリアが何か——それも良くないことを言われたのは、オリオンの中で明らかになっているらしい。ヴァネッサにつきつけられた正論を、彼に伝えようとは思わない。何故ならそれは、まるで己の異端さを曝《さら》け出すかのようだから。

アメリアは問いに答えず、息を殺して、寝たふりを続ける。

ふたりの間に沈黙が落ちた。エリックが食事の支度をする音や、ヴァネッサが飛竜の世話をする声が聞こえてくる。やがて——しばらく黙り込んでいたオリオンが、深く息を吐いた。

「まったく、婚約者殿は口が堅いのう。しかたがない。降参だ」

彼が冗談めかした言葉を紡げば、張りつめていた空気が霧散《むさん》する。

「息をしなさい。寝息を忘れておるぞ」

言われて気づいた。アメリアは止めていた呼吸を再開させる。

「無理には聞かぬ。だが黙っていても、現状を見れば、そなたが何を言われたのかの想像はつく。アメリア嬢。現実はままならんのう……そなたも自覚しておろう？　己が周囲の人間と違う世界に生きていることも、ただ人に、どのような常識や規律を語られたところで、自身が従えぬ人間であることも。気づかぬはずもない」

きゅう、と。

喉の奥を掴まれたかのように、苦しくなった。曝け出すことを躊躇った、自分の本性など、とっくの昔に気づかれていたのだ。恥ずかしいのか、恐ろしいのか、はたまた、自ら曝け出さずに済んだ安堵なのか、余計に目が開けられない。

「だがな、それは悪ではないぞ」

彼の声には嫌悪も蔑《さげす》みも、滲んでいなかった。オリオンの穏やかな声音を聞いていると、顔を見なくてもどんな表情をしているのかわかる。

「アメリア嬢の生きる世界は美しいのであろうな。常人には見えぬ世界が、そなたの翡翠のまなこには見えておる。その世界には、光がこぼれ落ちるかのごとく溢れているのだろうか。御伽噺《おとぎばなし》の精霊が棲まう楽園のような場所なのかもしれん。私も見てみたいが、常人でしかないこの老いぼれの目には映ってはくれぬ」

アメリアは、自分の居場所を探している。王都にも男爵領にもなかった。絵を描きながら、ずっと生きていける場所を、探している。これまで、そこに残りたいと強く思ったことがないのは、知っているからだ。どこにいても、両の目を通して見る世界が、美しいことを。

「異端は悪ではない。そなたの世界は忌避《きひ》されるものではないのだ。ゆえにラファエルは、その美しい世界を描いた絵に魅了された。私も、そなたの見ている世界を、絵を通して共に見させてほしいと思うておる」

オリオンの言葉が、すっと、胸の奥に入って来る。

散々奇異の目で見られ、避けられ、遠巻きにされてきた。血の繋がりがある父も、同じ家名を名乗る義母や異母妹も、彼女という人間を理解しようとすらしなかった。絵を捨てれば普通になれると考えたこともある。そうすれば、人の輪の中に入れるのだと。

それでも、やはり捨てられなかった。ひとりになってでも絵を描くことを選んだ。たぶん、それは——

（わたしは、わたしの世界を愛しているから）

狸寝入りはおしまいだ。

「ラファエルさんは——」

アメリアは睫毛《まつげ》を震わせながら、そっと目蓋を持ち上げた。首を動かし、宝石のように鮮やかな翡翠色の目で、星座の名を持つ男を見つめる。

「ラファエルさんは、わたしの世界を理解して……価値を見出してくれました」

「ああ。あやつの目は本質を見抜く」

「オリオン様、オリオン様は——」

一度吐き出した言葉は戻せない。アメリアはその言葉を紡ぐのを一瞬躊躇うが、オリオンがあまりにも穏やかで、優しい目で見つめ返してくるものだから……口は勝手に動いて、震える声がこぼれた。

「オリオン様は、わたしの世界を……愛してくださるのですか？」

「もちろんだ。アメリア嬢が生き、守ってきた世界を、愛さずにいられれようか」

わずかな間もなく、答えが返ってくる。

「そなたの世界は美しい。こちらのつまらぬ常識、論理などに縛られる必要はないのだ。そんなもののために、これまで大事にしてきたものを捨てたりなどしてくれるな」

そう言って、オリオンは毛布越しにアメリアの手を取った。

いつの間にかきつく握りしめていた拳は、彼の大きな手にすっぽりと包まれる。労《いた》わるように、敬うように、神聖なものに触れるかのように、武骨な手からは考えられないほどやわく、握られていた。

「手をほどきなさい。大切な手に傷がついてしまうぞ」

「あ……」

「これほどきつく握った拳は、そなたの心の表れであろう。絵を描かずにいることへの拒否反応だ」

「わたしが描くことで、オリオン様のご迷惑にはなりませんか……？」

「迷惑？　そんなはずがなかろう」

オリオンがふっと笑う。

「オリオン・ホワイトディアは生きる伝説とまで言われ、物語の主役として多々語られる、救国の英雄であるぞ。才能こぼれる若人をひとり抱えたくらいで、重荷にはならんよ」

「本当に……？」

「ああ、本当だとも。だからのう、アメリア嬢。遠慮などする必要はない。もう何度も言うておろう？　存分に描きなさい、思うままにしなさい、とな」

彼の言う通りだ。

北の辺境領へ来てオリオンと出会い、何度も背中を押してもらった。それなのに何度も立ち止まってしまうアメリアを、彼は見守り続けてくれている。呆れることもない。何度目だと、面倒がることもない。いつだって真摯《しんし》に、あたたかな眼差しで、向き合ってくれる。

優しい表情を浮かべるオリオンに、アメリアは微笑みを返した。握っていた拳が自然と開かれていく。指先が少し痺《しび》れていたが、そんなことは気にならない。

彼女はしまったスケッチブックを出して、途中で閉じてしまったページを開く。痺れた指先をほぐすように揉《も》んで、続きを描き始めた。

オリオンは隣に座ったままだ。隣にいる大きな人の気配も、離れた場所から飛んでくるヴァネッサからの視線も、すぐに気にならなくなる。アメリアの意識は自分の手元にだけ、向けられていた——

雪が吹きすさぶ険しい連山――通称『竜の背』に入って三日目。

前日の猛吹雪は、進行が可能な程度に収まった。四人と三匹は滞在していた洞窟を出て、蒼炎の花が咲く高所を目指し、予定していたルートを進んで行く。

防寒着を着込んだアメリアは、保温のための装備などで、相変わらず自立が困難な装いだった。ほぼ荷物と変わらない彼女の腰には、太いベルトが巻かれている。それは後ろでアメリアを抱き支えながら、クィーンの手綱を引くオリオンと繋がっていた。

少し先も見えない、視界不良が続く。落ちれば命が危ういが、彼女は落ちついていた。腰に回るたくましい腕と、背中を支えてくれる彼の存在のおかげで、不安はまったく感じない。

アメリアの体感で一時間ほど、白銀の世界を進んだ。

ゴーグルの奥でまばたきをした、次の瞬間、アメリアは思わず目を見開いた。

猛烈な吹雪があっと言う間におさまったのだ。完全に雪がやんだわけではないが、降雪量が大幅に変わった。目を動かして周囲を見れば、向こう側――彼女たちが今来たほうは、先が見えないほど吹雪いている。どうやらこの一帯だけ様相が違うようだ。

「驚いたか？」

「これは……どうなっているのですか？」

飛行中で風はあるが、明らかに弱くなっている。アメリアは口を開き、やや張った声で問いかけた。

「この一帯は地形柄、凪《な》いでおるのよ。このまま凪《なぎ》の中を進み、時を待つ。蒼炎の花が咲き乱れるのは夜だからのう。採取は日が落ちてからだ。そのあとは凪の中で夜を明かし、明朝、洞窟へ戻るぞ」

「凪の中は安全なのですか？」

「さて、なんと答えるべきやら……うむ、飛竜がいれば安全だ。しかし、いなければ危険な場所だと言わざるを得ない。この辺りには獣が多いからのう」

「獣……あ、三ツ目狼ですか？」

「正解だ」

以前オリオンに聞いた話を思い出す。彼は、蒼炎の花が生育している周辺には、三ツ目狼がいるのだと言っていた。その後、本の挿絵で見た三ツ目狼は、その名の通り三つの目を持つ狼だった。ボサボサの毛並みで目は血走り、歪《いびつ》な牙の間から涎《よだれ》を垂らした姿が、醜く、凶悪そうな風貌で描かれていたのを覚えている。

「三ツ目狼以外にも凶暴な獣はいる。決してクィーンから離れてはならぬぞ」

「はい、気をつけます」

吹雪が落ちついたからか、クィーンたちは飛ぶ速度を上げた。高度を保ったまま翼で空気を叩き、風を切ってぐんぐん進んで行く。

視界が良好になったからか、アメリアは雪の積もった山を観察することができた。薄暗い山の明かりの中でもわかる、ゴツゴツした暗い色合いの岩肌と、真っ白な雪のコントラスト。太陽が当たっていたら、よりくっきりとした陰影が見えていただろう。

切り立った岩場に生き物が見えた。巻いた角を持つ山羊のような獣だ。白い毛並みは保護色か。一瞬だったため、細かいところまでは見えない。

(バラリオス城に戻ったら、本を探してみようかしら)

そんなことを考えながらも、アメリアの目は忙《せわ》しく動いていた。周囲の景色を頭に記憶していく。たまに呼吸を忘れていると、その度にオリオンが、トンと、軽く腹部を打って呼吸を促してくれた。

やがて飛竜たちが下降を始める。どうやら目標地点に到着したらしい。崖に囲まれた岩場のようで、積もった雪の隙間から岩肌が見えている。

辺りはもう暗くなり始めていた。オリオンたちは慣れた手つきでテントを張っていく。雪に強い獣の皮で作られたテントは、真っ白な雪の中で見失わないように、明るい色に着色されていた。

「夜になるまでここで休息を取る。そのぐるぐる巻きの防寒も少しは減らせるぞ」

「いいのですか?」

「うむ。群生地も凪の中だ。俊敏には動けぬだろうが、自立して歩ける程度には装備を減らしてよかろう。もっとも雪の上は歩きにくい。転ばぬように気をつけなければな」

おそらく転ぶだろうと思いながら、アメリアは「そうですね」と頷いた。

その後、アメリアとオリオンは先にテントに入った。思いのほか外気が遮断されており、防寒具をいくらか外しても凍えるほどの寒さは感じない。時間が経つのを待つ間、目にした景色をスケッチブックに残していく。

オリオンが手元を覗き「ほう」と声を漏らした。

「角を巻いた山羊がいたのか。よく見つけたものだな」

「あまりしっかりは見えませんでした。ぼんやりとした造形しかわかりません……」

「この山羊は変わっておってのう。最上位の捕食者である飛竜の前に姿を現す、珍しい生き物だ。昔は、竜の背にいる山羊の、巻いた角を家に飾ると病が癒えると言われていた」

「迷信ですか？」

「それがどうやら、治った者もいるようだぞ。病は気からと言うしのう」

「それは……？」

「近しい者が身の危険も顧みずに竜の背に入ろうとしていれば、そこへ行かせたくなくて、是が非でも病を治そうと思うだろう。すべての患者が助かるわけではないが、病との向き合い方を変え、助かった者もいる。そういう話だ」

彼との会話と絵を描く作業を交互に行っているうちに、外にいたエリックとヴァネッサが、火を起こして飲み物と食べ物を用意してくれた。スープを飲んで、パンを食べて、身体の内側から温める。彼女の食事はすぐに終わった。

テントに戻って、アメリアはまた絵を描き始める。しばらくすると、オリオンも隣に戻ってきた。息抜きをさせるためにか、時折、声をかけてくるオリオンと取り留めもない会話をする。そして話がひと段落すると、彼女は止めていた手を再び動かして絵を描いた。そうしていると、時間はあっと言う間に過ぎていった――

テントの外に出ると周囲は暗くなっていた。火を灯したカンテラを持ったふたりの騎士が、足元を照らしている。雪は降っているが、自力で動けないほどの防寒具は必要なさそうだ。

「アメリア嬢。この上だ」

オリオンが崖の上を指差した。

「あの上で咲いているのですか？」

「ああ」

彼が頷く。どうやら蒼炎の花の群生地はすぐ近くにあったらしい。ならば明るいうちに一度見に行ってもよかったのではないだろうか。

「そのような顔をするでない」

「……はい？」

「黙っていたのは謝ろう。しかし場所を知っていれば、そなたはあの崖を登りたいと言い、寒空の中、花弁を閉ざした蒼炎の花を描き始めたに違いない。止まらぬほどに、何時間もな。そんなことをすれば、夜になる前に倒れていただろう」

何を不満に思っているのか悟られた上、もし情報を得ていたらどういう行動を取っていたのかも予測されていた。

「すみません……」

「そなたが謝る必要はない」

そう言ってオリオンは、手袋に包まれた手をアメリアに伸ばした。

「それよりも、だ。崖の上へいざ参ろう。早くそなたに蒼炎の花を見せてやりたい」

「はい。わたしも早く見たいです」

アメリアは厚手の手袋に包まれ、普段よりも丸々とした手を重ねた。

飛竜に乗れば、高い崖の上にも一瞬で到達できる。クィーンは力強く翼をはためかせ、夜空に向かって飛んだ。急激な上昇に、アメリアは防寒具の下で強く歯を噛み締める。思わず目を閉じてしまった――が、クィーンが止まったのを感じ、すぐに目を開けた。

すでに崖の上だ。目の前の光景にアメリアは――

「え」

困惑の声を漏らした。

クィーンが地面に着地する。アメリアはクィーンの背の上で首だけを動かし、オリオンを振り返った。

「オリオン様」

「ん？」

「真っ暗で何も見えません」

「ははっ、そうだな」

「わ、笑いごとでは……蒼炎の花は、どこにあるのですか？」

蒼炎の花のために、ここまで来たのだ。暖炉の前でオリオンに話を聞き、想像した美しい光景のためだけに、生活の改善も飛竜に乗る訓練もして、多くの時間を費やしてきた。

（それなのにこんな……）

夜の闇の向こうを見通せる目など持っていない。期待が大きかった分、自然と、オリオンに対して恨みがましい気持ちを抱いてしまう。誰かにこんな感情を向けるのは初めてだ。

そんな感情をぶつけられている張本人は、穏やかな――それも、どこか嬉しそうな顔でアメリアを見つめている。

「アメリア嬢は巻いた角の山羊を見たのだろう？」

「今は、山羊の話なんて――」

「ならば大丈夫だ。竜の背に生息する巻いた角の山羊は、晴れた日にしか活動せぬからのう」

「え……？」

「エリック、ヴァネッサ、火を消せ」

飛竜の背で、ふたりがカンテラの火を消した。微かにあった明かりがなくなり、辺りは完全に真っ暗闇の中だ。

（いったい、何が――）

困惑し、理解が追いつかないでいると、風が吹き、不意に天から光が差した――

風で流れた雲の裂け目から、やわらかな光が降ってくる。青白く、丸い、月の明かりだ。欠けることなく天に在る月を見て、オリオンが出発日を決めた理由が月の満ち欠けであると気づいた。

身震いをするほど、冷たい風が吹く。

上ばかり見ていた彼女の視界の下で、蒼が揺れる。視線を落として、息を呑んだ。

（燃えてる）

クィーンの背から見る光景が一変していた。

青白い月の明かりが降る中で、雪から顔を出した蒼い花が風に揺れている。ベルを逆さにした形の花は、月光が透けるほどに薄い花弁で、触れたら消えてしまいそうな淡さと儚《はかな》さを併せ持っていた。

(蒼炎が揺らいでいるわ)

アメリアは視界を覆うゴーグルを外す。自分の目で直接見なければいけないと思った。咄嗟にクィーンの背から降りようとして、転げ落ちそうになる。何も言わずにオリオンが支え、一緒に降りてくれた。否、降ろしてくれたと言うべきか。彼女は目の前の光景に心を奪われており、すでに意識はここにない。

「充分に咲いていますね。早く採取しましょう。エリック、袋をちょうだい」

「待て、ヴァネッサ。オリオン様……」

蒼炎の花の中に踏み入ろうとしたヴァネッサを、エリックが制した。

「ああ、ヴァネッサ、しばし待機だ」

オリオンも同意する。アメリアの耳に周囲の声は届いていなかった。彼女は雪原を踏みしめながら、蒼炎の花に近づいていく。

そこには、いくつもの蒼い炎の揺らぎがあった。雪山の冷たく、厳しく、凍《い》てつくような夜の中、花は雪と月の明かりに抱かれているかのように、静かに咲いている。アメリアはその光景から目が離せない。

彼女の後ろで竜たちが動いた。蒼炎の花が群生する周りを歩き、警戒しているようだ。狼の遠吠えが響く。一匹ではない。群れだ。

「三ツ目狼です。御老公、急いだほうがよろしいかと」

こうべを垂れるヴァネッサに、エリックも続く。

「飛竜がいる以上、襲ってはこないでしょうが、万が一がないとも限りません。安全を優先なさるなら動くべきかと」

「ふむ……やむを得んな。なるべくアメリア嬢の視界に入らぬように、気を配って採取するのだ。よいな？」

「はっ」

蒼炎の花に魅入られながらも、アメリアは歯痒《はがゆ》さを覚えていた。オリオンたち三人が蒼炎の花を採取していくのを、視界の端で捉えている。状況が差し迫っているのか、時間があまりないのだろう。しかたないことだと、わかる。だが、三人が動く瞬間や、一輪の花を摘む瞬間に、目に映る景色が変わってしまっているのに、絵を描けないでいることが、もどかしかった。

今この時、キャンバスを前にしていないなんて信じられない。早く描きたい。描けないのなら——

（全てを、感じておかないと）

アメリアは手袋を外そうとした。けれど厚手の手袋をはめた手では外すのもひと苦労だ。口に咥《くわ》えて無理に外し、その場に投げ置くと、彼女はしゃがみ込んで雪に触れた。

指先を刺すような冷たさだ。雪の積もった量、その下の地面の感触も記憶する。周囲の様子はもちろん、地面から伸びている蒼炎の花の葉を、茎を、花弁を、香りを、顔を近づけて観察した。今いる場所の情報を、ひとつでも多く、取り込んでいく――

どのくらいそうしていたかわからない。

気づけばアメリアはテントの中にいて、冷たくなった手をオリオンに温められていた。器の中にぬるい湯が張られ、その中で彼がアメリアの手を揉んでいる。さすがの彼も小言を紡いでいたが、彼女の耳には入ってこない。

「早く、戻りたいわ」

アメリアは誰にともなく吐露する。早くバラリオス城に戻り、絵を描きたい。その一心から漏れた言葉だ。他のことは何も考えられないし、蒼炎の花の群生地で取り込んだ情報を押し潰してしまうような、他の情報を頭に入れたくない。

「ああ、わかった。最短ルートで帰ろう」

苦笑交じりのオリオンの言葉に、アメリアはこくんと頷く。そして、記憶を頭の中に閉じ込めるかのように目を閉じた――


二日後――

眩《まばゆ》い夕日の中、三匹の竜が竜舎に降り立った。

城塞都市バラリオスに帰還したアメリアは、荷ほどきもせず、その足でアトリエへ向かう。

邪魔な防寒具を脱ぎ捨て、赤い髪をひとつにくくる。イーゼルと大きめのサイズのキャンバスを用意して、筆を手に取った。

あの夜の光景は脳裏に焼きついている。雪山の月明かりの下で受けた光と色彩の印象は明確な記憶となり、彼女の中にあった。実際の景色を見ながら描けない分、これまでにないほど、アメリアの頭は忙しく動いている。

慈愛のように淡く降る月光と、傍らに在る夜の闇。月の明かりを反射させる雪、風に震える淡く美しい蒼炎の花。王者の風格で闊歩する飛竜もいた。形のない、凍えそうな寒さも、風の音も、姿は見えなかったが確かに存在していた三ツ目狼の声すらも描かなければ。描きたい、全てを。欲を満たさんとばかりに、アメリアの筆は絵の具をキャンバスへのせていく——

彼女の意識に、他のものは何も入っていなかった。天に才能を与えられた者は、己の世界を生きる。その世界は排他的で、他人の介入を許さない。そこでは第三者の声は届かず、存在すらも感じなかった。生存本能すら、薄れていく。ただ天に導かれるかのように、一心不乱に、才能を発揮させるのだ。

三日三晩、人間に備わっている三大欲求は鳴りを潜めていた。元より薄い睡眠欲求も食欲も、それらよりさらに希薄な性的欲求も、彼女の中でおとなしくしている。その全てを疎かにしても倒れなかったのは、それすらも、天の采配《さいはい》なのかもしれない——

《Ｓｉｄｅオリオン》

アメリア・ローズハートは特別——特殊だ。

それを理解していても、心配はする。オリオン・ホワイトディアは三日間、アトリエの前の廊下から動かなかった。当初は集中が切れる機会を見計らって声をかけるつもりだったが、恐るべきことに、そんなタイミングはこなかった。オリオンは火急の事態が起きた時のことを考えて、入り口の前に椅子と机を運んだ。

アメリアが飲まず食わずのまま制作を続け、二日が経った頃、リサが泣きべそをかきながらアトリエに突入しようとした。オリオンはそれを止め、見守るように伝える。

「でも、お水くらい飲まないと……アメリア様が倒れてしまわれます！　もうすぐ婚約式だってあるのに、このままじゃ……！」

「そうだとしても、今は誰にも触れられぬ。天才か……言葉にすれば容易いが、つき合っていくほうも覚悟を決めねばならぬのであろうな……」

「覚悟って、なんの覚悟ですか？」

「天に才を授けられ、天に愛された者を、支えるか見守るか、あるいは……天に逆らい、邪魔をするのかを、選択する覚悟だ」

アトリエに飛び込み、絵を描く彼女を止められるのか。物理的には可能だ。アメリアの細い腕を掴んで、キャンバスから引き離し、そのまま腕の中に閉じ込めてしまえばいい。暴れるようなら、気を失わせるのもひとつの手だ。

しかし、扉の隙間から中を見れば、そんな気は失せてしまう。邪魔者を排除せんとする天の御業だろうか。

（絵を描く姿の、なんと神々しいことか――）

敬虔な信徒が祈りを捧げる時間のように、一流の武人同士が向かい合う瞬間のように、絵を描く姿に声をかけられない。まるで天が人を器にして動かしているかのような、神聖さが、神々しさが、扉の向こうにはあった。

（あやつが、彼女に心酔するのも無理はない。これほどまでに、絵を描く欲につき動かされる姿は……圧倒的だ）

オリオンはリサだけでなく、他の使用人たちにも、アトリエへ近づいてはならないと命じていた。即座に受け入れた者もいれば、躊躇った者もいる。

特に侍女たちは婚約式を楽しみにしているようで、ドレスを合わせなければいけない、肌を磨かなければならない、生活環境が女性の肌や髪艶の状態にどれほど影響するかなど、オリオンに熱く語った。結局その問題は侍女頭による「たとえどのようなお姿で出ていらしても、わたくしたちの手でもっとも美しいレディに仕上げてみせます」という言葉で解決した。

オリオンは、侍女たちが口にした婚約式関連の言葉が、アメリアを部屋からつれ出すための口実だったと思っている。普通の令嬢であれば気にかける内容だ。

（蒼炎の花を見た時点で、アメリア嬢の婚約式は山場を終えたのやもしれんな）

アトリエから出てこないアメリアを見守り、オリオンも三日三晩、眠らずに扉の前に居続けた。

オリオンは戦場で何度も命のやり取りをした。その際に養った目のおかげで、相手の表情や雰囲気から、ある程度の体調を正しく予測することができる。そんな彼をもってしても、今のアメリアの状態は読み取りにくい。

(普段とは別人だ)

まさに神がかっている。

(信心深いたちではないのだがな)

ラファエルと名乗る画商――旧友のティグルス・メザーフィールドが、彼女を自分に預けた理由がわかった。絵は門外漢のオリオンでも、アメリアがどれほどの逸材かわかる。同時にどれだけ、その辺の有象無象に預けられないほどの危うさを内包しているのか、も。

初めてティグルスにアメリア・ローズハートの話を聞いた時、オリオンはまだ見ぬ令嬢に対して、思ったことがある。

旧友は彼女に、生きにくい世界など捨てて、才能が導いた絵の世界だけで生きてほしいと願っているようだった。オリオンにはそうすることが正しいのかどうかもわからず、話の中の令嬢がそれを望んでいるのかも判断できずにいた。

不遇な環境にいてもなお、彼女は人間との関わりを完全には断ち切らなかった。肉親とは離れたが、男爵領では必要最低限ながら使用人と関わっていたと聞いている。ただ人とは相容れないと自覚しながらも、ひとりきりの隠遁生活を送らなかったのは、何故か。

もしかするとアメリアは、本人の自覚がないところで、人間の輪の中に、居場所を求めているのかもしれない。だとすれば、ティグルスが願うような、絵の世界だけで生きていくことが、果たして彼女の幸福になるのだろうか。

まだ若く、世界のほんの一部しか知らないであろうアメリアが、人と関わらずに生きることを選択をするのは早すぎると思った。

それでも、圧倒的なまでの神聖さと、没入感を目の当たりにしてしまえば、六十年以上生きて、さまざまなものを見てきた彼でさえ、迷う。

（何が幸福かは人それぞれだ）

アメリアの世界を丸ごと愛す覚悟はあった。たとえそれが、人として生きるのではなく、天が望んだように生きる世界であっても——

（絵を描きたい気持ちと、人の中で生きていたいという気持ち……彼女の中では、どちらが重要なのだろう？）

バラリオス城で過ごす彼女には、人の世界と交わろうとする片鱗が確かにあった。婚約式の招待状を書いたのも、他者との接触が苦手なのにもかかわらず、身の回りの世話を断らずリサたち侍女に任せていたのも、アメリアの確かな歩み寄りだ。

見てきたからこそ、迷う。

彼女を、才能の世界だけで孤独に生きさせていいのか、と。

（参ったのう。この歳になってもまだ、答えが出せない問題というのがあるのか。人間は考える葦であるとはよく言ったものよ）

旧友に託されて、受け入れた若人。彼女に対する己の役割は何か。

（枷《かせ》か、綱か……）

こちらとあちらの狭間《はざま》にいる天才が、あちらへ行ってしまわないよう枷になってくれ。あちらへ行ってしまっても引き戻せる綱になってくれ——旧友の声なき声が聞こえた気がした。

貴族令嬢としての、あるいは人間としての、あらゆる煩わしさから解放されて、絵の世界だけで生きてほしいと、ティグルスは彼女に望んでいる。

（だからこそ、傍には置けぬと決めたのだな……自分の願望を押しつけてしまわぬように、と）

今の彼は画商のラファエルだが、以前は貴族のティグルス・メザーフィールドだった。旧友が生まれ育ったメザーフィールド侯爵家は、王国の中枢で強大な権力と情報網を有す、王家ですら顔色を窺うほどの大貴族だ。若い頃に円満に出奔したため家系図に名前が残っており、現在の当主は彼の甥にあたる。

以前ラファエルは、芸術界の性別における評価の歪みの是正を、人生最後の命題にしていると言っていた。

画商のラファエルはともかく、ティグルスは、使えるものはなんでも使う合理的な人間だ。アメリアを手元に置いておけば、いずれ必ず彼女をかつぎ出し、自分の命題を成すため利用することになると自覚しているようだった。本人が利用されている意識さえないまま自然に誘導することくらい、あの男には容易い。天より授けられた才能を活かし、ひたすら絵を生み出し続ける道を、アメリアに歩ませていたはずだ。

だから彼はそうなる前に、自身が手を出せない相手に託しておこうと考えたのだろう。

（大事なものを素直に大事にできぬとは、難儀な男よ）

アメリアは『ラファエル』を信頼している。誘導する必要もないほどに。利用したいと言えば、彼女は迷うことなく、是と応えるだろう。彼もそれを理解しているからこそ、手放したに違いない。何人《なんぴと》たりとも、自分でさえ手を出せない、英雄の庇護下に――

「オリオン様」

オリオンの元にやって来たのは執事のエリティカ・ハルドだ。薄いレンズのモノクルの向こうで、物言いたげな目をしていた。

「執務ならしているぞ？」

「存じております。少しお休みになられませんか？　その間は私が様子を見ております」

「似たり寄ったりのジジイのくせして、年寄り扱いするでないぞ。このくらいなんともない」

「いやはや。似たり寄ったりの歳なので、交代を申し出ているのです。英雄も、寄る年波には勝てませんよ」

「やかましい」

主従関係とは思えないほどの軽口の応酬だった。ふたりは城主と執事の関係である以前に、共に戦場を駆けた仲だ。十五年前、オリオンが譲位して城塞都市バラリオスに移った時、エリティカはハルドの一族郎党を引きつれて、この地へ移った。その後、執事としてバラリオスでの政務を支えている。

長いつき合いだ。エリティカもオリオンが休むとは思っていなかったのだろう。政務の書類と眼鏡を手にしている。オリオンは彼が持ってきた眼鏡――老眼鏡と書類を受け取り、文面に目を落として処理を始めた。

「オリオン様」

「なんだ。老眼鏡を引き合いに出して、まだ歳だのなんだの言うつもりか？」

「いいえ、違います。例の……ヴァネッサ・ジルの件です。今は段階的な処分として謹慎としていますが、婚約式の前後のどこかで正式な処分を下す必要があるかと」

オリオンは書類から顔を上げ、老眼鏡を少しずらす。紅玉は不快さを滲ませていた。

「そなたがわざわざ口を出すということは、ジル家が何か言ってきたか」

「寛大な処分を、と嘆願してきました。ジル伯爵家は東部地域で影響力を持っています。娘の処分が甘くなって当然だと思っているのでしょう」

「そうであろうな。だが、まあ――もう遅い」

「おや、差し出口でしたか」

執事の言葉に「さてな」と肩を竦め、オリオンは再び書類を片づけ始める。

北は身内の結束が強い。それはつまり、排他的ということだ。未だアメリアをよそ者だと侮《あなど》っているのだろう。身内の結束が強いのはいいことだが、彼はアメリアを侮る者を許す気はなかった。

『君は直感型の人間です。政治も戦い。敵を前にしたら直感に従い、時間をかけず判断し、さくっと処理してしまいなさい』

政治も何も知らなかった若き日のオリオンに、ティグルスはそう言った。その助言はオリオン・デイヴィス・ホワイトディア辺境伯の治世において、主軸にあったものだ。それは今でも変わらない。

アメリア・ローズハートはオリオン・デイヴィス・ホワイトディアの婚約者だ。彼女への敵意はオリオンへの敵意と同意である。どんなに影響力を持っていても、許されない。

その後、アトリエの内外で大きな動きはなかった。

やがて憔悴《しょうすい》しきったアメリアが出てきたのは、婚約式の前日の昼——ちょうど二十四時間前のことである。

ふらつき、青白い顔で出てきた彼女を、オリオンは太い腕で抱きとめた。精魂尽き果てているのか、クィーンの背で抱いていた時よりもひと回り小さくなっている。脱水症状が出ているのか、唇もかさついていた。しかし彼女の表情はどこか晴れやかだ。活き活きとした輝きの翡翠の瞳でオリオンを見つめ——アメリアはそのまま気を失った。

◇　◇　◇

「——あれ？」

ふ、と意識を覚醒させたアメリアは、周囲を見渡して首を傾げる。

おそらく場所はバラリオス城の一室だ。髪色と同じ真っ赤なドレスを身に纏っているが、いつの間に着たのだろうか。細かい刺繍が施され、宝石も品良くあしらわれている。見覚えがあった。婚約式用にあつらえたドレスだ。

手には白い長手袋をはめており、足元を見ればヒールの高い靴を履いている。どちらも婚約式のために用意したものだった。

（わたし、いったい……？）

大きな窓の向こうには、分厚く雲が広がっている。外は薄暗いが、おそらく時間は午前と午後の間ほどだろう。ふかふかの椅子に座ったまま困惑していると、ドアが開いて小柄な侍女――リサが入って来た。彼女はドアを閉めてアメリアを視界に入れると――

「へ？」

ポカンとした顔で固まる。

「ああ、良かったわ。ねえ、リサ。よくわからないの。わたし、今ここで何をしているのかしら？」

「…………」

「リサ？」

名前を呼べば彼女はハッとして、目を丸くしたままアメリアの傍へ来た。おそるおそるという風にアメリアを上から下まで見る。

「アメリア様、意識が……？」

「意識？　ええ、意識はしっかりしているわ」

「あ、ああ……良かった……本当に、本当に良かっ……う、ぅ……っ……ひっ、く……」

リサの大きな目が潤《うる》み、ぽろりと涙がこぼれた。そのひと粒を皮切りに、涙が次々にこぼれ出てくる。そんな専任侍女を前に、アメリアも目を丸くした。慌てて椅子から立ち上がろうとして身体がふらつき、彼女は再び椅子に戻った。

どうなっているのか、足に力が入らない。咄嗟のことだったからだろうか。今度は意識して足に力を込め、椅子の肘掛けに手をついて立ち上がった。なんとか踏み出し、リサの前に立つ。

「どうしたの？」

「うぅ……っ、す、すみま……しぇん……ぐすっ……」

涙を拭いながら謝るリサを前に、アメリアはおろおろするしかない。人の慰め方など知らず、どうすればいいのかわからなかった。泣き続ける侍女の前であたふたしていると、またドアが開き――

「ん？　……ああ、おはよう、アメリア嬢」

「お、おはよう、ございます……？」

正装をしたオリオンが入って来た。夜を融かして染めたような真っ黒な服で、太い首を金の刺繍が施された襟が覆っている。大きくて色鮮やかな赤いサッシュを肩から反対側の腰へ斜めにかけ、外は黒、内側は白のマントを羽織っていた。

オリオンが長い足であっと言う間に近づいてくる。アメリアが彼を見上げると、やわらかな視線が降ってきた。

「目が覚めたようで何よりだ。ところでリサはどうしたのだ？」

「わたしにも、よく……」

あれもこれもわからないことばかりだ。説明を求めて縋るようにオリオンを見つめると、彼は苦笑しながら現状を教えてくれた。

気持ちを落ちつかせるためにリサが部屋を出て行く。その場に残ったアメリアは、オリオンの手を借りて椅子に戻った。深みのある赤いドレスに皺が寄らないように、彼は丁寧な手つきでドレスの裾を直してくれる。そしてそのまま、彼女の前に片膝をついた。

「そうだのう……そなたの最後の記憶は？」

「バラリオス城に戻ってきて、アトリエで絵を描いて……完成して……あっ！　わたしの絵はどこに!?」

「大丈夫だ。絵に詳しい者に保管を任せておる。それが今から……うむ、ちょうど二十時間ほど前のことだ」

「二十時間……」

「そして四時間後には婚約式が始まるぞ」

「……はい？」

今、彼はなんと言っただろう。

言葉を上手く理解できず、目をまたたかせる。

(婚約式って、婚約式……？)

頭が上手く働かない。疼《うず》く眉間を揉もうと手を伸ばした瞬間、伸びてきた大きな手がそれを制した。そのまま手を握りこまれる。長手袋の薄い生地越しに彼の手のぬくもりを感じた。繋がった手を見て、それからオリオンの紅玉の目を見て、首を傾げた。

「触ってはならぬ。化粧をしてあるのだ」

「わたしの顔に……？」

「うむ。遠くからも見えるように、少し濃く施したそうだ。ドレスとよく似合っておる……とても美しい」

「そんなことは――」

「あるぞ。目を見張るほど輝いている」

優しく細められた目の端に皺が寄る。真っ直ぐ見つめてくれるオリオンの眼差しは、何よりも雄弁に本音を語っているようだった。

「ありがとう、ございます。オリオン様は……強そうです」

「ははっ、強そうか。ならば良かった。また雪兎のようだと言われたら、さてどうしたものかと思っていたものでな」

アメリアは視線を逸らした。口にしないだけで、今でも雪兎のようだと思っている。真っ白な身体に紅玉の目を持つ、やわくて、あたたかい……けれど戦闘力だけ見れば、白熊並みのとんでもない雪兎だ、と。

話しているうちに冷静になってきた彼女は、自分の記憶に空白の二十時間があると気づく。絵を描き終わったあとから今に至るまで、何があったのか彼女は尋ねる。

「そうだのう……絵を描き終わり、アトリエを出たそなたは、精魂尽き果てたかのように気を失ってしまった。その時点で婚約式まで残り一日だ。一度は中止も考えたが、そこへラファエルのやつがやって来た」

「ラファエルさん？　バラリオスにいるのですか？」

「うむ。婚約式を見に来たようだ。やつはアメリア嬢を内外に知らしめることが重要と懇々と言ってきた。どこで聞き知ったかはわからぬが、内情をよく理解していたのであろう」

「あの、それはどういう……？」

なんの話かわからず困惑していると、オリオンは眉を顰《ひそ》めて「すまぬ」と謝罪の言葉を口にする。

怒りが滲んだ表情に、自分へ向けられたものではないとわかっていても息を呑んでしまう。

オリオンが言葉を選びながら教えてくれたのは、北の辺境領の一部の貴族が、身内意識が強すぎるせいで排他的な思想を持っているということだった。ほとんどの民衆や貴族は先代ホワイトディア辺境伯——オリオンのひと声で納得したが、そうでない者もいる。彼はその者たちの矛先がアメリアへ向けられていることを、再び謝罪した。

「ラファエルは、そなたがすでに北の人間であると内外に知らしめるためには、婚約式を行う必要があると私に説いた。伝統の式典を経て英雄の婚約者だと公にすることで、身内だと認めさせると——それで納得するのが、良くも悪くも身内意識であると、あやつは言っておった。もっとも、そなたには申しわけないと思うているようだったがな」

何故ラファエルが申しわけなく思うのかわからないが、眉を下げる画商の顔が頭に浮かんだ。

「アメリア嬢」

「はい」

「これまでのいきさつを話した上で聞くが、そなたはどうしたい？」

「わたし、ですか？」

「婚約式に出ることは可能か？　体調は万全でなかろう。歩くこともままならない体調であるのは、そなた自身がわかっているはず」

彼の言う通り、慎重を期して歩かなければ転倒するのは明らかだ。

「婚約式を執り行うのであれば、中断するようなことがあってはならない。最後まで気を失わず、私の隣に立ち続け、衆目に姿を晒さねばならぬのだ。それが無理そうであるなら、今からでも——」

「もともと、出る予定でした」

アメリアはオリオンの心配する言葉を遮り、淡々と言った。

「それは万全を期した状態での話だ。体調不良を押してまで無理をするものではない」

「万全でないなら出なくてもいいなんて、そのような選択肢があるのでしょうか？」

「選択肢などいくらでも作ろう」

言葉を重ねていくうちに、アメリアは内心でおかしいと思い始めていた。普段から彼に気遣われ、大事にされている覚えはあるが、今日はいつにも増して心配されている。それこそ、過保護なほどに。

「どうしてそんなに、心配してくださっているのですか？」

聞かないことには判断できない。そう考えて問いかけると、オリオンがわずかに目を見開いた。紅玉の目が、アメリアの翡翠色の目を真っ直ぐ見つめてくる。そのまま視線を受け止めていると、先に目を逸らしたオリオンだった。

彼は苦笑をこぼす。

「心配、か。そうではないのだ」

「違うのなら、なんなのです？」

「そなたに、最後の逃げ道をやろうと思っていた」

「逃げ道……？」

「分かれ道とも言えるか……」

オリオンが握ったままのアメリアの手を見た。彼の瞳に優しさだけではない色が見えた気がして、アメリアは小さく声を漏らす。

「アトリエで絵を描くそなたの姿に、私は天の意思を見たのだ。天は、命ある限り絵を描き続けよと言わんばかりに、そなたを才の領域に引き留めようとしていた」

「自分ではよくわかりません……」

「で、あろうな。本人が意識しているわけでないのは見ていてわかった。絵を描くそなたは、才の領域にいる。放っておけば、こちらには戻らぬのではないかと思ったほどだ。そなたがあちらへ居続けてしまわぬよう、こちらに引き留めるには第三者が必要になる。私が、その第三者だ」

「はあ……」

「アメリア嬢、私がそなたをこちらの世界に引き留める楔《くさび》となる。そなたを天にはくれてやらん。すでに、そう覚悟を決めている」

紅玉の目が、燃えている。

「婚約式を行えば、私は名実共にその権利を得よう。ゆえに、そなたがそれを望まぬのであれば、逃げられる機会は今をおいて他にないぞ」

「それは……絵を描くだけの世界で生きたいなら、逃げてもいいと……？」

「逃げてもよいが、覚悟を決めた私から逃げきれると思わぬほうがよい」

「それなのに逃げる選択肢を作ったというのは……？」

「……何を言っているのかと思うているのだろうが……その通りだ……」

オリオンは眉尻を下げて困ったように笑った。初めて見る表情だ。偉大な英雄もこんな顔をするのか。アメリアはつい笑みをこぼした。そして、思うのだ。

絵を描くだけで生きていける人生は、きっと幸せだろう。苦痛も面倒もなく、壁にぶつかることすらも楽しく感じる、そんな人生だ。人と関わるのが苦手で、自分は他人に忌避されてもしかたないと思っているアメリアにとって、孤独は辛いことではない。

ホワイトディア辺境領に来て、オリオンと出会った。彼が覚悟を決めたのなら、アメリアもまた、覚悟を決めなければならないのだろう。

「オリオン様、わたしは、逃げません」

アメリアはそう言うと、握られていた手を抜いて――オリオンの手の上に、自分からそっと重ねた。包み込むことなんてできないほど、大きな手だ。これまで数十年の長きにわたり、この北の地を守ってきた手なのだと思うと、触れるのが恐れ多かった。それでも、手は離さない。

「逃げません」

もう一度、言葉を重ねた。

『竜の背』を離れる時のことを、ぼんやりと思い出している。あの時、絵を描くためにバラリオスに戻りたい、と思った。ここが、そう思える場所になっている。そんなところから、逃げる理由はない。

オリオンが安堵の表情で微笑んだ。

ふと、彼の顔に日が差した。アメリアは窓へ目を向ける。大きな窓の向こうで、分厚い雲が晴れていく。青空が見え始めた。差し込む陽光が増えて、彼女は眩しさに目を細める。

「カーテンを閉めようか？」

「いえ、このまま……」

冬の日差しのぬくもりは、オリオンが与えてくれるぬくもりと、どこか似ているような気がした。

静かな時間が過ぎていく。繋いだ手は、そのままだ。

しばらくすると、部屋のドアがノックされた。オリオンが反応して声をかけると、ドアが開いてエリティカが顔を覗かせる。穏やかな笑みを浮かべた老執事が、モノクルの奥の瞳を細めて「お時間です」と、頭を下げた。

「だそうだ。参ろうか、婚約者殿」

「はい。よろしくお願いいたします」

オリオンがグローブをはめ、アメリアに手を差し出す。彼女は長手袋をつけた手を重ね、足に力を込めて椅子から立ち上がった。少しふらつくが、彼に支えられて真っ直ぐ立つことができる。ドアを出て、バルコニーへ向かった。

（あ……）

バルコニーへ続く廊下に、使用人や騎士たちが並んでいる。みな、オリオンとアメリアに敬意を示すように頭を下げていた。普段気にかけてくれている侍女もいれば、竜舎で見かける騎士もいる。話したことのない人もいた。

彼ら、彼女らが見守る中、アメリアは前に進んだ。オリオンの隣に立つことを考えて、ヒールはやや高めだ。ふらつかないようにゆっくりと進む彼女に、彼は歩幅を合わせてくれた。

「今日はよく晴れておるのう」

ふとオリオンが窓の外を見ながら言う。

「白鹿の祝福だ」

「それは……？」

「ホワイトディアの名を冠する者にとって重要な意味を持つ日は、必ず晴れる。曇りか雪の日が多い北の辺境領において、尋常でない確率でのう。ゆえに祝福と呼ばれておるのよ」

「つまり今日は――」

はた、と。

アメリアは言いかけた言葉を呑み込む。何を言おうとしたのか、オリオンは気づいたのだろう。目をゆるゆると細めて「いかにも」と、彼女が言いかけた言葉を肯定した。

「今日は、私にとって重要な意味を持つ日になる」

「そうなのでしょうか？」

「もちろんだとも。長く語り継がれることになろう。今日という日は歴史に刻まれる」

「ああ、英雄の婚約ですからね」

「他人事のように言うておるが、つまるところ、そなたの名も遺るのだぞ」

「あ……それは、少し気恥ずかしいです」

「気恥ずかしいか。気が重いと言われるよりはいい」

言葉を交わしながら、ふたりは前へ進んで行く。

回廊の向こうが明るい。バルコニーの入り口だ。光が待ち受けているかのようで、アメリアは微かに息を呑む。向こう側がよく見えない。何があるのかわからない世界へ踏み出すのだと思うと、足が竦みそうだった。

しかしそれでも足を止めなかったのは、隣にいる婚約者が、低く落ちついた声で、彼女の名前を呼んだからだ。見上げれば、彼が楽しげな顔で笑っていた。

「カボチャだと思えばいいそうだ。大勢の人間を前にした時はそう思えと、亡き兄が言っていた。全部食ろうてしまえとな」

「わたし、小食なのですが……」

「ならば、代わりに食ろうてやろう。私は作るのも食べるのも好きだからな」

彼の言葉が冗談めいていたからか、それとも、心強かったからか。アメリアの口元に小さな笑みが浮かんだ。すっと軽くなった足を動かし、アーチ状に開いた入り口を抜けて、バルコニーへ出る。風は冷たいが、陽は暖かい。眩しさに視界がくらんだ。次の瞬間――

アメリアは大きな歓声の渦の中にいた。視界がはっきりしてくると、バルコニーから見渡せる範囲のいたるところに、押し寄せた人々の姿が見えた。どこを見ても、人、人、人……解放された城の中庭に、城塞都市バラリオスの住民のほとんどが集まっているようだ。老若男女を問わず、誰もが歓声を上げて婚約を祝福してくれている。

（どこかにラファエルさんもいるのかしら？）

城の鼓笛隊が音楽を奏でていた。明るい曲調の音楽が民衆の気持ちを高めるかのように響き渡っていく。テンポのいい曲が奏でられる中、バラリオスの街にある巨大な鐘が鳴った。

（あれは……）

鐘の音を合図に、青空を竜が飛んでいく。城塞都市バラリオスの竜騎士たちだ。編隊を組んで、空の高いところを規律正しく飛行している。雲を切るほど速いのに隊列の乱れはない。

空を見ていると、オリオンが動いた。重なった手を引かれる。そのまま一歩前へ出れば、歓声がますます大きくなった。その声を制すかのように彼が肘を折って手を上げた。英雄の言葉を待ち、民衆の声が次第に小さくなっていく。鼓笛隊の合奏も止まった。

オリオンが、ゆったりと息を吸った。

「皆、今日はよくぞ来てくれた！」

轟《とどろ》く雷鳴のような声に、空気が震えた。再び歓声が上がる。しかしそれは一瞬のことだ。憧れの英雄のひと言に民衆は熱狂しながらも、さらなる言葉を求めて口を閉じる。

オリオンが振り返った。

そのままそっと手を引かれ、アメリアは彼の隣に並ぶ。

「我々はここに、この上ない喜びをもって、オリオン・デイヴィス・ホワイトディアと、アメリア・フォルトス・ローズハートが婚約したことを宣言する‼」

ひと際大きな歓声が上がった。

「アメリア嬢、民に手を振ってやってくれ」

「は、はい……」

小声で言われた通り、アメリアは手を振る。数えきれないほどの人の目は、カボチャだと思うことにした。どこまで大きくなるのだろう。民衆の歓迎の声はやまない。

止まっていた鼓笛隊の合奏が再開された。そのタイミングで、白い服の少女がふたり、バルコニーへ出てくる。少女たちは手に籠を持っていた。籠にあるのは、蒼炎の花だ。

差し出された籠から、蒼炎の花をすくい取る。

雪山で採ってきたものだ。太陽の下で見ると、頭の中の記憶よりも色が薄い気がした。太陽と月の光の違いの影響だろう。向こうが透けるほど薄い花弁だ。

「アメリア嬢」

名前を呼ばれてオリオンのほうを見ると、彼も両手に蒼炎の花を持っている。手の大きさが違うから、持っている花の量も全然違った。

「参ろう」

「はい」

アメリアはオリオンと共に、バルコニーの際まで進む。手摺《てす》りの前に立てば、肌寒いくらいの風が吹いていた。タイミングを計るまでもない。手を前につき出せば、風が蒼炎の花を巻き上げた。

儚いほどに軽い、蒼の炎が宙を舞う。

(え?)

アメリアは空を見上げた。

(蒼炎の花が降ってきている……?)

すぐにわかった。竜騎士たちだ。彼らが空から蒼炎の花を撒いている。花弁は飛竜が生んだ気流にのって舞い、まるで大粒の綿雪が降っているかのようだ。

下から見上げている民衆は、しばらく花に気づいていなかった。それは、透けるほど薄い蒼の花弁が、空の色と同化していたからだろう。手元に降ってきて初めて気づき、誰もが天に向かって手を伸ばした。

城塞都市バラリオスの住民以外にも、東部全域から人々が集まっている。そのほとんど全ての人間が婚約を祝福してくれている。アメリア・ローズハートの人生で、これほど多くの人間の前に立つのも、歓声を浴びるのも、祝福してもらうのも、初めてのことだった。

「ここから見える人々が、今後そなたが生きてゆく地で、共に生きる者たちだ」

「……カボチャには、見えませんね。ちゃんと人間に見えます」

アメリアは微笑みながら、バルコニーからの景色を見渡す。

「オリオン様。わたしは、もしかするとこれまで以上に、絵を描くのかもしれません。あらゆる季節、あらゆる時間……今、目に映るもの全てを描きたくて、どうしようもないくらいに焦がれているのです。だって——この地がとても、美しいから」

彼が守り通し、次代に繋いだ土地の、なんと美しいことか。腹の奥底で蠢《うごめ》く欲望は、留まるところを知らない。早く筆を取れと急かしてくる。欲望を満たし、満足するまでには、一回の人生では足りないかもしれない。

こちらを見ていたオリオンが、笑った。

「全てを見せよう。北の大地のどこにでも、そなたをつれて行く」

彼があまりにも嬉しそうな顔で言うものだから——何故か、涙がこぼれそうになる。視界が滲む中、アメリアも笑った。


バルコニーからのお披露目を終えたアメリアは、オリオンに抱えられて、バラリオス城内の一室へ向かっていた。膝の裏を抱えられ、横抱きにされて城内を進む姿は非常に目立つ。すれ違う使用人や騎士、後ろをついてくるエリティカの目はあたたかい。

一度は、自分で歩きます、と言った。しかしアメリアの体力が限界に近いことを、オリオンはとっくに見抜いていたようだ。バルコニーから下がる時、緊張の糸が切れて膝から崩れ落ちそうになった。隣にいたオリオンが支えてくれて転倒することはなかったが、そこからずっと横抱きにされている。

部屋に戻って休むか問われたが、彼女は首を横に振った。何故ならバラリオス城にラファエルが来ていると聞いたからだ。

バラリオス城でもっとも豪華な応接室の前についた。エリティカが扉を開ける——瞬間、懐かしい声がアメリアの耳に届いた。

「おや、まあ……」

驚き交じりの、ラファエルの声だ。

彼女の翡翠色の目が、ソファに座る画商の姿を映した。彼を最後に見たのは半年も前だ。その頃とまったく変わらない気品こぼれる姿で、彼は優雅に紅茶を飲んでいた。

「おふたりは、随分と仲良くなられましたね。お嬢様が白熊のような大男に怯えず過ごせているようで、安心いたしました」

ラファエルがカップを置いて立ち上がり、アメリアたちのほうへ歩いてくる。

「オリオン様」

「ん？　ああ、そうだな」

オリオンがそっと下ろしてくれた。地に足をつけた彼女は、ラファエルと向かい合う。慈愛に満ちた優しい目と視線が絡むと、衆目の前に立って昂った気持ちが凪いでいく。

「バルコニーでお立ちになる姿は拝見しましたが、遠くてあまり見えなかったのです。アメリア様、普段の貴方様も輝いておられますが、こうして着飾ったお姿も、とてもお美しい」

「ありがとう、ラファエルさん。元気そうで安心したわ。変わりはない？」

「はい。おかげさまで、良い商売をさせていただいていますよ」

「それなら良かったわ。あなた、便りのひとつもくれないんだもの」

「申しわけございません。心配させてしまいましたね……なんです？」

ふ、とラファエルの目が彼女の後ろに向けられる。アメリアが視線を追って振り返れば、オリオンとエリティカが驚いた表情を浮かべていた。

「オリオン様？　どうかなさいましたか？」

「いや、何……私が思っていたよりも遥かに親しげな様子で、その、なんだ、いささか驚いてしまった……」

オリオンがエリティカに目を向ける。老執事も同感だとばかりに頷いた。

「ふふふ、当然ではないですか」

そう言って笑ったのはラファエルだ。見てわかるほどに動揺している旧友たちに、面白いと言わんばかりの顔をしている。

「僕とお嬢様のつき合いは、かれこれ五年になるのですよ。たった二か月過ごしただけのジジイとは年季が違います」

「それはそうだろうが……面と向かって言われると、腹立たしいものがあるのう」

「だとすれば上々です。悋気を抱く程度には、いい関係を築けているようで」

くすくす笑うラファエルを前に、オリオンは溜め息をついた。

「そなた、人をからかって楽しんでおろう？」

「とんでもありません。一介の画商ごときが偉大な先代様をからかうなど、とんでもないことにございます」

「にやつきながら言うでない。アメリア嬢、見たか？　これがこやつの本性だ」

「いいえ、とんでもありません！　本性だなんて……お嬢様と共に過ごした五年間、僕は自分を偽ったことなど一度もなく、常に真心と誠実さをもって接しておりましたよ」

口々に言ってくる彼らに、アメリアは視線を泳がせてから口を開いた。

「とりあえず、座りませんか？」

提案は受け入れられた。彼女はオリオンと隣り合って座り、ローテーブルを挟んだ向かい側に、ラファエルが腰を下ろす。紅茶と菓子の準備をしてくれたエリティカは、頭を下げて応接室を出て行った。

正面に座ったラファエルが、改めてアメリアを見つめてくる。嬉しそうに目を細める彼を前に、ローズハート男爵領にいた頃を思い出し、少しだけ面映ゆい気持ちになった。

間に絵が介在していたとはいえ、あの頃、アメリアを気にかけてくれていたのは、ラファエルだけだった。だから血の繋がった家族よりも彼を信用し、将来を丸ごと任せる選択をして——今があるのだ。

「お嬢様、また腕を上げられましたね」

「絵を見てくれたの？」

「はい。絵の具がまだ乾いていなかったので、描かれてすぐなのでしょう。月明かりの下、淡く咲き誇る蒼炎の花と、闊歩する飛竜の風格が実に見事な作品です。月光と蒼炎の揺らぎが、雪やクィーンの鱗に反射する様の、なんと美しいことか……竜の背の冷たい空気と、その場の緊張感が伝わってきました」

「緊張感か。あの時は傍を三ツ目狼がうろついておったのだ」

「三ツ目狼！　あの緊張感はそれでなのですね！」

興奮しているのか、ラファエルの頬は微かに赤い。歳を重ねているとはいえ、品のいい美貌の麗人が気を昂らせる姿には目を惹くものがある。絵への関心しかないアメリアと、彼と長いつき合いのあるオリオンでなければ、頬を染めて見惚れてもおかしくない。

アメリアの新作がいかに素晴らしいかを語るラファエルを、オリオンは呆れた顔で見て「今のそなたを昔からの知人が見れば仰天するであろうな」と溜め息をついた。言われた本人はまったく気にしておらず、優美で麗しい笑みを振りまいている。

老執事のエリティカが淹れてくれた紅茶に口をつけた。紅茶にはミルクが入れてある。最近、食事をしていなかったからか、ミルクの香りと砂糖の甘さが胃に優しく染み渡った。

「ゆっくりでかまわぬゆえ、菓子も食べなさい」

「チョコレートケーキですか？」

オリオンがローテーブルにあった皿に手を伸ばす。皿にはクグロフ型の茶色いケーキがのっていた。粉砂糖が振られたケーキは、ドーナツのように真ん中に穴が開いており、周囲は斜めにうねっている。

「チョコレートではない。デーツを使ったケーキだ」

「デーツ……」

「ナツメヤシのことだ。水を加えて火にかけ、やわらかくなったらピューレにする。そこへ卵、バター、粉類などの材料を混ぜ、型に入れて焼くだけの、お手軽なケーキだ。食べればわかるが、チョコレートよりもキャラメルや黒糖に似た風味をしておる」

彼は説明しながら切り分けて皿に取り、アメリアへ差し出した。それを受け取ると思ったよりも重い。どうやら水分量が多い、しっとりした食感のケーキらしい。

「ほう、ターテリカックですか。僕も好きですよ」

向かいのソファのラファエルが言うと、オリオンはわかっているとばかりに切り分けて、皿にのせて渡した。彼は自分の分も皿に取る。

全員の元に行き渡るのを待って、アメリアはターテリカックにフォークを刺した。ひと口分を切って食べてみる。オリオンの言う通りキャラメルのような風味をした、優しい甘さのケーキだった。

「うんうん、生地が非常にしっとりしていて、いいですね。前もって焼いておいて、味を馴染ませていたのでしょう。ところで、おかわりをいただけますか？」

「そなたひとりで食べてしまいそうだな。アメリア嬢、もうひと切れどうだ？」

「あ、いえ、とても美味しいですけれど、ひと切れで充分です」

「そうか。まあ、あまり急に食べすぎても、胃が驚いてしまうだろうな」

「では、代わりに僕が」

「……本当にひとりで食べる気か？」

アメリアがひと切れ食べている間に、ラファエルは三切れのターテリカックを食べ終わっていた。どうやら彼は甘党らしい。五年のつき合いでは知らなかった一面だ。ぬるくなった紅茶を飲んで、彼女は小さく息を吐く。

カップをテーブルに戻したタイミングで、ラファエルが「お嬢様」と、アメリアに声をかけた。アメリアは「なあに？」と彼を見る。

「腕が上がったこともありますが、絵の表情が少し変わりましたね」

何を言われたのかと、彼女は目をまたたかせた。ラファエルはこれまでに唯一、アメリアの絵を評価してくれた人物だ。腕が上がったと言われるのは喜ばしいが、表情が変わったという言葉には困惑せざるを得なかった。

「ごめんなさい。その、それは……どういう意味かしら？」

不安を滲ませて聞き返すアメリアに、ラファエルは「ああっ、誤解しないでください」と、笑みを浮かべる。

「悪い意味ではありません。これまでの作品でも、自然の光や空気を見事に描かれていましたがーー最近の作品では、色彩がより深みを増し、臨場感のあるものになりました」

「……ありがとう。でも、まだまだよ。目に映る世界の美しさも、まばゆさも、もっと描けるようになりたいの」

「それはそれは、嬉しいですね。お嬢様の絵が今よりさらに至高の域に達するのかと思うと、年甲斐もなく、わくわくしてしまいます」

「ラファエルさんと、オリオン様のおかげよ。この地に来て、なんの憂いも、迷いも、不安もなく、絵を描けるようになったわ。わたし今、描きたくて、描きたくてしかたがないの。自分がこんなに気力に満ちた人間だなんて、ここへ来るまで知らなかったわ」

どこか胸を張るように、あるいはどこか不思議そうに、アメリアは心境の変化を語った。

隣でオリオンが小さく笑う。彼は誇らしげな顔をしていた。ラファエルも微笑んでいる。

「僕の選択は間違っていなかったようですね。お嬢様をきみに託して良かったです。これからも彼女を大事に、丁重に、しっかりと守り抜いてください」

「ふん。そなたに言われるまでもない」

「今後も心穏やかに絵を描ける環境だと確認できたところでーー」

ラファエルが、パンッと手を打った。

「それでは『月明かりの下、飛竜と蒼炎の花』の商談を始めましょう」

「なんだ、それは？　絵のタイトルか……？」

「ええ、そうですよ。お嬢様、あの絵は傑作です。新境地のはしりと言ってもも過言ではありません。

これまでの最高額で売れるでしょう。僕に預けてください」

「断る」

「……なんですって？」

アメリアが何を言うよりも早く、オリオンがラファエルの提案を一蹴《いっしゅう》した。呆気に取られた画商を前に、先代辺境伯は断固拒否とばかりに腕を組んだ。

「あの絵はバラリオス城の玄関ホールに飾る。あれほど、この地と飛竜を見事に描ききった絵はないからのう。相応しい場所に飾らねばならん」

「何を馬鹿なことを！　あれは然るべきオークションにかけ、大々的に、目利きの収集家たちに見せなければならない逸品です！」

「飛竜の美しさも何もわからん貴族の屋敷に眠らせるつもりか？　冗談ではない！」

「北の辺境領に秘めておくより、ずうっとマシです！」

老人ふたりが何やら楽しげに言い合っている。アメリアは困ったようにふたりを順に見るが、口を挟めないと判断してカップに手を伸ばした。残っていた紅茶をちびちび飲みながら、白熱して腰を浮かせたオリオンとラファエルが落ちつくのを待つ。

「あれほどの傑作を世に送り出すには、今が絶好の機会なのです！」

「だから出さぬと言っておろうが！」

「これだから北に閉じこもっている人間は！　何もわかっていない！」

「何？　そなたとて閉じこもっていたであろう！　北から出て放浪するようになったのは、ここ十五年ほどのことではないか！」

「充分でしょう！　赤ん坊が反抗期を迎えるほどの時間です」

「何が赤ん坊、何が反抗期だ。子育てなどしたこともないくせに」

「それは君もでしょう？」

ふたりはジッと互いを見据え——ふ、と浮かせていた腰を下ろした。

（あら……？）

空気が変わる。騒いでいたふたりが、真面目な顔で向かい合う。

「——それで？　何故、今が絶好の機会なのだ？　北の人間にはわからぬと言っておったが、とすると、王都か」

話について行けず、アメリアは目をまたたかせた。

「何が起こった？」

「『ルーカス・アストライオス』の偽者が出てきました」

「……え？」

「ルーカス・アストライオス？　誰だ？」

「わたしです」

「ん？」

オリオンが怪訝そうな顔で、アメリアを見た。

「ルーカス・アストライオスは、わたしです」

「正確には、お嬢様の雅号です。都合上、男性の名で作品を描いていただいています」

「ああ、そうであったな。確か、前にそなたが話してくれた。名前以外の情報が一切不明の画家である、とな。その偽者が出たとはどういうことだ？」

ラファエルが吐息を漏らす。眉間には皺が刻まれており、吐かれた息には苛立ちが滲んでいるようだった。

「王都で発行された新聞に『ルーカス・アストライオス』の手記が載ったのです。自分こそが謎の覆面画家の正体だ、と」

「そなたの様子を見るに、その虚言を王都の人間は信じているのだな」

「ええ、残念ながら。これまでも『ルーカス・アストライオス』の名を騙《かた》る者はいました。ですが、すぐに偽者だと判明していたのです。過去の愚か者たちは、絵のモチーフや、どこの景色を描いたものなのかなど、まったく説明できませんでした」

「騒ぎになっているということは、その偽者は本物である証明ができたのか」

オリオンの言葉に、ラファエルは忌々しげに頷くと、一部の新聞を取り出した。

「これがその新聞です。この紙面で偽者は、ルーカス・アストライオスの作品が王都より北へ行った場所にある、小さな領地――ローズハート男爵領の景色を描いたものだと、公表しました」

これまでも正体不明の画家を騙る者はいたが、誰も本物だと証明できずに終わっている。しかし今回の偽者は、描かれた景色の場所がローズハート男爵領であると発した。なんの名産もない小さな男爵領のことなど、王都ではあまり知られていない。だからルーカス・アストライオスの風景画は想像の世界だと言われていたほどだ。

作者のアメリアと、現地で取引していた画商のラファエルしか知り得ぬ情報を、新聞の手記という形で公開した。現地に行って確認した者の証言も載ったことで、王都では手記の投稿者が本物の可能性が高いと騒がれているという。

ラファエルが神妙な声で話す間、オリオンも面白くなさそうに眉間に皺を刻んでいた。

しかし、当の本人は――

(贋作騒動じゃなくて、偽者騒動なのね)

と、まるで他人事のように考えていた。オリオンとラファエルが不快げな顔をする傍らで、彼女はカップに残っていたミルクティーを飲み干す。気持ちが落ちついたからか『竜の背』に出発した時から溜まっていた疲労が急に押し寄せてきた。彼女は隣に座る婚約者や、正面に座る友人にバレないように、唇に力を込めて欠伸《あくび》を噛み殺す。

アメリア本人よりも、ラファエルやオリオンのほうが不愉快そうにしていた。どうしてそんなに怒るのか、アメリアにはよくわからない。好きに言わせておけばと思うのだが、実際に商売をしているラファエルにとっては、大問題なのだろう。では、何故オリオンまで怒っているのか。アメリアには不思議だった。

新聞の手記に目を通す。

『――『夏の湖』は、ローズハート男爵領の森の中にある隠れた名所を描いた作品である。夏の眩しい日差しを青々とした木々の葉が遮り、幻想的かつ神秘的な顔を見せてくれた。湖面に反射する光は、魚が泳ぐと揺らぎ、表情を変える。その一瞬を切り取ることで、私は時間が止まったかのような静謐さをも、キャンバスに描くことができたのだ――』

手記には『夏の湖』だけでなく、これまでに発表してきた作品の解説や、モデルになった場所が書かれている。解説に関してはともかく、提示された場所はほぼ合っていた。実際に現地へ足を運んだ者にしか書けない内容だ。

「新聞社の人間に聞いたところ、ある日突然、手記の原稿が社長宛に送られてきたそうです。なので、やり取りはすべて社長が行っているとか」

「その社長には会ったのか？」

「いえ、残念ながら会えませんでした」

「ふむ……なんにしても、手がかりが他にない以上、まずはその新聞社の社長とやらに会わねばな。どうだ、アメリア嬢、一度会いに行ってみるか」

「……え？」

急に話を振られたアメリアは、紅茶のカップを両手で持ったまま固まる。祖父ほど歳の離れたふたりが意見を交わす傍らで、彼女は聞くことに徹していたため、まさかそんな提案をされるとは思いもしなかった。

「それはいいかもしれません。お嬢様は久しく王都へ行かれていないのでしょう？」

「ええ、そうだけど……えっと、わたしも行くの？」

「アメリア様は観光がてらでも大丈夫ですよ」

「うむ、それもよかろう。王都の流行は移り変わりが激しい。長らく足を運んでおらぬなら、目新しい物もあろう」

「ですが、冬は北からの道が閉ざされるのでは……？」

「馬車は通らぬが、飛竜ならゆっくり行っても五日はかからぬ。雪山へ行くのではなく、暖かい南へ下るのだからな」

季節は冬だ。王都方面も暖かいわけではないが、北の辺境領と比べると温暖な気候に思えるのかもしれない。ラファエルとオリオンが「飛竜は二頭必要ですね」「ではエリックに出させるか。そなたはそちらへ乗れ」と話を進めていく。

（王都……）

貴族の子女であれば、王立の学園に在籍するため一度は足を運び、滞在する場所だ。しかし学園に通わなかったアメリアは、入学辞退と同時に王の支配するその地を離れている。

「あの」

「ん？　どうした？」

「わたし、行きません」

「お嬢様？」

彼女はオリオンとラファエルを順に見て、もう一度同じことを言う。

「王都へは行きません」

王都へ行きたい気持ちは微塵もない。彼女は今、これからさらに厳しい冬を迎える辺境伯領の、雄大な自然に心を躍らせているところだ。偽者の正体を探ることと、この地に溜まり絵を描いて過ごすことを天秤にかけた時、秤は後者に傾いた。

「ホワイトディア領で過ごす初めての冬を、逃したくないです」

ラファエルには申しわけないが、アメリアは『ルーカス・アストライオス』の名前に固執していない。偽者の目的は不明だが、名前や名誉を欲しがっているのなら渡してもいい、とすら思う。絵を描いて生きていけるなら、名前など、なんだってよかった——

言いたいことを言ったからか、気が抜けた。不意に視界が揺れる。

蒼炎の花の採取のために雪山で慣れない野営をし、戻ってからは絵を描き続けていた。その上、休む間もなく婚約式が執り行われ、彼女の体力は本人が気づかないうちに限界に達していた。名前を呼ぶ声は聞こえていたが、返事をする気力すら失われている。

翡翠の瞳は、目蓋に覆われた——

第三章　絵描き令嬢と白鹿の兄妹

バラリオス城内の庭園で、アメリアはキャンバスに筆を走らせていた。

凍った池と雪が積もったガゼボの静けさを、澄んだ空気や光と共に描いていく。すぐ近くでチリチリと鳥が鳴いた。数時間前――早朝に絵を描き始めた時から、その鳥はずっと傍にいるようだが、いっこうに姿を見せてくれない。

アメリア・フォルトス・ローズハートとオリオン・デイヴィス・ホワイトディアの婚約式が行われ、二週間ほどが経過した。

その間に王国――ホワイトディア辺境伯領は新年を迎えた。婚約式、年明けと慶事が続き、世間には浮かれた雰囲気が流れている。そんな空気をよそに、彼女の気持ちは落ちついていた。

まるで、偽者騒動など存在していないかのように――

婚約式から一週間、アメリアはベッドの住人と化した。

彼女が眠っている間に――ラファエルは、エリックと共に王都へ向かった。彼の繊細な文字で綴《つづ》られた手紙が残っており、アメリアの体調を気遣う言葉と、王都へつれ出そうとしたことへの謝罪が記されていた。そこから数日、療養して体調が回復したアメリアは、絵を描く日々を過ごしている。

彼女は筆を置いた。完成した絵の全貌を確認しようと、一歩後ろに下がり――

「おっと！」

誰かにぶつかった。

後ろから肩を支えられている。首だけで振り向くと、そこには巨大な肉壁が。視線を上に動かしていくと、眩しいほど無邪気な笑みを浮かべる、見知らぬ青年がいた。

（誰かしら？）

そう思いながら、前へ踏み出して身体を離す。

すると青年も前へ踏み出した。アメリアの隣に並び立った彼は、腰を折ってキャンバスの絵を見ている。彼の赤い目が、キャンバスの中の景色と実際の景色を、忙しく行ったり来たりしていた――かと思えば、青年は勢いよくアメリアのほうを向いた。

「アンタすげえな！　めちゃくちゃ絵上手いじゃん！」

「どうも……」

「オレ、ずっと後ろにいたんだ。気づいてた？」

「いえ、まったく……」

「だと思ったぜ！　声かけても反応ねえんだもん！　そんな夢中になってどんな絵描いてんのかなあって思ってたら、コレかよ！　最高だな！」

オリオンと変わらない背丈の青年は、これまでにアメリアが出会った誰よりも声が大きく、テンションが高い。がっしりした身体を震わせるように笑い、何度も「すげえ！」を繰り返している。

不思議な青年だ。

　女の身で絵を描く彼女を咎めるような目も、奇妙なものを見るような目もしない。ただただ真っ直ぐに見つめ、ワンパターンではあるが、賞賛の言葉を次々と投げかけてきた。

　アメリアは勢いに押されて混乱していた。ここまでぐいぐい来られるのは初めてだ。アメリアの才能を見出したラファエルに、画家としてサポートしたいと口説《くど》かれた時も、ここまでの圧迫感はなかった。

「あああっ!!　もしかして玄関ホールにあったやつ！　クィーンの絵！　アレ描いたのもアンタか!?」

「え、ああ、はい……」

「天才か……!?　アレ、本当にすげえよ！　なんかキラキラしてた！　絵なんてぜんっぜん興味なかったんだけど、アレ見た瞬間、時間が止まったっつーか、動けなくなったっつーか……足が床に杭打ちされたみたいな！　わかるか!?」

「杭打ち……？」

「わかんねえか！　じゃあしかたねえな！」

　青年が「わっはっは！」と豪快に笑う。

「なあ！　オレにも描かせてくれよ！」

「……はい？」

「絵の描き方！　教えてくれ！　なっ！　いいだろ？」

「はあ……」

絵の描き方と言われても、アメリアは完全に独学だ。誰かに描き方を教えられるとは思わないが、純真無垢な子供のような目で見つめられると、拒否しにくい。

「オレ、相棒のイナヅマ号を描いてやりてえんだよ。今ちょうど竜舎にいるから紹介するよ！　こっちだ！」

「えっ、待っ――」

青年がアメリアの手を掴んで、歩き出す。歩幅の違いから、半ば引きずられる形で数歩進んだところで、彼の足が止まった。

「大叔父上！」

「そなた、ここで何をしておる？」

大きな背中が壁になっていて姿は見えないが、前方からオリオンの声がする。アメリアが後ろからそっと顔を出せば、思った通り、オリオンの姿があった。向こうも彼女に気づいたらしい。紅玉の目を丸くしている。

「アメリア嬢？」

「大叔父上、なあ、聞いてくれよ！　こいつすげえんだ！　めちゃくちゃ絵上手いんだぜ！」

「……こいつ？」

「あ、絵が上手いのは知ってるよな。玄関ホールに飾るくらいだし……大叔父上の食客《しょっかく》だもんな！　ははは っ、オレとしたことが馬鹿なこと言っちまったぜ！」

人好きのされる笑顔が眩しい。

黙って話を聞いていたアメリアはようやく、この青年がオリオンの親族であると察した。言われてみれば顔の骨格が似ている気がする。

(大叔父上ってことは、オリオン様のご兄弟の……確か、前に兄がいたっておっしゃっていたから、お兄様のお孫様……つまり、今のホワイトディア辺境伯様のご子息……？)

これまでに得ていた情報を引っ張り出して整理すれば、青年の素性の予測がついた。オリオンと近しい血筋の人間を初めて見たアメリアは、彼の顔を凝視する。

(若い頃のオリオン様は、こういうお顔をされていたのかもしれないわ)

そんな風に思いながら見つめていると、不意に握られていた手を引かれた。アメリアは「わっ」と小さく声を上げながら、青年の隣に並び立つ。手を離され、そのまま肩を抱かれた。

「頼む、大叔父上！　オレがメルクロニアに帰る時、こいつも一緒につれて帰らせてくれ！」

「何？」

「絵の師匠になってもらうんだ！」

「……アンタレス・エーデルハイム・ホワイトディア。まずは彼女の肩を抱く手を離しなさい」

「お、大叔父上？　顔怖いぜ……？」

「早うせぬか」

「お、おう……」

オリオンが目を細めて言うと、アンタレスと呼ばれた青年は困惑の色を顔に滲ませながらもアメリアから手を離す。そのまま両手を上にあげてオロオロし始める。オリオンの威圧に明らかに動揺しているのが傍目にもわかった。単純でわかりやすい性格のようだ。

「アメリア嬢、こちらへ」

「は、はい……」

雪で滑らないように気をつけながら、オリオンのほうへ向かう。

目の前に立つと、大きな手を差し出された。手を取れということだろうか。おそるおそる手を重ねれば、壊れやすい陶器を扱うかのようにそっと手を引かれ、彼の隣に立たされる。くるりと身体が反転し、青年と正面から向き合う形となった。

「アンタレス、彼女は食客として招いた絵描きではなく、私の婚約者の女性だ」

「……こんやくしゃ……？」

「そなたらは、婚約の祝いを伝えるために、バラリオスへ来たのであろう？」

「……こんやくしゃ……」

アンタレスは何度か同じ言葉を繰り返し、やがて理解に至ったのだろう。くわっとオリオンと同じ紅玉の目を見開き「婚約者!?」と、仰《の》け反《ぞ》った。

「わっっっかっ！　オレと変わらねえくらいの女の子が婚約者!?　親父が言ってた、大叔父上が色ボケたってやつ、本当だったのか!?」

馬鹿正直に思ったことを口にするアンタレスに、アメリアは目をまたたかせ、オリオンはひたいを押さえて呆れる。貴族らしくない愚直なまでの正直さだ。

ひとりであわあわと「大変だ！」と声を上げ「英雄ならアリなのか？」と納得しかけ「同年代の希望の星!?　大叔父上かっけえ！」と騒ぎ「でも歳の離れたジジイと結婚しなきゃいけねえのは……っ！」と、アメリアの状況を想像して勝手に嘆く姿は見ていて面白い。

いつ終わるのかわからないアンタレス劇場だ。それを終わらせたのは、駆け寄ってきた少女の、愛らしい怒鳴り声だった。

「小兄様《ちいにい》のおばか！　何やってるのよ！」

「ミ、ミモザ!?」

「声が大きいから全部聞こえてたわ！」

ミモザと呼ばれた少女がアンタレスをポカポカ叩いている。その様子を眺めながらオリオンは深く溜め息を漏らした。

「アメリア嬢、絵が仕上がったのならば休憩にしよう。温室に軽食を用意させておる」

「え？　でも……」

彼女が賑《にぎ》やかな兄妹をちらりと見れば、オリオンが肩を竦める。

「いつものことだ。ミモザがひとしきり叱り終われば、ついて来よう」

「そう、なのですね」

「うむ。ささ、参ろう」

置きっぱなしになっていたキャンバスを片づけ、アメリアはオリオンにエスコートされて温室へ向かった。彼の言った通り、しばらく進んでいると、後ろからホワイトディア辺境伯の子供たちが追いかけてくる。

元気な兄妹と共に、四人でガラスの天井の温室に入った。色鮮やかな花が咲き誇るその場所は地熱によって温められており、防寒具を手放すことができる。

帽子やマフラー、手袋などを外し、彼女は温室の中央に設置されたテーブルについた。丸い卓を四人で囲んでいるのに、何故か婚約者は隣におらず、右を初対面の青年が、左を初対面の美少女が陣取っている。アメリアは左右を気にしながらも、オリオンが淹れてくれた紅茶に口をつける。

「大叔父上、このクッキーうめえな！」

「小兄様、食べながらおしゃべりしたらダメよ。ほら！　口からポロポロこぼしてるじゃない！」

「お、そうか？　悪い、悪い！」

「もうっ、服で手を拭かないの！」

アンタレスは悪びれもせず「はっはっは！」と笑い、今度はマドレーヌに大きな手を伸ばした。大食漢なのか甘党なのか、大きな口に次々と焼菓子が消えていく様は圧巻だ。見ているだけでお腹がいっぱいになってくる。

正面のオリオンを見た。足を組み、呆れたようにひたいを押さえてはいるが、表情には楽しげな色が浮かんでいる。兄の孫たちのやり取りが、微笑ましくもあるのだろう。

アメリアも兄妹の様子を改めて見つめた。

ふたりは身体の大きさがまったく違う。筋骨隆々で巨躯の兄に対して、麗しの妹は線が細い。髪の色は似ている。どちらも黄金色で小麦の穂を思わせた。アンタレスは髪を短く切っており、春風に揺れるタンポポのようだ。ミモザは緩く波打つふわふわの髪が、彼女と同じ名前の花を彷彿とさせた。

（目の色が違うのね）

アンタレスはオリオンと同じ赤だが、ミモザは碧だ。色こそ違うが、兄妹の瞳はどちらも、若い生命の輝きが満ちているようだった。

テーブルの焼菓子が三分の二ほどなくなったところで、オリオンがそれぞれのカップに紅茶のおかわりを注いでくれる。先ほどとは違う香りがした。茶葉を替えたのだろう。ひと口飲んで「こっちも美味しいです」と告げた。婚約者の彼はゆるりと目を細めて微笑む。

「口に合ったようで何よりだ……して、そなたらの腹は膨れたのか？」

オリオンは細めた赤い目を、そのまま身内のふたりに向けた。

「大叔父様、小兄様がお待たせしてしまって、申しわけありません。それで、あの……こちらの、大叔父様の婚約者の方をご紹介していただいてよろしいでしょうか？」

麗しい少女の碧く丸い目が、アメリアにちらちらと視線を投げかける。彼女は照れくさいと言わんばかりに、頬を薄紅色に染めていた。オリオンがふっと笑う。

「ああ、もちろんだ。彼女はアメリア・ローズハート嬢。二か月半ほど前にホワイトディア辺境伯領へ来て、先日、婚約式を執り行った」

「アメリアです。よろしくお願いいたします」

アメリアが頭を下げると、ミモザが「ああっ、どうか頭をお上げください！」と慌てたように声を上げる。

「大叔父様の伴侶となられる方に頭など下げさせては、父や母に……いえっ！　一族みなに叱られてしまいます！　口調も崩されてくださいませ！」

「え？　……ですが、まだオリオン様と婚姻を結んだわけではありませんし、わたしの生家は男爵家ですので……」

「お？　男爵家の令嬢なのか？　だったらこのましゃべってもいいよな？」

「小兄様は黙ってて！　ばかっ、ばか！　アメリア様に失礼な兄妹だって思われたらどうするのよ！」

ミモザは自身の正面に座るアンタレスに向かってきゃんきゃん吠えた。兄は怒られ慣れているのか、妹の言うことは気にも留めていないようだ。あっけらかんとした笑顔で「すまん、すまん！」と謝っている。

まるで大型犬と小型犬がじゃれているような光景だ。辺境伯の子息令嬢に対して思っていいようなことではないが、アメリアは微笑ましい気持ちで兄妹を見ていた。

やがて、ひとしきり兄に小言を言った妹が、コホンと小さく咳払いをしてアメリアに向き直った。

「アメリア様、わたくしはミモザと申します。遅ればせながら、大叔父様とのご婚約、まことにおめでとうございます」

「ミモザ様、ご丁寧にありがとうございます。ですがどうか、そのように畏まった口調はおやめください。あなた様は北の姫君であらせられるのですから、どうぞ気軽にお話ししていただけると――」

幸いです、と言い終わる前に、ミモザは嬉しそうに破顔した。

北の辺境伯領において、ホワイトディア家の存在は王家に等しい。その家の当主――辺境伯家の令嬢となれば、姫という呼称も過分ではなかった。それは、元気な大型犬のように見えてしまうアンタレスも同じだ。彼も北の人間にとっては、王子と呼ばれてもおかしくない存在なのである。

それほどの高い身分の相手と顔をつき合わせ、一緒のテーブルを囲んでいることが不思議でならない。本来であれば会話どころか、顔を合わせることすらできない家格の差があるのだ。それなのに臆せずいられるのは、この兄妹の性格と雰囲気のおかげだろう。

ミモザが是非を尋ねるように、兄と同じくらい大きな大叔父のほうを見た。

オリオンは整えたヒゲごと顎を撫でながら、いいだろうとばかりに頷く。

それを見た瞬間、北の姫の顔がさらに明るくなった。

「だったらそうさせてもらうわ！　アメリア様も楽に話されてね！」

「わたしのことは、どうぞ、アメリアとお呼びください」

「いいの？　じゃあ、わたくしのことはミモザって呼んでちょうだい！　ふふふ、なんだか距離が縮まった感じがするわね？」

「えっと、そうですね。お近づきになれたのは嬉しいのですが……まだ慣れませんので、呼び方や口調は追々変える方向で、お許しいただけたら……」

「あら、そう？　……ん、そうよね。無理強いは良くないわよね。人との距離の詰め方には個人差があるし……でも、わたくしは本当にアメリアと仲良くしたいの！　これからたくさんおしゃべりして、どんどん距離を縮めましょうね！」

「そうだな！　よし、オレもアメリアって呼ぶ――」

「小兄様はダメ！」

「そなたはダメだ」

オリオンとミモザの声が重なった。

「なんでだよ！　ミモザがいいならオレだっていいだろ⁉」

「良いわけがなかろうて」

「大叔父上ぇぇぇ」

「情けない声を出すでない」

「だってよぉ、ふたりばっか仲良くなるのはズルいじゃんか。オレだってアメリアと仲良くなりたい！」

「もうっ、子供みたいなこと言わないの！」

「まだ子供だ！　オレ十七歳だし？　お前とひとつしか変わらねえよ」

アンタレスが妹を煽るように「へへーん！」と声に出して言うと、ミモザはぷりぷり怒りながら再び小言を言い始める。

当然、アメリアに止める力はない。彼女はそっと視線を外して紅茶を飲んだ。じゃれ合うふたりを止めたのは、オリオンである。彼はコンコンとテーブルをノックするように叩き「もういい、やめなさい」と、仲裁に入った。兄妹はぴたりと言い合うのをやめて、大叔父の顔を見る。

「仲が良いのは結構だが、そなたら、大事なことを忘れておらぬか？」

「げ……」

「う……大叔父様、申しわけありません……わたくしとしたことが、すっかり取り乱してしまって……大兄様《おおにい》の代わりを、ちゃんと務めます！　ほら、小兄様！」

「そうだな……アメリア──嬢！」

名前を呼び捨てようとしたアンタレスだが、オリオンが鋭い視線を向けると、身震いをしながら慌てて敬称をつけた。アメリアがカップをテーブルに戻すと、ホワイトディアの兄妹が真面目な顔で見つめてくる。

（大兄様ってことは……辺境伯家の嫡男の……）

ホワイトディア辺境伯の第一子アケルナル。その青年は、いずれ辺境伯を継承する時のために、現在は最北の前線で経験を積んでいる最中だそうだ。

アメリアはふたりが何か言うのを待った。どちらからともなく兄妹が立ち上がり、胸に手を当てる。アンタレスが息を吐いてから、口を開いた。

「私たちはホワイトディア辺境伯家当主、アークトゥルス・ベン・ホワイトディアの名代として、一族の雄氏たるオリオン・デイヴィス・ホワイトディア殿と、アメリア・フォルトス・ローズハート殿の婚約が無事に結ばれ、式典を終えられたことを、お祝い申し上げる」

「ホワイトディアの名を冠し、共に北の地で生きていく貴殿を、最大の敬意と一族の大いなる愛をもって、お迎えいたします」

アンタレスとミモザが目を伏せる。

対するアメリアは、翡翠色の目を見開いた。今まで、兄妹でじゃれ合い、無邪気にきゃんきゃん騒いでいた姿が嘘のように、堂々とした姿だ。生まれ持った風格とでも言うのだろうか。ふたりは、決して付け焼き刃などではない、空気を引き締める威厳と存在感を持っている。

アメリアは席を立ち、自然と、頭を下げていた。

「ありがとうございます。不慣れで、不勉強な身ではありますが、どうぞ末永く、よろしくお願い申し上げます」

そう言って頭を上げると、ホワイトディアの兄妹は、はにかんだ。白い歯を見せて笑うその表情はとてもよく似ている。

三人が席につくと、オリオンが顔に喜びを滲ませていた。顔合わせが上手くいって、嬉しいのだろう。だからか、彼が新しく注いでくれたのは、華やかな香りがする、仄かに甘い風味の紅茶だった。

「ふふふ、真っ赤な紅茶だわ。物語に出てきたのと同じ……あのお話は本当だったのね」

カップで揺れる赤いお茶を見て、ミモザは喜色を満面に湛える。オリオンが首を傾げた。

「物語とな？」

「はいっ！　歳の離れた令嬢に一目惚れをした英雄の恋物語ですわ！」

「ほう……」

オリオンは顎を撫で、アメリアは思わず紅茶をこぼしてしまいそうになる。

「いろんな作家がおふたりの恋物語を生み出していますのよ。もちろん登場人物の名前は変えてありますけれどね。でも、身分差も年齢差も越えた物語は、とぉってもロマンチックですの……」

うっとりした表情でミモザは続ける。

「作家によって解釈は違いますわ。英雄が身分差を気にする令嬢を熱烈に口説き落として妻にするパターンもあれば、反対に、令嬢が年齢差を気にする英雄に迫って妻になるパターンなんかもありますのよ。わたくしは後者が好きですわ。特にミセス・ユウスの作品――アメリアが大叔父様の寝所に乗り込み『あたしがあなたの最後の女になるわ！』と啖呵《たんか》を切るシーンが好きで……！」

ミモザはうっとりと頬を押さえながら語り、身体をくねらせて悶《もだ》えていた。

「現実は小説より……とも言うし、アメリアと大叔父様の間には、もっとロマンチックな物語があったのでしょう？　わたくしは、それを聞きたいの！」

「ロマンチック……？　特にそういったことはなかったかと……」

「もうっ！　照れないで教えて、アメリア！　お母様やお父様には内緒にするからぁ！」

「あの、本当に、そういったことはなくて……」

よっぽど恋愛話をしたいのか、ミモザが「お願い、聞かせて！」とぐいぐい迫ってくるが、残念ながら話せることはない。ラファエルが縁を繋いでくれてから、流されるようにオリオンと出会い、今に至っている。

出会って、まだ二か月半ほどしか経っていないが、すでにオリオンを信頼している。彼の気遣いのおかげか、年の功か――自分でも驚くほど早い段階で、彼に甘えていた。わがままを言うのも、自分の都合に他人をつき合わせるのも、初めてだ。血縁者である父や、両家の祖父母にすらできなかったことを、オリオンに対して、してしまっていた。

しかしそれが、恋愛感情に基づくのかと問われれば、首を傾げる。オリオンをじっと見つめれば、紅玉の瞳が彼女を映していた。

(そういう感情はわからないけど……恋愛小説が流行している理由は、なんとなくわかるわ。たぶん、ラファエルさんが何か画策したのね)

「なあ、ねえの？」

不意にアンタレスが口を開いた。口元には焼菓子の欠片《かけら》がついている。

「何が、ですか？」

「だから！　大叔父上とアンタの恋愛話！」

ひとしきり焼菓子を食べたからか、ミモザだけでなく、アンタレスまで身を乗り出してきている。もうひとりの当事者であるオリオンはどう考えているのか。正面の彼に視線を向ければ、オリオンはアンタレスを見ていた。

「アンタレスよ」

「おっ！　大叔父上が話してくれるのか？」

「やぶさかではないが、それよりも、だ。そなた、庭園にいた時から、ずっとアメリア嬢に絡んでおるが、それほど彼女を気に入っておるのか？」

「そりゃもちろん！」

「何故だ？　絵が上手いからか？」

「それもあるけど……」

青年はオリオンから視線を外し、アメリアを見た。

「オレさ、イナヅマ号と一緒にアメリアを描きたいんだ」

「なんだと？」

「だってアメリア、髪が赤くて綺麗だろ？　雪の森でさ、濃い緑の木とか、丸太の小屋とか、真っ黒なイナヅマ号とかと一緒に描いてあったら、綺麗だと思わねえ？　赤がバーンって感じになってさ！」

アンタレスの言葉を聞きながら、アメリアは目をまたたかせる。

勢いだけで絵を描きたいと言っているのかと思っていた。だが、しっかり考えているのか、なかなか的確なことを言っている。

「今のオレじゃ絶対に描けねえ……だから、メルクロニアに帰る時に一緒につれて帰って、絵の師匠になってもらうんだ！　そのまま学園の冬休暇が終わるまでみっちり教えてもらえば、基礎くらい身につくだろ？　そしたら学園でも描ける！」

「ほう」

「アメリア嬢は、そのあとバラリオスに戻らないとだよな。大叔父上たちの結婚式の準備とかあるし……あれ？　でも結婚式はメルクロニアでやるって聞いたぜ！　じゃあそのままメルクロニアにいればいいじゃん！」

名案とばかりに彼は両腕を広げる。

「結婚式の支度って何するかわかんねえけど、現地のほうがいいだろうし！　ミモザもアメリアが一緒に来てくれたら嬉しいだろ？」

「わたくし？　ええ、もちろん嬉しいわ！　でも……大叔父様とアメリアを引き離すなんてダメ！絶対にダメよ！」

「じゃあ大叔父上にも来てもらえばいいんじゃね？」

「はっ！　確かに……！」

盛り上がる兄妹に、アメリアは困ったように苦笑を漏らした。

（期待されてるけど……わたしに、絵は教えられないわ）

誰にも師事したことのない彼女には、何をどう教えればいいのか見当もつかない。

それにバラリオスを離れるつもりもなかった。今の彼女は、ホワイトディア辺境伯領の中でもとりわけ、これまで実際に目にしてきた東部の景色に心惹かれている。この地の景色を描きたいがために、王都へ行かない選択をしたのだ。同じ領内とはいえ、別の地に移動する気は起きない。

（ああ、でも、メルクロニアの黄金城は見てみたいわね）

そう思いはするが、それは今すぐでなくてもよかった。アメリアはオリオンの反応を窺う。亡き兄の孫たちの懇願に彼が是と頷けば、彼女の考えはどうであれ、メルクロニアへ行くことになる。

オリオンは、口の端を上げて笑いながら、おもむろに席を離れた。そのままアンタレスに近づき、彼の首の後ろの襟を掴んで立ち上がらせる。

「うおっ⁉　お、大叔父上⁉」

「久しぶりに腕が鈍《にぶ》っていないか見てやろう」

「え⁉　なんで急に⁉」

「不満かな？」

「ううん！　めちゃくちゃ嬉しい！」

「ならばよかろう。演習場へ行って支度をしてきなさい」

「おう！」

よっぽど嬉しいのだろう。アンタレスが喜び勇んで温室を飛び出して行く。テーブルに残ったアメリアとミモザを順に見て、オリオンは肩を竦めた。

「急ではあるが、こうなってしまった。そなたたちは、これから何をする？」

「絵を描きます」

「アメリアとお買い物に行きます！」

ミモザと声が重なった。彼女に目を向けると、懇願するような潤んだ目で見つめられる。アメリアは言葉を探したが、少しして「わかりました」と、願いを聞き入れることにした。

拒否しなかったのは、気を遣ったのではない。疑いようのない好意を寄せてくれる美しい少女の頼みを、何故か無下にしたくないと思ったのだ。ミモザが碧玉の瞳を細めて笑う。肩が揺れて、明るい金色の髪が静かに波打った。アメリアも小さく笑みを返す。

決まりとばかりに立ち上がった少女に手を引かれ、彼女は温室を出てバラリオス城下の街へ向かうのだった――

夜――疲労困憊《ひろうこんぱい》だ。

バラリオス城内には、城主と伴侶のみに入浴が許された専用の温泉があり、その空間は湯気で奥が見えないほど広く、太く丸い柱が何本も立っている。中央には浴槽と呼んでいいのか迷うほど巨大な大理石の造形物があり、一日中、お湯が湧き出ていた。

あまりにも仰々《ぎょうぎょう》しいため、普段は使うのを避けているが、今日ばかりは使用させてもらっている。大理石の縁に頭だけをのせて、寝転ぶように全身を温泉の中に浸した。少し熱めのお湯だが、入っているうちに心地よくなってくる。

アメリアはゆらゆら揺れる湯気が高い天井へ立ち上っていくのを眺めていたが、目を閉じた。自然と口から深い息が漏れる。

（疲れた……）

昼間、温室をあとにしたアメリアは、ミモザとバラリオスの街に買い物へ出た。

婚約式でお披露目をしたこともあり、民衆は彼女をあたたかく迎えてくれた。たくさんの笑顔を向けられて困惑はしたが、嫌な気はしなかった。ミモザ――同年代の少女との買い物をするのは初めてだ。最初は勝手がわからないでいたが、人懐っこいミモザのおかげで、楽しい時間を過ごすことができた。

高い城壁に囲まれた城塞都市バラリオスは、中央のバラリオス城を起点に、円状に住み分けがされている。城に近いエリアには比較的裕福な者たちが住み、それに合わせた高級店が軒を連ねていた。そこから城壁のほうへ進むと、一般市民の居住区があり、酒場、食料品店、衣料品店など大衆向けの店が増えてくる。さらに外へ近づくと、武器屋や防具屋、旅人向けの宿が並んでいた。

ホワイトディア家の姫と、先代辺境伯の婚約者が、身分を隠さずに買い物をするのは、城に近いエリアだ。富裕層向けの店が並んでおり、ふたりはそこで、揃いのデザインの帽子を買ったり、話題になっているスイーツを食べたり、オリオンやアンタレスへのお土産を手に入れたりと、時間が許す限りショッピングを満喫した。帰り際、ミモザは『もっと時間があれば、アメリアの服を仕立てられたのに！』と、唇を尖らせていた。

その後、バラリオス城に戻り、アメリアはホワイトディアの三人と夕食を共にした。賑やかな食事だ。アンタレスは『大叔父上はすげえんだ。オレ、ちゃんと訓練してんのに、今日もボッコボコにされた！』と擦り傷だらけの顔で嬉しそうに話し、オリオンは『なかなか腕を上げたようだ』と満足そうな顔をしていた。

ミモザは、アメリアと過ごした時間がいかに楽しかったかを語り、オリオンは相槌《あいづち》を打ちながら話を聞く。そして彼女の話を聞き終わると、アメリアに『次は私と行ってくれるか？』と尋ねた。今日の外出が思いのほか楽しかったこともあり、アメリアは頷く。それを聞いたアンタレスが『オレも！』と身を乗り出せば、ミモザとの騒々しいやり取りが始まり——

（本当に疲れたわ……たくさん歩いたし、こんなに賑やかな日は、初めて……）

肉体的な疲労だけでなく、気疲れもあった。ミモザと過ごす時間は充実していたが、これまでに初対面の相手と長時間一緒にいた経験はない。それが同年代となればなおさらだ。王都にいた頃も、男爵領に下がってからも、同年代の子息令嬢と関わったことがなかった。

学園にも通わなかったため、同年代の貴族で言葉を交わしたことのある人間はひとりしかいない。よくローズハート家に出入りしていた、異母妹の婚約者――ノア・クローバーフィールドくらいなものだ。

アメリアは長いことお湯の中にその身を寝そべらせていたが、やがて身体を起こした。白濁した湯が波打つ。日に焼けていない肢体は、温められて桃色に染まっていた。皮膚の下で筋肉が強張っているのを感じて、ふくらはぎを揉む。

(疲れたわ……でも……)

不快な疲労感ではない。

妙な心地よさは温泉に浸かっていたからではないだろう。アメリアは熱に浮かされたような気分のまま、荘厳な造りの温泉で存分に疲れを癒した――

温泉を出たアメリアは身体を冷やさないように、その足で寝室へ向かう。

寝室に近づいたところで、前から人が歩いてくるのに気づいた。明かりを持つ侍女をつれた、ミモザだ。アメリアに気づいたミモザは「アメリア！」と駆け寄ってきた。

「こんな時間にどうされたのです？」

「眠る前にアメリアと話したくて来たの。おじゃましてもいい？」

急な訪問者に驚きはしたが、アメリアは「もちろんです」と、ミモザを招き入れた。

大きな天蓋つきのベッドと、三面鏡のドレッサーくらいしかない、物が少ない内装は、文字通り寝るためだけの部屋だ。暖炉にはあらかじめ火が入れられており、外と違って暖かい。

「座る場所は……」

「ベッドでもいいかしら？」

「え？　あ、はい」

辺境伯家の令嬢にドレッサーの椅子を勧めてもいいものか思案していると、ミモザがベッドを指差した。本人が望むところに座ってもらうのが最善だろう。

ミモザは身に纏っていた上着を脱いで侍女に渡し、ベッドに腰を下ろした。アメリアも上着を預けると侍女は服を片づけ、頭を下げて寝室を出た。アメリアがドレッサーの椅子に座ろうとすると――

「アメリア、こっちよ！」

ミモザが自分の隣をポンと叩く。

少しだけ迷ってアメリアは彼女の隣に座った。たったそれだけのことなのに、ミモザは嬉しそうにニコニコ笑う。ベッドから垂らした足をぶらつかせる姿は、アンタレスやオリオンといる時よりも幼く見えた。

（え？）

不意に、指先に何かが触れた。見てみると、それはミモザの指先だ。ほっそりとした白い指の先に、桜色の小さな爪がついている。ベッドのスプリングが沈み、当たってしまったのだろう。アメリアはそれとなく手を引こうとして――止める。ミモザのたおやかな指が、アメリアの指先をやわく握ったからだ。

「寝室にまで押しかけてしまって、ごめんなさい。わたくし、今日のお礼が言いたかったの。温室でのお茶会も、お買い物も、とても楽しかったから」

「わたしも、楽しかったです」

「本当に？　迷惑ではなかった？　煩わしくは？」

「そのようなことはありません」

アメリアが答えると、ミモザがホッとしたように息を吐く。

「良かった……わたくし、アメリアと会えるのを楽しみにしていたの。物語の『アメリア』はいろんな風に描かれているけれど、本当はどういう人なのか、気になっていたから……」

「そうなのですね……それほど楽しみになさっていたのなら、会って、がっかりしたのではありませんか？」

「そんなことないわ！　想像の『アメリア』よりも、どの物語の『アメリア』よりも、本物のアメリアが一番素敵よ！」

「ミモザ様……」

夏の空のような碧の目が、アメリアを映す。碧の光彩の中で力強い光が輝いていた。アメリアが出会ったホワイトディアの人間は皆、真っ直ぐな目で見つめてくる。色は違うが、向けられる瞳の輝きは同じだった。

だからこそ、わからない。

「何故なのでしょう」

「何故って、何がわからないの？」

「今日会ったばかりだというのに、何故……ミモザ様は、これほどわたしを慕ってくださるのでしょうか？」

「出会ったのは今日でも、わたくしは、あなたを知っていたもの」

「知っているだけで……？」

翡翠の瞳に困惑が浮かぶ。

「アメリアは、そういう気持ちになったことはない？　会ったことはなくても、その人が気になって、ずっとずっと頭から離れないって経験は？」

「えっと……ありません。正直に申しますと、おそらくわたしは、ミモザ様の周りにいるどなたよりも、そういった感情の機微に疎く……申しわけございません」

「謝らないで。わからないことは、悪いことではないのよ。それにね、たとえ今はわからなくても、これからわかるようになるかもしれないでしょう？」

ミモザが微笑む。四つも年下の少女とは思えないほど大人びた、慈しみが滲んだ笑みだ。

「ただ知っているだけで、ずうっと会いたいと思ってた人と、実際に会って話してみたら、一瞬でわかる時があるの。胸が高鳴って――ああ、この人のことが好きだなぁってね」

「なるほど……？」

「ふふふ、わからなくてもいいわ。でも、わたくしがアメリアを好きだってことだけは、ちゃんとわかっておいてね！」

「は、はい……」

全ては理解できていないが、彼女の気持ちはわかったため、頷く。ミモザがくすくす笑いながらベッドに寝転んだ。豊作の小麦の穂を思わせる黄金色の髪が、白いシーツに広がる。

「本当はね、お祝いに来るのは小兄様だけのはずだったの。でも、どうしてもアメリアに会いたくて、お父様にお願いしちゃった。わたくしもバラリオスに行かせてくださいって」

「それは、すごい行動力ですね」

「すごくなんてないわ。会いたいから会いに行く。ただそれだけのことよ。それに行動力って言うのなら、アメリアもそうでしょう？」

「わたし、ですか？」

「ホワイトディア辺境伯領は特殊だもの。出て行くのも、入って来るのも、覚悟がいるわ。前からそれは思っていたけど、学園に入学してからは、余計にそう思うようになったの」

繋いだままだった指先に力が込められた。そのまま軽く引かれて、アメリアも彼女の隣に寝転ぶ。赤い髪が金の髪の上に広がって、シーツの上は一気に華やかになった。

「わたくしはね、いつか遠くない未来、ホワイトディアを離れるの」

「え？」

「王家の――第四王子殿下と婚約しているのよ。いずれその方が王室を離れて公爵位と領地を賜《たまわ》ることになったら、ここを出て、その地へ行くわ」

「ええ。王子殿下が、婚約者だったのですね」

「ええ。わたくし、自分で言うのもなんだけど、とてつもなく優良物件だもの。わたくしのお母様の出身は知っていて？」

「いえ……」

「お母様は、南の辺境伯家の直系のお血筋なの」

「南ですか。それはまた……」

南の辺境伯領といえば、肥沃な大地と温暖な気候により農業が盛んで、王国の食糧庫と称されている裕福な土地だ。その莫大な富を持つ辺境伯家の血と、中枢以上の軍事力を誇る北の辺境伯家の血を継いだ、直系の姫――決して口にはできないが、王家の姫よりも、遥かに政略的な価値のある存在だ。

「今の王家の力は弱いでしょう？」

男爵家の娘でしかない身では答えにくい。

「貴族たちが反対するからそう簡単に新しい公爵家を起こせないの。貴族にしてみれば、自分の家より爵位の高い家なんて、少ないほうがいいものね。王家は王家で身内が権力を持っていたほうが政治をしやすいし……だから、強い家の娘と縁を結んで円滑に公爵家を起こしたいんでしょうね」

「後ろ盾、ですか」

「ええ。南北の辺境伯家なんて、これ以上の後ろ盾はないわ。わたくし、両家に可愛がられているし、これほど心強い後ろ盾を持つ人間を、王家はどうしても欲しいのでしょうね」

彼女は碧の目を細めて言う。非常に落ちついた様子だ。ミモザは政略結婚を受け入れているのだろう。貴族の令嬢としての覚悟か、責任か。アメリアが放棄したものを、年下の少女はしっかりと受け止めているようだった。

「どちらの辺境伯家にも、特に利点のなさそうな政略結婚ですね」

「だって政略結婚じゃないもの！」

「……え？」

思いもよらない言葉が返ってきて、彼女は目を丸くする。ミモザが、はにかんだ。

「わたくし、彼のことが大好きよ」

彼――第四王子殿下を思い浮かべているのか、ミモザの顔は優しく、やわらかい表情をしていた。兄に似た無邪気な笑みを浮かべ、目元は少し赤くなっている。

「向こうは、政略結婚だと思っているみたい。でも、そんなことはないのですって、今伝えているところなの」

「今、ですか？」

「第四王子殿下は学園に通っていらっしゃるわ。同じ歳なの！」

婚約者の話をする彼女は、恋をする少女の顔をしていた。

「これから、婚約者として……いずれは妻として、彼と愛を育んでいくわ。そうすれば、北や南と、王家の関係も今よりずっと良くなると思うの。たとえ良くはならなくても、少なくとも、争いが起きたりはしないでしょう？」

「ミモザ様が、両家に可愛がられているから、ですね？」

「ええ、そうよ！　北、王家、南のラインが安定すれば、王国の平和は続く。たくさんの人がそれを望んでいる」

　頭が下がる思いだ。十六歳――四つも年下の少女は、大きな理想と慈愛――ある種の使命感すらも抱えて、人生と向き合っている。こんなにも小さく、麗しく、細い肩が背負っているものの重さを、アメリアは想像すらできない。

「すごいです」

　ぽつりと、感嘆の言葉がこぼれた。

「わたしは、自分のことだけで精一杯です。絵を描くことしかできないし、それしか考えていません……どのような賛辞の言葉すら、あなたの想いの前では、陳腐なものに聞こえてしまうでしょう。ミモザ様は、本当に、すごい人です」

「わたくしがすごい人なら、アメリアもすごい人よ」

「そのようなことは――」

「聞いて。自分の好きなことだけに、人生の全てを懸けられるのは、すごいことよ。そういう道を生きていくのは、わたくしが思う以上に大変なんでしょうね」

繋いだ指先が、熱い。

ミモザは身体を横たえたまま、婚約者の話を続けた。出会いは子供の頃、王室で開かれたお茶会だったらしい。婚約してからは季節ごとに贈り物をし合い、手紙のやり取りも続けた。どんな内容の手紙だったのかを話す彼女の顔は、照れくさそうで――暖炉の薪が爆ぜる。

やがて――とろりと、碧の目が融けた。長い金色の睫毛に縁取られた目蓋がゆっくりと閉じて、小さな寝息が聞こえ始める。アメリアはそっと指を抜くと、彼女のしなやかな肢体に毛布をかけた。

(頬がまろい……かわいい人)

隣に座って、寝顔を眺める。いつまでも見ていられそうだった。

(もしかすると、姉妹って――こういう感じ、なのかしら……?)

普通の姉妹というものは、夜遅くにひとつのベッドに寝転がって、自然と眠りに落ちるまで話をしたりするのだろうか。どんな話をするのだろう。夢の話、恋の話、その日のちょっとした愚痴もこぼすのか。先に眠ったほうへ、起きているほうが毛布をかけてあげて、やわらかい髪を指で梳《す》いて――

(――なんて、ローズハート家じゃありえない想像ね)

黄金色の髪の少女の姿に、ピンクブロンドの髪の異母妹の姿が重なった。

出会った瞬間から好意を寄せてくれる人間もいれば、出会った瞬間から敵意を向けてくる人間もいるのだ。ミモザは前者で、異母妹は後者だった。もしも異母妹との関係が良好で、ミモザとのような夜を過ごすことができていたなら、ローズハートという家の中に、居場所があったのだろうか。

（居場所があったとしても、その時は、きっと絵を描いて生きることはできなかったわ）

どこにでもある男爵家の長女として、家督を継ぐための教育や淑女になるための勉強に追われ、時間がなかったはずだ。たとえ時間があっても、趣味の範疇《はんちゅう》を超えて絵を描くことは許されなかっただろう。

（そう考えると、なるべくして、ひとりになったのかもしれない）

いろいろと思いを巡らしていたら、目が冴えてしまって眠れそうにない。アメリアは音を立てないようにベッドを下りると、厚手の上着を一枚身に纏う。そして、ミモザを残して静かに寝室を出た。

あてもなくバラリオス城内を歩く。窓から月光が差し込んで、長い廊下を点々と照らしていた。

（もう一枚、着ておけば良かったわ）

上着越しに腕を撫でる。夜の廊下はひどく冷えていた。それでも寝室に戻る気は起きず、アメリアは廊下を進んで行く――

「アメリア嬢？」

「……え？　……オリオン様？」

声をかけられるまで気づかなかった。前方から現れたオリオンは、驚いた顔で近づけて来る。

「ここで何を……いや、それよりも、そのように薄着で出歩いては身体が冷えてしまおう」

「あ……すみません……」

正面に立った彼は微かに眉間に皺を寄せた。

オリオンが着ていた上着を脱いで、アメリアの肩にかける。保温性の高い上等な生地を使っているのだろう。オリオンの上着は肌触りがよく、彼の体温が残っていて、あたたかい。オリオンの身体に合わせて仕立てられているため、アメリアが着ると全身がすっぽり覆われた。冷えてしまっていた身体に、じんわりと体温が戻ってくる。移り香か、上品な香りが鼻腔をくすぐった。

「寒かろうに何故ここに?」

「その……少し、眠れなくて……」

あてもなく城内を徘徊《はいかい》していたアメリアはどことなく気まずくて、視線を足元に落とした。

「ふむ、そうか。目が冴えているのならば、寝室へ戻ってもしかたなかろう。アメリア嬢さえ良ければ、ついて来てはくれまいか?」

「え? ええ、かまいませんが、どちらへ……?」

「まだ秘密だ」

「秘密、ですか?」

「そうだのう。到着してからのお楽しみ、というものだな」

そう言って微笑むと、オリオンが腕を差し出してくる。太く、たくましい腕と彼の顔を順に見た。目が合うと、月明かりに照らされた白熊が、小さな笑い声で空気を震わせる。

「廊下は暗い。転倒しては大変だ」

転びませんよ、と言える自信はない。

「腕をお借りします」

軽く曲げられた腕に手をかけると、オリオンはゆっくりと歩き始めた。歩幅は小さい。アメリアに合わせてくれているのだ。

角を曲がったり、階段を下りたり――しばらく彼について行くと、だんだん目的地がわかってきた。

「もしかして、厨房に向かっているのですか？」

「おっと、バレてしまったか。その通りだ」

厨房の前に辿りつくと、そのまま扉を開けて中に入る。オリオンが明かりを灯した。

夜も遅い時間だ。すでに料理人の姿はない。立ち止まったまま目だけを動かして厨房を見ていると、オリオンが慣れた様子で背もたれのない丸椅子を出してくれた。

「座って待っていなさい」

「はい」

言われるがまま、おとなしく腰を下ろす。

オリオンは竈《かまど》に火を起こして、手際よく片手鍋などを用意していた。次第に厨房があたたまってくる。流れるように動く大きな背中を見つめていると、竈に鍋をかけた彼が振り返った。竈の火が、彼の白銀の髪とヒゲを橙色《だいだいいろ》に照らしていた。

「鍋の中身がわかるか？」

「いえ……ただ、甘い香りがします」

「グロッグだ」

「グロッグ……スパイス入りの、ホットワインですか？」

「いかにも。見てみるか？」

なんとなく気になって、アメリアは丸椅子から立ち上がる。そのままオリオンの隣へ進もうとし、ぶかぶかの上着が気にかかった。

（竈の火が触れそう……）

借りた上着を脱いで半分に折り、台の上に置く。火の傍だからか寒さはあまり感じなかった。香りに誘われるように鍋の中を覗く。

「この時季になると無性に飲みたくなってのう。昨日のうちから、赤ワインとスパイスを入れて寝かせておいたのだ」

「なんのスパイスですか？　オレンジの皮と……？」

「クローブ、シナモンスティック、生姜《しょうが》とスターアニスだ。今はきび砂糖を入れて温めておるところでのう。沸騰しないようにするのがコツだ」

「たくさん入っているのですね」

「うむ。昔は身体を温める薬として飲まれていたからのう。極寒の地に深く根づく飲み物だ」

弱い火にかけられた片手鍋の中には細かい泡が浮いてきている。加熱されたオレンジとシナモンなどの、複雑な甘い香りが鼻腔をくすぐり、無意識に彼女の口から吐息が漏れる。

「酒はあまり嗜まないと言うておったが、ひと口、味を見てみるか？」

「……はい、いただきます」

甘い香りに誘われるように頷き、気づいた。オリオンはあらかじめ背の高いカップをふたつ用意していた。味を見てみるか尋ねられたが、アメリアがグロッグの香りに誘われることを、彼は最初から予想していたらしい。

オリオンが片手鍋を火から下ろし、茶漉《こ》しで漉しながらカップに注いでいく。白い湯気が立ち上ると、香りが一層濃く感じた。差し出されたカップを受け取る。

「あと、これもだ」

そう言って渡されたのは、何かがのった小皿だ。

「レーズンと、なんですか？」

「アーモンドだ。軽く茹《ゆ》でて皮を剥《む》き、細かくカットしている。好みにもよるが、この辺りではこれを入れて飲むのが主流だ」

「じゃあ、いただきます」

丸椅子に並んで座り、グロッグにレーズンとアーモンドを入れた。両手でカップを持ってふぅふぅと息を吹きかける。そっと唇を寄せてひと口飲めば、ワインとスパイス、オレンジの香りが鼻に抜けた。慣れない味だが、ふた口、み口と飲み進めるとグロッグという飲み物を舌が受け入れる。

「口に合っただろうか？」

「はい。美味しいです」

「ならば良かった。眠れぬ夜にはこれが効く。身体を温めてくれるからのう」

彼の言う通り、飲み進めるうちに体温が上がってきた。生姜とスターアニスの効果だろう。指や足の先がじんわりと温まり、寒さで硬くなっていた筋肉がほぐれて力が抜けていく。

しばらく黙って飲んでいたが、ふと、視線を感じた。そちらを見ると、オリオンがアメリアを見下ろしている。竈の火の揺れが、紅玉の瞳に反射していた。視線が絡む。どうしたのだろうと首を傾けると、彼は「あやつのことだが……」と、口を開いた。

「あやつ……？」

「アンタレスだ。そなたにしつこく絡んでいたようで、すまなかったな。悪い子ではないのだが、人との距離の詰め方に、貴族らしからぬところがあってのう」

「いいえ、お気になさらないでください。驚きはしましたが、純粋に絵を褒めていただいているのは、わかりましたから」

「そうか。ならばよいのだが……」

「それに……わたしには絵を教えられませんが、彼は、基礎からきちんと習えば素敵な画家になるかもしれませんよ」

「何？　あのキカン坊が？　……ふむ、アンタレスがまことに望むなら、あやつの父親に進言してもよいが……じっとしているのが苦手な子だ。長続きはしなさそうだのう」

「……確かに、そんな気はします」

豪快に菓子を食べる姿。オリオンとの手合わせが決まり、喜び勇んで温室を飛び出す姿。ボコボコにされてなお嬉しそうに、オリオンの強さを語る姿。夕食を頬張る姿――思い出されるのは、大叔父を尊敬する無邪気な男の子の姿ばかりだ。

オリオンを慕う気持ちは、アメリアにもわかる。

尊敬するのはオリオンが英雄だからではない。二十歳のアメリアにしてみれば、救国の英雄の逸話は昔話すぎて、ピンとこないというのが正直なところだ。差異はあれど、同年代のアンタレスも似たような感覚だろう。オリオンを知るきっかけは英雄という点でも、言葉を交わし、間近で行動を目にすれば、彼という人間そのものに惹かれずにはいられない。

彼の傍は、安心できた。

好きなことを、なんの憂いもなく追いかけられて——そんな自分を受け入れてもらえる。人生経験が豊富なオリオンにしてみれば、アメリアなど世間のなんたるかもわかっていない小娘だろう。それなのに、彼女の行動を肯定し、尊重し、慈しんでくれている。そのことに気づいた時、彼女は心から安堵した。

オリオンがグロッグに口をつける。アメリアもそれに続き、ワインと共に口に入って来たレーズンを咀嚼した。隣でオリオンが、大きな手で軽く回すようにカップを揺らした。

「アンタレスは、良い意味でも悪い意味でも、ひどく単純な子だ。もう十七になるが、中身は十歳の洟垂《はなた》れ坊主だった頃とさほど変わっておらぬ。あやつが放つ言葉にも、性格にも裏はない……親類縁者の贔屓目《ひいきめ》を抜きにしても、愛すべき子だ」

甥の子を語る声は、穏やかだ。

「単純な子ゆえ、身体を動かしさえすればすぐに忘れてしまうだろう。花がまだ咲かぬ、芽吹いたばかりの感情ならば余計にな。消えることはなくとも、少なくとも今年の冬いっぱいは、思い出すこともないはずだ」

「オリオン様……？　すみません、なんのお話か、よく……？」

比喩交じりの言葉を理解しきれない。アメリアがおそるおそる尋ねると、オリオンは肩を揺らして笑った。

「すまん、すまん。要領を得ぬ話をしてしまった。酔いが回ったのやもしれぬな」

「え？」

「飲み終わったら、寝室まで送ろう」

「あ……はい。ありがとうございます……？」

結局よくわからないまま、ぬるくなり始めたグロッグに口をつけた。横目でオリオンを見れば、緩く細めた目で竈の火を眺めている。話の真意はわからない。意味があるのか、本人の言う通り、酔いに任せて喋っただけなのか。橙色の揺らめく明かりが彼を照らしている。

何故だろう。アメリアは彼の横顔から、目を離せずにいた——


翌朝——

昨夜は慣れないグロッグを飲んでいつもより遅めの就寝だったが、目が覚めたのは、いつもと変わらず早朝だった。悪酔いはしていないようで、体調の変化はない。

ミモザはまだ眠っている。起こさないように気をつけながら身支度を整えた。そのまま静かに寝室を出ると、すっかり習慣化した、オリオンとの朝食の席へ向かう。

彼はすでに広いテーブルについて新聞を読んでいた。アメリアが「おはようございます」と挨拶をすると、オリオンがかけていた眼鏡を少し下げて挨拶を返してくれた。新聞を読む時や書類仕事をする時、彼は眼鏡をかける。以前聞いた話によれば、目は鍛えられない、寄る年波には勝てない、だそうだ。彼女が席につくと、オリオンは新聞と眼鏡を侍従に手渡した。

広いテーブルにふたり分の朝食が並べられる。婚約式の前――飛竜に乗る体力をつけるために始めた食生活の改善は、現在も続いていた。

基本的なメニューはパン、サラダ、スープ、卵料理で同じだが、毎朝少しずつ食材が違っている。今朝のオリオンのサラダには棒状に切って炙《あぶ》ったベーコンと、小さく四角に切ったチーズが入っているが、アメリアの分には入っていない。胃がもたれる食材を、朝からは食べられないからだ。代わりに、彼女のサラダには細く切られたカボチャが入っていた。

「アメリア嬢、昨日はよく眠れただろうか？」

「はい。グロッグのおかげで、ぐっすり眠れました」

「ならばよいが……寝室にミモザがおったろう？　そなたが熟睡できなかったのではないかと思うてな」

「いえ、そんなことはありませんよ」

昨夜はオリオンが寝室まで送ってくれた。その際、寝室にミモザがいることを知った彼は、呆れたような顔をし、彼女をつれて行こうと言った。それを断ったのはアメリアだ。起こしてしまうのは忍びないからと、ミモザと同じベッドで眠ったのである。

「そうか。して、今朝の調子はどうだ？　普段あまり酒を嗜まないのであれば、起きて違和感があったのではないか？」

自分を気遣ってくれる言葉に、アメリアは首を横に振る。

「大丈夫です。今日もいつも通り目が覚めましたし、不調も感じていません」

「酒に弱いわけではなさそうだのう。昨夜は良い一杯が飲めた。そなたさえ良ければ、また今度、誘ってもかまわぬだろうか？」

「いいのですか？」

「誘うたのは私だ」

「では、お言葉に甘えて……」

真夜中の厨房に流れていた穏やかな空気と、あたたかい雰囲気を思い出せば、彼の誘いを断る気は起きない。何より、竈の前に立つ大きな背中が右へ左へ動いて、小さな片手鍋を優しく掻き混ぜる姿を、もう一度見たかった。何故そんな風に思うのかは、わからない。スパイスと赤ワインが温められた香りに中《あ》てられたのだろうか。

ふたりでゆっくりと、朝食を食べた。オリオンは彼女の倍以上の量を食べるが、食べ終わるのはアメリアよりも早い。のんびりと紅茶を飲み、新聞の続きを読みながら、彼女が食べ終わるのを待ってくれていた。

朝食を終えると、彼女は絵を描く道具を持ってひとりで庭園に向かった。

辺りはまだ薄暗い。人が立ち入る機会が減る冬でも、庭園はきちんと整備されている。寒さに強い品種の花や木が植えられ、雪の中でも華やかに咲き誇っていた。けれどアメリアの足は華やかな花のアプローチを抜けて行く。

真っ直ぐ進んだ先には、凍った池と、屋根に雪が積もったガゼボがある。小鳥の鳴き声以外は聞こえない静謐さすら、美しい場所だ。アメリアは絵を描く準備をすると、小さく息を吐いて、描き始めた。陽が昇ってしまう前に、朝と夜の境目のような時間を切り取りたい。集中する彼女の呼吸は、だんだん少なくなっていく――

――遠くの空が明るくなり出した頃、ようやくアメリアの手が止まった。薄ぼんやりとしていた視界にきらきらと、先駆けの朝陽が差してくる。アメリアは筆を置いて一歩下がるとキャンバスの全体像を見た。

（最後のほう、あまり良くないわ……）

増える光の量に焦って、筆が流れてしまっている。力不足だ。夜明け前の静寂とはほど遠い出来映えに、わずかな苦しみを覚えながら深い溜め息をついた。

今まで描いていたガゼボに移動すると、厚手の布を広げてベンチに腰を下ろす。いつものように時間を見計らって来たリサに、温められた毛布をもらって身体に巻いた。その間に彼女は籠から背の高い陶器のポットと焼菓子を取り出す。ポットにはハーブやスパイスを調合した料理長特製のお茶が入っており、リサが深めのカップに注いでくれた。

「ありがとう、リサ」

お礼を言うと、リサは嬉しそうに微笑む。この地へ来て二か月半余りが経ち、侍女の勉強は順調に進んでいるそうだ。リサが頑張り屋の少女ということもあり、バラリオス城の侍女たちに可愛がられていると聞く。

用意してもらったお茶を飲み、甘い焼菓子を食べたアメリアは、再び新しいキャンバスの前に立った。力不足で不完全な作品を生み出してしまった鬱々《うつうつ》とした感情は、身体が温められたおかげで薄れている。

筆を握った、ちょうどその時——

後ろから騒がしい声が聞こえてきた。振り返ると、大きさのまったく違う兄妹がぎゃあぎゃあ声を上げながら駆け寄ってくる。

「アメリア！」

「アメリア嬢！」

「は、はい」

同時に到着したふたりの勢いに押されつつ、アメリアは返事をする。兄妹は互いに顔を見合わせたり、小突き合ったりしながら「早く言えよ！」「小兄様こそ！」とコソコソ言い合っていた。仲のいい兄妹だ。男性優位社会の貴族らしくなく、対等な関係なのだとわかる。

ふたりが何か言いたいことがあるのはわかった。アメリアは口を挟まずに、アンタレスとミモザの言葉を待つ。

「アメリア！」

「アメリア嬢！」

「はい」

再び名前を呼ばれた。

「昨日はごめんなさい！」

「昨日はすまん！」

「えっと……それは何に対する謝罪でしょうか？」

状況がつかめない。首を傾げて、戸惑いながら尋ねれば、ホワイトディア家の兄妹は顔を見合わせて、順番に口を開いた。

「わたくし、昨日、アメリアのベッドで眠ってしまったでしょう……？　起きたらいなかったから、よく眠れなかったんじゃないかと思って……」

「ああ、その件ですか。心配いりませんよ。朝早いのはいつものことですから」

「本当に……？」

「はい。本当です」

「そうなのね、良かった……」

ミモザはホッと胸を撫で下ろすと、肘でアンタレスの脇腹を小突く。そして「次は小兄様の番！」と、小声で指示した。

「あ、ああ、そうだな……」

「アンタレス様は、何についての謝罪だったのですか？」

「昨日、アメリア嬢をメルクロニアにつれて帰りたいって、しつこく言っちまっただろ？　大叔父上にボコボコにされて、風呂入って、メシ食って、ベッドに入った時に思ったんだ」

「何を、でしょう？」

「ホワイトディア領に来たばっかで、バラリオスに慣れようとしてるのに、別の場所につれてくのは、その……なんか、悪いような気がして……」

オリオンと同じ色の目が気まずげに泳ぎ、大きな身体はしゅんと小さくなっている。顔には『反省』の文字が見て取れた。

「オレの気持ちを押しつけてるだけなんじゃねえかと思って……」

「謝罪は受け取りました。わたしは気にしていませんので、おふたりもこれ以上謝らないでください」

アメリアがそう言うと、アンタレスとミモザは安堵の息を漏らした。そしてまだほんの少し強張っていた表情を緩めて、よく似た顔で笑った。

その後、アメリアは日が昇り、明るくなった庭園を描くことにした。無邪気な兄妹は城内に戻るわけでもなく、彼女の後ろにいる。最初は楽しげなはしゃぎ声を微笑ましく思っていたが、次第に、その声は意識に入らなくなっていった。

目の前の景色とキャンバスに精神が呑み込まれていくような、感覚。真っ白な雪と凍った池に太陽が反射して輝いている。指先から足の先まで痺れさせる、冷たい風が――

――ぼすっ、と。

（!?）

絵を描き上げたのと、ほぼ同時――意識を取り戻し、深く息を吐こうとした瞬間、背中に軽い何かが当たった。アメリアは肩を跳ねさせて勢いよく振り返る。

そこには顔を真っ青にしたミモザと、こちらに背中を向けるアンタレスがいた。ふたりは手に雪玉を持っている。何が起きたのかを理解するまでに、数秒を要した。

ふたりが雪玉を放り出して、傍へ駆け寄ってくる。

「ア、アメリア、ごめんなさい！」

「ミモザ！　何やってるんだよ！」

「だって小兄様が避けるから……！」

「雪合戦ってそういうもんだろ!?」

どうやら、ミモザが投げた雪玉をアンタレスが避け、後ろにいたアメリアが被弾したようだ。背中に当たった軽い何かは雪玉だったのだろう。

「絵を描くの、邪魔してしまった!?」

「いいえ、ちょうど描き終わったところなので――」

「絵は無事なの!?」

「え、はい……」

「っ……よ、良かったぁ……」

アメリアはぎょっとする。ミモザは半泣きだった。

「ミモザ様、そこまで気に病まれなくても……」

「だってぇ……！」

「まあ、そうなるよな。なんつーか、絵を描いてる時のアメリア嬢の周りって、妙にシーンとしてるし、邪魔する気が起きねえっつーか、声をかけるのも罪悪感がっつーか……祈ってる神官の背中に雪玉ぶつけちまった気分なんだよ」

アンタレスが言葉を探しながら紡ぐ隣で、涙目のミモザがうんうんと頷いている。

絵が無事な以上、罪悪感を抱くほど気に病む必要はない。泣きそうな少女を見ていると、余計にそう思う。だが、絵を描いていても気にせず声をかけてください——とは、どうしても言えなかった。なんと言うべきか迷った彼女は「次から気をつけていただければ……」と、当たり障りなく伝えた。

アメリアが視線を逸らすように、兄妹がそれまでいた場所を見る。そこには小さな雪の壁がいくつか作られていた。傍らには雪玉がこんもり積まれている。

「本格的に、雪合戦をしていたのですね」

目を向けながら言うと、アンタレスとミモザは首を傾げた。

「本格的か？」

「普通の雪合戦よ？」

「そうなのですか？」

アメリアも首を傾げる。三人が顔を見合わせた。

「アメリア嬢……雪合戦をしたことは？」

「……ありません」

「ほんの少しもありませんの？」

「……はあ、ほんの少しもありません」

彼女がそう答えると、アンタレスとミモザが顔を見合わせて、頷いた。ふたりは勢いよくアメリアを見て「もったいない！」「もったいないですわ！」と、同時に声を張り上げる。

「凍った池を滑ったことはあるよな⁉」

「犬にソリを引かせたことはありますわよね⁉」

「あ、ありません……」

「じゃ、じゃあ、雪だるま！　雪だるまはあるだろ⁉」

「ありません……」

「そんな、アメリア、あなた……！」

衝撃とばがりにミモザがふらつき、アンタレスが両手で顔を覆って天を仰ぐ。芝居がかった大層な仕草だが、感情表現が豊かなふたりだ。おそらく素でそうしているのだろう。

ふらふらと、ホワイトディア家の兄妹がアメリアに迫ってくる。そしておもむろに、アメリアの筆を持つ手を、ミモザが掴んだ。

「全部しますわよ！」

「……はい？」

「わたくしたちがバラリオス城にいる間に、全部しますの！」

「ああ！　オレたちが一緒に遊んでやる！　まずは……雪合戦だ！」

「え？　は、はあ……」

ぐいぐい腕を引かれて、絵の傍を離れると――彼女は、生まれて初めて雪玉を作った。あまりにも綺麗な玉を作ってミモザに褒められたが、肝心の雪合戦でボロ負けしたことは語るに及ばない。

アメリアたちは訓練を終えたオリオンが様子を見に来るまで、熱戦を繰り広げた。

次の日は凍った池の上を滑り、そのまた次の日は、城塞都市の外の雪原に出て大きな犬にソリを引かせて遊んだ。遊びに興じていたのは三人だけだが、少し離れたところでは時々、訓練を終えたのであろうオリオンが見守ってくれていた。

アメリアは絵を描く時間を少しだけ削り、アンタレスとミモザに、さまざまな遊びを教えてもらった。慣れないことをした自覚はある。身体には常に疲労感がつきまとい、仰々しくて近づきにくい温泉に毎日足を運んだほどだ。


そんな日々が続いて、七日目の朝。

一月も半ばに差しかかったその日、アンタレスとミモザの兄妹は、黒い飛竜――イナヅマ号に騎乗して、ホワイトディア辺境伯家の居城があるメルクロニアへ帰って行った。手紙を書くと言い残し、紅と碧の瞳を涙で潤ませながら――

「賑やかなご兄妹でしたね」

「あの者たちの父親も賑やかな男だ」

「オリオン様の甥御様、ですよね？」

「ああ。甥のアークトゥルスは、私の父に……あの子にとっては祖父にあたる人に、よく似ておる。豪快で賑やかなお人でな。勇猛果敢で一騎当千の竜騎士であった」

オリオンが懐かしむように目を細めて、黒竜が飛んでいった空を見つめていた。彼の視線のずっと先に、メルクロニアがあるのだろう。

（オリオン様の故郷……）

男爵領の景色は何枚も絵に残したが、彼のような目でその方角を見たことはない。

オリオンの視線を追うように、アメリアも同じ方向を見つめる。彼の目にはアメリアに見えないものが見えているのかもしれない。紅玉の目が何を映すのか、何故だろう、無性に気になった――


ガラスの天井の温室で、彼女は絵を描いていた。温室は暖かいため、戸外で描く時ほど厚着をしなくてもいい。

持ち込んだキャンバスを立て、色鮮やかな花々を描いていく。赤、黄、薄紅、緑――さまざまな色の絵の具を使う。最近は白い雪景色ばかりを描いていたから、鮮やかな色を多用するのは久しぶりだ。目に映る景色の表情や輝きを、キャンバスにのせていく。着膨れていない分、筆がスムーズに動いた。すぐに意識は深い場所へ潜り――

――アメリアは長く息を吐く。キャンバスには美しい温室が生まれていた。絢爛《けんらん》華麗に咲き乱れる花と生命力にこぼれた緑。見る者が思わず感嘆の息を漏らす出来栄えだ。実際、いつの間にか彼女の後ろにいたオリオンが「ほう」と、声を漏らした。

「眩しいな」

「オリオン様……？」

一歩下がれば背中が彼に当たる。身体を反転させようとすれば、そのままでとも言うように大きな手が肩に添えられた。アメリアは首だけで振り返る。オリオンは肩越しにキャンバスを覗いていて、思ったよりも顔の距離が近かった。

「いついらしたのですか？」

「少し前だ」

「謁見《えっけん》は、もう？」

「うむ、今日はしまいだ」

年が明けてすでに半月ほど経ったが、バラリオス城には未だ、東部地域の有力者が次々と新年の挨拶に訪れている。城主であるオリオンが対応しているが、どうやら婚約祝いも同時に伝えられているらしい。本来であれば婚約者になったアメリアも立ち会うべきなのだろう。だが躊躇う彼女に、オリオンは同席を強要しなかった。

貴族のマナーは最低限しかわからない。しかも教師に習った正式なものではなく、本を読んで身につけた知識だ。オリオンに直接挨拶に来るほどの人物らの目には、さぞお粗末なものに映るだろう。

ミモザ・ホワイトディアを思い出す。天真爛漫で明るく、淑女らしからぬ行動を取ることもあったが、動きの端々には気品を感じた。幼い頃からの教育の賜物だ。根幹にしっかりとした礼儀作法があるからこそ、常識を外れた行動を取っても下品には見えない。

「オリオン様、お疲れ様でした。それから、申しわけございません。本来ならわたしも、同席すべきなのでしょうが、作法があまり……」

「何、気にせずともかまわぬ。我が婚約者として披露目をした今、そなたは礼を尽くされる立場だ。作法だなんだと、やかましく言うものはおらぬ」

「……はい……」

「だが、アメリア嬢。他人がどうではなく、そなた自身が気になると言うのであれば、私のほうで家庭教師の手配をしてもよい」

「家庭教師、ですか……？」

オリオンはできなくともいいと言ってくれた。事実、絵を描いて過ごすだけであれば、礼儀作法や教養など必要ないだろう。それらは他人と円滑に関わるために備えるべきものなのだから。

（わたしは……）

現在の生活が保証され、将来への不安も消えた今、身につける必要性は感じなかった。家庭教師に師事する時間があるのなら、その分、絵を描いていたい。頭の冷静な部分も、腹の底の本能的な部分も、そう言っていた。

それなのに何故か、必要ないという言葉が出てこない——彼女は自身の胸元に触れる。

これまでのアメリアの最低限のラインは、取り留めもない男爵家の令嬢としてのものだ。先代辺境伯の婚約者――いずれ妻となる身にとっては、最低限にすら達していないだろう。

（わたしは、変わらなければいけないのかしら）

オリオンは、アメリアの負担になることをさせようとはしない。絵を描ける環境を与えてくれて、絵を描くことしかできなくても生きていけるように、道筋を立ててくれている。彼女自身の存在も、彼女の描く絵も認めてくれて、煩わしいことの全てから遠ざけてくれた。

大きな恩だ。その恩に報いる方法をずっと考えている。答えは未だ出ないけれど――彼の傍にいなければ、恩を返す機会すらないのだろう。今のまま、絵を描くだけでいい自分の世界にいるのは、楽で、幸福だ。でも、そこにオリオンはいない。来ることもできない。傍にいるには、アメリアが近づき、彼のいる世界へ行くしかないのだ。

そのためには今のままではいけないのだろう。彼のいる、人間のこぼれた世界に、足を踏み出す時がきているのかもしれない。

それはとても、怖いことだけれど――

「叶うなら、家庭教師は、穏やかな方がいいです」

紡いだ言葉は、吐息で消えてしまいそうなほど、小さかった。

「ああ、わかった。日を見て手紙を出そう」

覚悟なんて、できていない。だから、自分で言っておきながら、声が震えてしまうのだ。妙に喉が渇いている。そこでようやくアメリアは、自分が緊張していることに気づいた。

（変わろうと……たった一歩を踏み出そうとしただけなのに、こんなにも不安になるなんて……）

彼女以外誰もいない、アメリア・ローズハートの世界は安全だ。そうなるように、幼い頃の彼女が作り上げた。人間は自分ひとりだけ。好きなだけ絵を描ける世界にいれば、傷つかずに済む。人間のいない世界は鮮やかで眩しく、美しくて優しい。そんな場所にいるから、人間なんてよくわからない生き物が跋扈《ばっこ》するあちらの世界は、色褪せて見えた。

そんな世界へ、一歩を踏み出そうとしている。

つくづく実感した。

（わたし、やっぱり、生きる才能がないのね）

苦々しい気持ちを呑み込んだ。普通の人間に生まれて、普通の貴族令嬢のように生きることができれば、こんなに苦しくはなかった。生まれる場所を間違えたような、そもそも、生まれてきたことすら間違いだったのでは、と——こんな風に考えていることを、アメリアを尊重して、大切にしてくれている人には、知られたくなかった。

「アメリア嬢」

「……はい」

「少し喉が渇いてしまった。ティータイムにつき合ってはもらえぬか？」

「わたしで良ければ、ご一緒させてください」

もしかすると、知られたくないことは、とっくに知られているのかもしれない。肩に触れていた大きな手は、アメリアの震えも、緊張も、すべて察してしまったのだろう。しかし彼は、それを口にしたりはしない。自分が飲みたいからと言って、お茶に誘ってくれるのだ。

今のアメリアには、その優しさを受け入れることしかできない。何か返せるものが見つかるように祈りながら、小さな一歩を踏み出した。いつか何かをと願いながら、オリオンが手ずから紅茶を淹れてくれるのを、アメリアは静かに眺めていた――

数日が経った。

相変わらずバラリオス城の人の出入りは多いままだ。オリオンは来客の対応で忙しくしている時もあれば、相棒のクィーンにのって、息抜きのように空を駆けている時もある。気持ちの面で一歩を踏み出してみたが、現実的にはアメリアの日常は変わっていない。朝から晩まで、彼女はひたすら筆を握っている。

その日の夜、アメリアは緊張した面持ちでダイニングにいた。手には木槌を持っており、彼女の前のテーブルには膨らんだ麻の袋が置かれている。椅子に座るオリオンに目を向ければ、彼は緩く細めた目でこちらを見ながら、ワイングラスに口をつけていた。

「本当に、やるのですか？」

「うむ。ガツンとやればよい」

「がつん……わかりました」

アメリアは意を決し、木槌を振り上げて――麻の袋を叩く。ごしゃ、という音と共に、中身が砕ける感触が手に伝わってきた。おそるおそる、彼女が再びオリオンに目を向けると、彼はふっと笑う。

「もう一度だ」

「もう一度……」

木槌を振り上げて、下ろす。ごしゃっ、と一度目より細かく砕けた感覚が手に伝わった。アメリアは木槌をテーブルに置き、袋の口を縛っていた紐をほどく。中を見て、眉を寄せた。

「ああ、なんて無残な……」

「しかたあるまい。ジンジャークッキーの家は年明けに砕かれる運命だ」

「でも、料理長の力作だったのですよね……素晴らしく精巧な、芸術品で……」

「それ以前に、素晴らしく美味な食料品だ」

砕ける前は、バラリオス城を模した精巧な造りのジンジャークッキーの城だった。それが今では、崩壊した廃墟と化している。年末にジンジャークッキーの家を造り、年明けに家族でそれを壊して食べるのが、ホワイトディア辺境伯領の風習らしい。年明けすぐはアメリアが寝込んでいたため、時期は少しずれ込んだが、今日食べることになったのだ。

芸術品を破壊したことへのほのかな罪悪感を抱きつつ、自分とオリオンの分のクッキーを皿に取り分ける。残りの罪の証は見えないように、袋の口をきつく縛り直した。

オリオンに皿を渡す。彼は「ありがとう」と言ってクッキーを指でつまんだ。

「ふむ、これはバルコニーの手摺りだな」

「壊れていても判別できるほど、見事な作品でした」

アメリアも椅子に座ってジンジャークッキーを食べた。当然ながら見た目だけでなく味も素晴らしく、食後の胃にも入れることができる。甘めのミルクティーとよく合う風味だ。

「ジンジャークッキーの味も絶品だったと、料理長に言うておこう」

「はい」

「夕食に出ていたポテトサラダ。あれも美味かった」

「ポテトサラダ……刻んだリンゴが入っていました」

「うむ。サワークリームやレモンの果汁、それからケルマヴィーリが入っていたゆえ、あっさり食べられたのではないか？　そなたの食も進んでいるようであったが」

ケルマヴィーリはヨーグルトに似た乳製品だ。アメリアは脂や味の濃い、胃の負担になるような料理が得意ではない。それを知る料理人たちが、今夜もあっさりしたポテトサラダに仕上がるように工夫してくれたのだろう。そのおかげもあって、食後のミルクティーとジンジャークッキーを食べることができている。

ホワイトディア辺境領に来て、もうすぐ三か月だ。食事量は順調に増えていた。絵を描くことに夢中で食事を疎かにしていた頃よりも、腕や足に肉がついてきている自覚がある。

それでもまだ寒さが厳しい土地で過ごすには細すぎるらしく、オリオンやリサたちは、彼女にいろんなものを食べさせようとする。特にリサは、貴族の令嬢が栄養が足りていない子供のように痩《や》せているのが衝撃らしく、せっせと太らせようとしてくる。しかもその計画が本人にバレていないと思っているのが、かわいいところだ。

ジンジャークッキーとミルクティーをゆっくりと味わいながら、オリオンの耳に心地よい声で紡がれる話を聞く。そうしているうちに、冬の長い夜は更けていくのだった――

バラリオス城の新年の慌ただしさは月末まで続いたが、その間アメリアは、絵を描いて過ごすという穏やかな日常を送っていた。

家庭教師はもうしばらくして、城内が落ちついてから来てくれることになった。オリオンが手紙を出したのは、十年前に夫を亡くした五十代の子爵夫人で、家庭教師として引く手数多《あまた》の人材らしい。彼の人選なら間違いないだろう。

アメリアの平穏な日常が崩れたのは、一月末のある日の、早朝のことだ。竜舎でクィーンの絵を描いていると、白の女王が空を見上げた。

アメリアもそちらを見るのと時を同じくして、力強い羽ばたきと共に、一匹の竜が地上に下りてくる。その背中にいたのは――

（エリックさん？）

エリック・ハルドの姿を視界に捉えて、アメリアは首を傾げる。彼はルーカス・アストライオスの名を騙る偽者の手がかりを掴むため、ラファエルと共に王都に行っていたはずだ。エリックが戻ってきたことに不思議はない。

気になったのは、一緒に行ったラファエルの姿がないことだ。

飛竜の背から飛び降りたエリックは、普段とは違い、身なりが乱れていた。そして、よほど急いでいたのだろう。アメリアに頭を下げながら「失礼します！」と珍しく大きな声を上げ、立ち止まることなく城内へ駆けて行った。

（何かしら？）

アメリアはますます首を傾げる。

しかし、彼の背中が見えなくなると疑念も薄れていく。彼女は白の女王へと向き直り、再び絵を描き出したのだった――

第四章　絵描き令嬢の偽者騒動

《Ｓｉｄｅエリック》

一月末、新年の慌ただしさが残る中、エリック・ハルドはホワイトディア辺境領——城塞都市バラリオスに帰還した。竜舎で鉢合わせたアメリアへの挨拶もそこそこに、その足でオリオンの元へ急ぐ。途中ですれ違った父のエリティカに「身なりくらい整えなさい」と小言をちょうだいしたが、それは後回しにする。

オリオンは城主の執務室にいた。エリックはノックをし、返事を待って入室する。

城主は手元の書類から顔を上げると、老眼鏡を外した。

「戻ったのだな。そなたひとりでか？」

「……はい。その件についても報告いたします」

「そうか。ではアメリア嬢も呼ばねばな。彼女にも聞いてもらおう」

「それは……すべて包み隠さず、でしょうか？」

うら若い令嬢に聞かせるには憚《はばか》られる話もある。念のために確認すれば、オリオンはヒゲの生えた顎を撫でた。

「当然のこと。ティグルスが不在の状況であるならば、この件に関するあらゆることの決定権はアメリア嬢にある。私やそなたが判断してよいことではないぞ」

血に濡れたような深紅の目に正面から見据えられ、背筋が粟立つ。オリオンを尊敬しているが、尊敬の感情と畏怖の感情は表裏一体だ。

エリックは言葉を発するために口を開いた。竜を飛ばして帰ってきた直後のため、薄い唇は乾き、緊張のせいか微かに震えている。

「そう、ですね。申しわけございません。浅慮な発言をしてしまいました」

「わかればよい。だがしかし、言葉は選ぶように。あまり過激な表現はしてはならん」

「心得ております。では、アメリア様をお呼びして――」

「エリックよ」

頭を下げてその場から下がろうとした時、オリオンが彼を呼び止めた。そそくさと立ち去ろうとしていた足が、執務室の床に縫いつけられる。

「彼女はエリティカに呼びに行かせる。ふむ、そうだな。場所はここでよかろう。そなたは、ひとまず身なりを整えてきなさい」

「……え？」

「私はかまわぬが、淑女の前に出る騎士の姿ではあるまいて。着替え、顔を洗い、その無精ヒゲは剃ってきなさい」

「ぁ……はっ、かしこまりました」

帰還したばかりの青年は深く頭を下げると、今度こそ、オリオンの執務室をあとにした。

すでにアメリアとは会ってしまったが、指摘されてみれば、確かに堂々と顔を合わせられる装いではない。ロクに休息も挟まず、急いで帰還したため、身嗜《みだしな》みを整える暇はなかった。服は汚れ、自分ではわからないが、おそらく臭いもするだろう。苦言を呈されて当然の格好だ。

エリックは竜騎士専用の寮に戻ると、身を清め、服を着替えて、ヒゲを剃った。訓練の賜物か、身支度に時間はさほどかからない。鏡を見れば、普段のきっちりとしたエリック・ハルドの姿がある。これで父にも主にも、何も言われないだろう。

駆け足で、再びオリオンの執務室へ向かった——到着した時、執務室の中にはすでに、オリオンとアメリア、エリックの父であるエリティカが揃っていた。

普段その部屋にいるのはオリオンだけだ。そのため椅子はひとつしかないが、現在は執務机の前にふたつあり、オリオンとアメリアが座っている。近くの部屋——行政官の執務室から持ってきたのだろう。

オリオンの城主用の椅子に、アメリアが座っていた。彼が譲ったのだと察し、エリックはこの場でもっとも尊重されるべき人物は、アメリアなのだと理解した。

「私と『ラファエル』様が、王都へ赴いてからの出来事をお話しします」

エリックは姿勢を正し、彼女の翡翠色の目を見る。そして、報告のために口を開いた——

年が明けてすぐ、エリックとラファエルは王都に到着した。ホワイトディア辺境伯家のタウンハウスに飛竜を預け、拠点を構えたり、準備をすること二日――ルーカス・アストライオスを偽称する偽者の正体を探るため、彼らは動き出した。

最初の標的は偽者の手記を掲載する新聞社だ。調べたところ、王都の商業地区の端にある三階建ての古い建物が社屋らしい。壁のレンガは隅が苔生し、欠けている部分もある。手記を掲載する前は経営が上手くいっていなかったのかもしれない。

ドアを開けて中に入ると、正面に受付のカウンターがあった。ラファエルはにこやかな顔で受付へと進み、眼鏡をかけた若い男性に「こんにちは」と声をかける。

「こんにちは。本日はどのような御用件でしょうか？」

「おたくの新聞で『ルーカス・アストライオス』の手記を読みましてね。いくつかお聞きしたいことがあって参りました」

「申しわけございません。その件に関しては何もお答えできませんので、どうぞお引き取りください」

青年は淡々と言葉を返した。もう何度も同じような対応をしてきたのだろう。まるで定型文をそのまま読んでいるかのような口調だ。

「ああ、自己紹介がまだでしたね。僕はラファエル・ユリオス。ルーカス・アストライオスの作品の売却を任されている、画商です」

「……証拠はございますか？」

「君に絵の真贋《しんがん》を見抜く目があるのなら、こちらをご覧いただくのが早いでしょうね」

ラファエルが後ろを振り返る。エリックはあらかじめ打ち合わせていた通り、持参したキャンバスをカウンターに置くと、包んでいた布を外した。現れた『ルーカス・アストライオス』の作品を目の当たりにして、受付の青年が目を見開く。

「まだ世に出回っていない作品です。タイトルは『朝焼けと凍った湖』と、つけさせていただきました。さて、これで信用していただけましたか？」

「ええ……手記の担当は社長のヒースロー・ミンツです。生憎《あいにく》、ただ今留守にしております。戻り次第、連絡を差し上げますので、お店をお持ちならその住所、あるいはご滞在している宿の場所を教えていただけますか？」

「ええ、もちろんです。店舗は持っておりませんので、宿の場所を――」

エリックは黙ったまま、ラファエルの言葉を聞いていた。あらかたの話を終えると、彼はエリックに絵をしまうように言う。指示に従って布で包み直せば、青年が名残惜しそうな顔で絵を見つめていた。ラファエルは「連絡をお待ちしていますよ」と言い残し、受付をあとにする。エリックも彼に続いて新聞社を出た。

彼らがその足で向かったのは、あまり治安がいいとは言えない地区にある宿屋だ。隣に酒場兼食事処が併設されており、宿泊者は割引価格で食事ができる。治安を気にしない傭兵など、腕に自信のある人間が重宝する宿だった。

彼らはそれぞれラファエル・ユリオスと『グウェン・トリトン』の名前で部屋を取っている。エリックは絵をラファエルに預けると、偽名で取った『グウェン』の部屋に入った――

日が暮れて夜になっても、新聞社からの連絡はない。しかし日付けが変わってしばらくした頃——隣の、ラファエルの部屋が騒がしくなった。薄い壁越しに物が落下する音や男たちの声、バタバタと忙しい複数の足音が聞こえてくる。エリックは様子を見には行かず、息を潜めて、隣の部屋の騒ぎが収束するのを待った。

しばらくすると音がやんだ。窓の外を見れば、五人の男たちが夜の闇に紛れて駆けて行くのが見えた。そのうちのふたりは麻袋を一緒に抱え、別のひとりは四角い——おそらくキャンバスを持っている。エリックは静かに窓を開けると、剣を手に外へ飛び出した。

全て予定通りだ。

『新聞社が偽者と繋がっているのなら、ルーカス・アストライオスの関係者に誠実に対応することはないでしょう。偽者と相談し、十中八九、薄汚い方法で接触してきます』

そう言ったラファエルは、十中八九を確実なものにするため、さらに餌を撒いた。ルーカス・アストライオスの未発表作を所持していることを、新聞社で明らかにしたのだ。しかも相手の短慮を誘うように、わざわざ王都でも治安の良くない区域の宿に滞在し、襲撃のお膳立てまでしておいた。

『人間はね、力で押しきれると確信すれば、思考をやめるんです』

単純でしょ、と話す老獪《ろうかい》な画商は薄ら笑っていた——

——そこで一旦、報告を区切る。

最初に口を開いたのはアメリアだった。

「では、ラファエルさんは、捕まってしまったのですか？　その後は？　エリックさんはおひとりで戻られましたが、ラファエルさんはどうなったのです……？」

少し、驚いた。

アメリア・ローズハートは、あまり表情が変わらない人間だと思っていたが、今の彼女の感情は手に取るようにわかる。心底ラファエルを心配しているのだ。彼女の深い彩の瞳に不安の色が浮かんでいた。

「ラファエル様がつれて行かれたのは、王都の外れにある空き家でした」

当時の状況を思い出しながら、説明を続ける——月の見えない、冷える夜だった。

エリックは五人組の男たちを尾行し、王都の外れにある空き家に辿りついた。中を覗ける場所を探していると、木造の壁の一部が割れているのに気づく。気配を殺して傍へ行き、隙間から様子を窺った。

空き家の中は埃《ほこり》が溜まり、空気が澱《よど》んで黴臭《かびくさ》い。天井からぶら下がった小さなランプが唯一の光源だった。中には五人組の男とラファエルがいる。彼は椅子に縛りつけられていた。見たところ怪我はないようだ。

五人のうちのひとり——おそらくその男がリーダー格なのだろう。腕自慢の無法者と言わんばかりの外見で、顔には大きな傷がある。男はラファエルの前に椅子を置き、ドカッと豪快に腰かけた。

「細かい話は嫌いだ。単刀直入に言うぞ。俺の雇い主が、テメェの雇い主に会いたがってる。どこにいるのか場所を言え。俺たちが迎えに行く」

「それはできません」

「ああ？」

「『ルーカス・アストライオス』に会いたければ、まずはそちらの雇い主という方がお顔を見せてくださらないと。無礼な輩《やから》が目通りできるほど、陳腐な画家ではないのですよ」

次の瞬間、男がラファエルの横っ面を引っ叩いた。

「うるせえんだよ。じいさん、さっさと答え——っ⁉」

中の空気が変わったのが、外からでもわかる。

頬を殴られたラファエルは嗤《わら》っていた。口内が切れたのか、口の端には血が滲んでいる。かなりの衝撃だったはずなのに、彼は痛みを表に出さない。なんでもなかったかのように、うっそりと、ただ静かに、不気味なほど、静かに、嗤っていたのだ。

「僕に二度同じことを言わせないでください」

「な、なんの——」

「雇い主に連絡を。さあ、早くなさい」

縛られて抵抗できないはずの老人が発する空気は、優雅だった。緩く、やわらかく、その場を侵食していく。そこにいる者たちは、まるで真綿で首を絞められているかのような、ともすれば呼吸を忘れてしまいそうになるほどの、ぼんやりとした不安感に襲われる。

頭で理解するよりも先に、悟ったはずだ。目の前の男はただの老人ではなく、ただの画商でもなく、底知れない『何か』だと。

ルーカス・アストライオスことアメリア・ローズハート——彼女は知らないが、ラファエルは平民ではない。王国の中枢で計り知れない権力を持つ、メザーフィールド侯爵家の血筋の人間だ。魑《ち》魅《み》魍魎《もうりょう》が跋扈する貴族の世界で、長きにわたって君臨し続ける一族の正統な血を受け継ぐ人間は、もはや人間と定義できる存在ではない。

距離を取って見ていたエリックも、知らず知らず息を止めていた。自分に向けられているわけでもないのに、薄ら寒い何かを感じる。

ラファエルはどこまでも静かだ。相手が動くのを待っている。しかし男たちは空気に怯んだのか、未知の存在を前に躊躇しているのか、固まったままだ。沈黙が続き、やがてラファエルが溜め息をついた。

「まったく、この程度で怖気《おじけ》づくとは……君、僕のポケットの中を見てください」

「……あ？」

「中に入っている物を見ろ、と言っているのです。さっさとなさい。それともこの縛られたジジイが怖いのですか？」

「っ、なわけねえだろ！」

仲間たちに無様な姿を見せられないからか、男はすぐに動いた。ラファエルのズボンのポケットからそれを取り出す。

「なんだ、これ？　ブローチか？」

「君たちの雇い主にそれを見せなさい。余程の愚か者ではない限り、即座に僕の前に現れるでしょう。お使いのひとつくらい、上手になさいよ」

男は仲間にブローチを渡した。ひとりが古びた空き家を出て行き、その場には苦々しい顔をした男たちと、優美に微笑むラファエルが残される。

しばらくすると、馬車の音が聞こえてきた。かなりの速度が出ているようだ。月のない夜で良かった。エリックは闇の中で身を潜めながら様子を窺う。

馬車は空き家の前で止まった。そして、フードつきの外套を纏った人物が降りてくる。背格好や歩き方を見る限り、若い男のようだ。

（あの男が雇い主か）

さほど時間もかからず現れたところを見ると、近くに待機していたのだろう。若い男に続いて、屈強な男が降りてきた。腰には剣を佩《は》いており、おそらく護衛だ。エリックは気配を完全に押し殺す。ひと目見ただけで、その男はかなりの手練れだとわかった。

ふたりが中へ入って行く。エリックは再び壁の割れた部分から、空き家の中を見た。顔を隠した青年が、ラファエルの前に立った。

「あのブローチは本物ですか？」

「答えるまでもない問いですね」

「……ええ、その通りです。本物だと判断したから私はここへ来ました。想像もしませんでしたよ。まさかルーカス・アストライオスの作品を一手に扱う画商が、メザーフィールド侯爵家ゆかりの方だとはね」

ラファエルが男に渡したブローチには、メザーフィールド家の家紋が刻まれていた。この事件の裏には、複数の男を雇える上、新聞社を自由にできるだけの資産を持つ者がいると、彼は読んだのだ。王都の資産家であれば、彼の言う余程の愚か者でない限り、メザーフィールド侯爵家の紋を知らないはずがない。

しかし青年の態度を見る限り、ラファエルがメザーフィールド侯爵家の本家筋の人間だとは思っていない様子だ。ラファエルは偽名の上、彼が出奔したのはおよそ四十年も前である。北の人間ではなく、まだ若い彼が、ティグルス・メザーフィールドのことを知らなくとも不思議はない。

青年がフードを外した。やはりまだ若い。エリックと同年代ほどの、おそらく二十代後半といった年齢だ。肌が青白く、ひどく痩せている。一見すると不健康そうに思えるが、肌や髪の艶は良好で、病人ではなさそうだ。

「道理でルーカス・アストライオス本人や、彼のパトロンを探しても情報が出てこないはずです。王立絵画彫刻協会に何度尋ねても、会員ではない、接点もないという返事しかありませんでした」

「それで偽の手記を出したのですね」

「はい。最初は正攻法で彼を探したんですよ。私自身、彼の作品は何点か所持しています。貴族から買い上げた絵もあれば、馴染みの画商から手に入れた絵もあります。前の持ち主は誰なのか辿っていけば、いずれルーカス・アストライオスに辿りつく……そう思って、調査を進めました」

「しかしそれは、不発に終わった」

「ええ。作品はあるのに情報はない……ルーカス・アストライオスは化生の類いかと思う瞬間もあったほどです。人間ではないからあれほど素晴らしい絵が描けるのだ、とね……でも、背後にメザーフィールド侯爵家がいるのなら納得です。情報操作において右に出る者はいないのですから」

　青年の血色の悪い唇が弧を描く。

「正攻法では永遠に辿りつけなかった……そう考えると、偽称して手記を掲載したのは正解でした。こうして貴方に会うことができたんですから。見ましたよ。貴方が所持していた絵、間違いなくルーカス・アストライオスの未発表作品です。ラファエルさんと言いましたね。貴方は、彼と私を繋ぐ糸だ。彼に会わせてください」

　熱のこもった懇願を――

「お断りいたします」

　ラファエルは老獪な笑顔で切り捨てた。

「……理由は？　彼の才能を独占したいのですか？」

「いえ、まさか。そちらの彼にも言いましたがね、無礼な輩が目通りできるほど、ルーカス・アストライオスは陳腐な画家ではないのですよ」

　アメリアのことを思い浮かべているのか、ラファエルは誇らしげに微笑み、青年は沈黙した。

　しばらく口を閉ざしていた彼は、後ろに控える護衛に、そちらを見ずに声をかける。ラファエルから視線を離さないのは、目を逸らしたくないからか、あるいは逸らすことができないからか。

「こちらの方の拘束を解きなさい」

「はっ」

「貴殿を我が屋敷にお招きいたします」

「そうですか。ではご招待に与《あずか》りましょう」

縄を切られたラファエルは椅子から立ち上がると、青年に続いて空き家を出て行った。その場には四人の男と、護衛の男が残る。

「よくわからねえが、仕事が終わりなら金を――」

男が護衛に近づいた、次の瞬間――腰の剣が抜かれ、男の命は刈り取られた。一瞬の出来事だ。他の三人も困惑している間に、剣の餌食《えじき》になっていく。

貴族である青年が男たちに顔を見せたのは、口を塞げば済むと考えていたからだろう。この分だと、ブローチを渡しに行った男も、すでに殺されているはずだ。

護衛の男は剣についた血を振り落とし、空き家を出て行く。

エリックは気配を殺したまま、男が馬車に乗るのを見届けた。そして馬車が動き出すと、細心の注意を払って、あとを追いかけた――

アメリアに気を遣って、血生臭《ちなまぐさ》い状況は口にしなかった。それでも戦地を生き抜いたオリオンや、主命に従って後ろ暗い仕事をこなしてきた父のエリティカは、彼が伏せた内容を正確に読み取ったようだ。その証拠に眉を顰めて険しい表情を浮かべている。

「なるほど。あやつは貴族の屋敷につれて行かれたか」

「はい。自ら望んでついて行った節はありますが」

「ラファエルさんは、無事なのでしょうか？」

アメリアが不安げな顔で口を開いた。形のいい眉がきゅっと真ん中に寄って、翡翠色の目が揺れている。感情を出すのが不得手な彼女がこんな顔をするのは珍しい。どれほど『ラファエル』を信頼し、慕っているのかわかる。

不安げな瞳に見つめられ、エリックは頷いた。

「相手はラファエル様に手は出せません。メザーフィールドの関係者とわかっていて危害を加えるのは、かの家に喧嘩を売るようなものです。負けると……完膚なきまでに叩き潰されるとわかっていて、喧嘩を吹っかける貴族はいないでしょう」

「でも、メザーフィールド家に知られないように、何かされてしまったら……？」

微かに震えるアメリアの肩に、オリオンの大きな手が回る。先代の辺境伯は案じるなとばかりに、青白い顔をした婚約者の肩を抱き寄せていた。

（本当に婚約者、なんだな）

雪山――竜の背に同行した時も感じたが、オリオンはアメリアを大事にしている。それだけでなく、尊重し、敬っているようでもあった。孫ほど歳の離れた令嬢に対し、厚遇すぎると思わなかったと言えば嘘になる。けれど今は、彼女への態度がおかしなものではないと理解していた。

アメリアも、城塞都市バラリオスの大門をくぐった時に比べると、環境に順応してきている。当初はどこか当事者意識がなく、流動的な部分が表に出ていた。目の前にいて、会話もしているのに、何故か彼女の視界に自分が――もっと言えば、人間が映っていないかのように感じていた。しかし今は違う。ちゃんと彼女の視界に自分がいて、目が合っている、気がするのだ。心を開きつつあるのか、あるいは、開こうとしているのかもしれない。

彼女が完全に心を開く時、その正面に立つのは、オリオン・ホワイトディアだ。ふたりの出会いの瞬間から見てきたエリックだからこそ、なんの疑いもなく、そう確信していた。

オリオンの、アメリアに語りかける声はやわく、優しい。当然と言えば当然だが、普段、竜騎士の訓練中に轟かせている声とはまったく別物だ。

「ラファエルに部下――つまり、このエリックが同行していたことは相手の耳にも入っていよう。ひとりで動いているのではなく、仲間がいる。その仲間がメザーフィールドに駆け込む可能性があるうちは、無下に扱われることはない」

「そういうもの、なのですか？」

「うむ。あやつもそう読んだからこそ、堂々と敵の根城に厄介になっておるのだ。ラファエルのことだからな。あの手この手で、今頃は持て成されておるやもしれぬぞ」

「それなら、いいのですが……」

「案ずるな。あやつの図太さは一級品だ」

オリオンがアメリアの肩を抱きながら、斜め後ろに控えていたエリティカに視線を送る。有能な執事はモノクルの奥で一度だけまばたきをすると、頭を下げて執務室を出て行った。

そして、そう時間が経たないうちに戻ってくると、手際よく紅茶を淹れ始める。アメリアの気持ちを落ちつかせるためだろう。蜂蜜の甘い香りが漂っていた。エリティカはオリオンとアメリアの前にカップを置くと、再び主の斜め後ろに戻った。

アメリアが紅茶を口にして、小さく吐息を漏らす。青白かった顔に血色が戻るのを待ち、エリックは王都での出来事を、再び話し始めた――


――夜道を走る馬車を追う。馬車の速度を上げすぎると音が響く上、何かと目立つ。ゆえに速度はあまり出ておらず、エリックは難なく追跡できた。

馬車は貴族のタウンハウスが立ち並ぶエリアへ入って行く。周辺は道や街灯が整備されており、特権階級の人間が暮らすのに相応しい場所だ。

タウンハウスは領地から王都へ出てきている貴族の邸宅であり、爵位や資産状況によって、どのような邸宅に住むかが変わってくる。金のない貴族は単独の屋敷ではなく、いくつかの家が共同で構える集合住宅――テラスハウスを居宅とすることもあった。

馬車はテラスハウスではなく、単独の建物に入って行く。どうやら青年の家は潤沢な資産を持っているらしい。門が閉じられる。周辺を見渡して人目がないことを確認すると、エリックは壁を蹴って軽々と塀を乗り越えた。

警備の人間に気をつけながら、ラファエルがいる部屋を特定するために動く。彼のことだ。窓がある部屋なら何かしらの合図をするだろうし、合図がなければ窓のない部屋――あるいは地下ということになる。

身を隠しながら屋敷の周りをうろついていると、二階のあるひと部屋に急に明かりがついた。

（あの部屋か。中の様子を見るには……）

エリックは周囲を見回し、木の枝が建物のほうへ伸びているのを見つけた。あそこから屋敷の壁に飛び移れば、外壁の出っ張りを伝って窓の傍に行けそうだ。

風が吹くのを待ち、エリックは木のウロに足をかけて軽く地面を蹴った。風が葉をこする音が、木を登る音を誤魔化してくれる。登りきったところで体勢を整え、壁との距離を測る。そして、枝を踏み折らないように気をつけて——飛んだ。

「っ！」

指先をレンガ同士の境目にかける。出っ張った部分に足をのせるが、足場は狭く、バランスを取りにくい。体勢を落ちつかせてから窓のほうへ進んだ。慎重を期す。足元だけに気を取られず、下に人の気配がないかも探る。一歩ずつ、じりじりと、明かりが漏れる窓へ近づいた。

窓の傍に辿りつき、そっと中を覗いた。手狭な部屋ではない。ベッド、机、椅子など、上等な家具が揃っている。内装にも金がかかっているようだ。ただ、窓は羽目殺しになっていて開けられそうにない。まさしく、丁重に軟禁するための部屋だ。

その部屋にラファエルはいた。拘束はされていない。ここまで打ち合わせていた通り進んでいる。人がいないことを確認し、エリックは窓を一度コンと叩く。ラファエルはすぐに気づき、窓辺まで進んで話し始めた。

「彼、ルートヴィヒ・ヴァルテンベルク伯爵を調べてください」

あの痩せた青年のことか。二十代の若さで伯爵というのは珍しい。爵位の継承は慣習的に三十代か四十代が多く、前の爵位保持者の権力欲によっては、五十代になることもある。戦争が頻繁に起きていた、明日をも知れぬ時代ならともかく、平和になった王国で年若い伯爵はめったにいない。

「ヴァルテンベルク伯爵家は名門です。気取られないように。それから……今から話すのは、彼から聞いた話と推測を織り交ぜたものです。裏付けを取り次第、北へ戻ってください」

エリックは顔を顰めた。ラファエルを置いてホワイトディア辺境領へ戻れと言われても、素直に従う気は起きない。行ってすぐ戻れる距離ではないのだ。軟禁されたラファエルに何かあった時、即座に対応できない。

逡巡するエリックを見て、ラファエルがふっと笑い肩を竦めた。

「今回の件には、お嬢様の異母妹が関係しています」

「……え？」

「悪い偶然があったものです。ことの起こりは、去年の秋の半ば……ローズハート男爵家の令嬢が、ルーカス・アストライオスの絵を見たことです。特産品もなければ観光地もない、取り留めもない男爵領ゆえに、これまで外部の人間が絵の舞台を訪れることはありませんでした。高価な絵を買えるほどの財力を持つ人間であれば、なおさらです。なんの旨味もない地方の領地になど見向きもしません」

だからこれまで、絵のモデルとなった場所は誰にも知られることはなかった。

「ですがその日、絵を見た令嬢は気づいたそうです。あら、うちの領地だわ、と……そして、そこにヴァルテンベルク伯爵家が絡んできます」

ラファエルの話を一言一句聞き逃さないように、窓越しに耳を傾ける。彼は自分の推測を織り交ぜた話だと言った。推測ではあるが、ただ、彼の推測は外れないのだ。話を聞き終わる頃には、ラファエルの指示に従うしかないと納得していた。

ハルド家の息がかかった人間は王都にもいる。エリックはあちこちを駆け回って裏取りを行い、最後にラファエルの姿を確認して、北へ戻った——

——エリックは、アメリアを見つめる。

「最後にお会いした日、ラファエル様はおっしゃいました」

最後の判断はお嬢様に任せます、と——

話の最中ずっと揺れていた翡翠色の目が、静かに見開かれた。彼女は大きな決断を迫られている。

エリックは王都に残した男の顔を思い出しながら、彼女の答えを待つのだった——

《Ｓｉｄｅオリオン》

エリックが調べたヴァルテンベルク伯爵家についての報告を聞く。

ヴァルテンベルク伯爵家は王国貴族の中でも、歴史のある名門一族である。八年前、ふたりの息子を遺し、伯爵夫妻が馬車の事故で死亡。当時二十一歳だった嫡男——ルートヴィヒが爵位を継いだ。名のある一族を率いるには若すぎる年齢である。そのため伯爵となった当初は侮られ、内外から干渉があったようだ。しかし若き伯爵は自らの力で、その全てをはねのけた。

彼を知る者は口を揃えて、ヴァルテンベルク伯爵は見る目がある、と言っていたそうだ。若い商人や芸術品、芸術家本人への投資によって私財を増やし、それを元手に領地をさらに発展させ――八年経った今では、若すぎる年齢は侮られる材料ではなく、称賛と羨望の要因となっている。

ヴァルテンベルク伯爵とローズハート男爵令嬢との関係は、直接的なものではない。令嬢の婚約者であるノア・クローバーフィールドが、伯爵の弟の友人だったのだ。ふたりは学園の同級生で、爵位の違いを超えて親しくしていた。

秋も半ばのその日――伯爵の弟の婚約披露パーティーにノアが招待され、令嬢はパートナーとして参加した。そして、ルーカス・アストライオスの絵を目にしたのだ――

偽者騒動に異母妹が関係している。

その報告を受けた時、アメリア・ローズハートは微かに驚きの表情を浮かべた。そして、誰にともなく呟《つぶや》いたのだ。

「男爵領の景色だって、わかったのね……」

抑揚のない声に込められていたのは、純粋な驚きか、それとも喜びか。すぐ隣にいたオリオンも読み取ることはできなかった。全てを理解するには、彼女と異母妹の間にあるものを知らなければならない。

（あるいは、間にないものを、か）

報告をした若い竜騎士――エリックによれば、これからどうするかの判断はアメリアに任せると、ラファエルこと、ティグルスが言ったそうだ。

だとすれば、まず決めなければいけないのは、稀代の画家『ルーカス・アストライオス』の正体を明かすか否かである。それによって、囚われの身になっているティグルスをどう救い出すかが変わってくる。

「アメリア嬢、極端な話をしてもかまわぬか？」

「……え？　あ、はい……」

オリオンは彼女のほうへ身体を向けた。

「偽者の正体がわかった以上、何もしないという手もある」

「何もしない……？」

「ああ。おそらく、そなたが気にしておるのは、ラファエルのことであろう。やつの身柄があちらにあるとなれば、従うしかないと考えている……違うか？」

「……違いません」

「その考え方が理解できぬわけではない。だが、アメリア嬢……それは力を持たぬ者の考え方だ」

人質を取られているから従う以外に道はない。アメリアがそう考えるのは当然だ。相手が伯爵家だというのも、彼女の選択肢を狭めている一因に違いない。

ホワイトディア領へ来て、まだ三か月程度だ。彼女はいずれ公爵並みの権限を持つ、辺境伯の一族に名を連ねることになるが、今時点の意識は男爵令嬢のままなのだろう。

力ずくで押し通す。

単純明快で、高位貴族の傲慢《ごうまん》さを表す選択肢が、アメリアの中には存在していないのだ。権力者と縁づいたことで傲慢になる、虎の威を借る狐のような人間はいくらでもいる。しかし彼女はそうではないようだ。

権力が転がり込んできても傲慢にならないのが、彼女の美徳であることは間違いない。だが、高位の貴族には、己が強大な力を持っているのだという自負と傲慢さが必要なのだ。

アメリア・ローズハートが、北の地に訪れた時のまま、自分の世界にこもり、独りで絵を描くだけの道を行くなら傲慢さなどなくてもよかった。傲慢さも貴族らしさも、芸術を生み出す者には一切必要ない。

けれど近頃の彼女は変わろうとしている。大きな変化ではない。彼女は、躊躇いがちに、小さく足を踏み出した。それは一歩にも満たないような前進だ。アメリアが震えながら踏み出す瞬間を、オリオンは傍で見ていた。

だからこそ――彼女に『傲慢な選択肢』があることを示すのは、自分の役目だ。

「確かに、ヴァルテンベルク伯爵家は力を持つ家やもしれぬ。古くから続く名家で、資産も豊富であろう。だがそれは、ホワイトディア辺境伯家ほどでもなければ、メザーフィールド侯爵家の足元にも及ばぬ」

「つまりそれは……正面から堂々と乗り込んで、ラファエルさんを助け出せるということですか？」

「それもひとつの手だ。陰の者を動かし、秘密裏に救い出すこともできる。ホワイトディアもメザーフィールドも、強引な手段を取っても問題にはなりえぬ立場だ」

オリオンの言葉を噛み砕くように、彼女は静かに、真剣な顔で話を聞いていた。

深い色彩の目に映る、己の姿を見た。彼女の翡翠色の目は特別だ。常人には見えない、どこまでも美しい世界が見えている。

そう思うからだろう。彼女の目に映る、薄汚く策謀を巡らせる姿や力任せに事を成す強引な姿を、隠してしまいたくなる。隠したところで見透かされる気もするが、年甲斐もなく見栄を張り、いい格好をしたくなるのだ。

「アメリア嬢。いずれそなたも、力を持った人間に成る。冬が終わり、春が雪の大地を目覚めさせる頃、そなたはアメリア・ホワイトディアとなるのだからのう」

「……なんだか……わたしの手には、余りそうですね」

「そうかもしれぬな。手にした力を無理して使えとは言わぬ。だが、自身の持つ力の使い道は知っておくべきだ。今回のように問題に直面した時、己が持っている力の分だけ、選択肢を増やせるゆえな」

アメリアは小さく「はい」と首肯した。

「わかりました。そういう手段があるということも含めて……これからのことを、考えたいと思います。少しだけ、時間をいただけますか?」

「もちろんだとも」

好きなだけ考えなさいと、無限の時間を与えることはできない。それでも彼女が、自分自身で考え、選ぼうとしているのを急かすつもりはなかった。

　これまでの彼女が、自分で何かを選択することが極端なほどなかったというのは、オリオンの知るところだ。才能に導かれるまま絵を描き、そのためだけに生きてきた。北の先代辺境伯との結婚にしても、彼女自身が望み、選んだことではない。オリオンの旧友が裏で画策した結果だ。

　アメリアはひとりで考えたいからと、執務室を出て行った。

　オリオンは後ろに控えていたエリティカと共に、エリックが濁していた部分――血生臭い話など、残りの報告を聞く。エリックが全ての報告を終えると、ハルド親子はその場を去り、執務室にはオリオンだけが残った。

　ひとりになったオリオンは椅子に深く腰かけ、背もたれに身体を預ける。体重がかかって椅子が軋《きし》んだが、そのままの体勢で天井を見つめた。

　思い出すのは、婚約式から数日後、ティグルスが王都へ発つ前日のことだ――


――精魂尽き果てたアメリアは、なかなか目覚めなかった。

　当然、オリオンも彼女を心配した。それでも冷静さを保っていられたのは、自分以上に動揺するティグルスがいたからだ。日に何度も彼女が眠る部屋の前へ行き、世話をするリサを捕まえて様子を尋ねていた。その姿を見ていると、もしも彼に娘がいたら、さぞかし過保護な父親になっただろうと、あったかもしれない未来を想像してしまう。

　その日、オリオンの執務室に来た旧友は、決意を固めた顔をしていた。オリオンは悟る。

「王都へ向かうのか？」

「ええ。明日の朝一番で出発します。当初の話に出ていたハルドの倅《せがれ》、エリックをお借りしますね」

「のう、ティグルス。焦りすぎるなよ。そなたもわかっておろうが、我らはもう歳だ。若い頃のように逸《はや》っておると、思いもよらぬ間違いを犯すぞ」

「おや、年寄り扱いされるのは心外ですね」

「念のためだ。頭の隅にでも入れておけ」

オリオン自身、年齢云々と本気で思っているわけではないが、釘は刺しておくべきだ。懸念するほど、ティグルスが良くない顔をしていた。長いつき合いだからこそわかる。

馬鹿なことをしでかす、一歩手前の顔だ。

アメリア・ローズハート――ルーカス・アストライオスのことになると、旧友は冷静でなくなる。それだけ彼女に心酔し、夢を託しているのだ。だが人は夢を見ると、代わりに周りが見えなくなる。ロマンを追うと無謀になる。それが良い方向に働くうちはいいが、往々にして、そこに焦燥が混ざると、ロクな結果にはならない。経験則でわかる。

「少し歩くか」

「この寒空の中を？　よくもまあそんなことを言いますね」

「城内を、だ。さあ、参るぞ」

「……しかたありません。つき合ってさしあげましょう」

ティグルスをつれて執務室を出る。冷静さを取り戻すには、身体を動かしたほうがいい。のんびりと城内を並んで歩く。

「実際、偽者騒動はどれほど厄介なのだ？　そなたが焦燥に駆られるほどか？」

「ええ……特に画壇で騒ぎになっています。異例ではありますが、協会が動き出しているほどです」

「協会というと、王立絵画彫刻協会か」

王立絵画彫刻協会——それは芸術家の権利と利益を守るための団体だ。王立の名こそ冠しているが、政治権力とは一線を画した組織である。設立以来、芸術家たちからの絶大な信頼を得ている協会は、実績を積み重ね、王国芸術界を牽引《けんいん》してきた。今では誰もが知る一大組織で、王国の名だたる芸術家のほとんどが席を置いている。

「もし仮に……協会が手記の正当性を認めれば、撤回は困難です。何せあそこは数が多いですからね」

「ふむ……協会は動きそうなのか？」

「今のところはまだ。ですがそれも時間の問題でしょう。協会の主要幹部十二名と協会長が、手記掲載以降、何度も特別会議を行っているそうですから」

ティグルスは真面目な顔で言うが、オリオンにはいささか信じられない内容だ。アメリアの絵が素晴らしいのは知るところだが、一大組織である協会を動かすというのは、並大抵のことではない。

「そなた、会議の内容が『ルーカス・アストライオス』だと言うておるのか？　たったひとりの画家のために、協会の上層部が集まると？」

「画壇の人間は誰しも『ルーカス・アストライオス』の正体が気になっているのですよ。それに……」

「なんだ？　他の理由もあるのか？」

歩いていたティグルスが足を止めた。オリオンも止まって友人を見ると、彼は柳眉《りゅうび》を寄せている。

「おそらく彼らは、聖女神教会の動きを気にしています」

「教会？　何ゆえ教会が出てくる？」

一大組織の王立絵画彫刻協会に続き、またもや巨大組織――聖女神教会が出てきた。オリオンは器用に片眉を上げて、不可解だと言わんばかりの表情を浮かべる。

「教会の聖職者や熱心な信者は、一部の芸術に対して否定的です。最たるものが裸婦画……女性の裸を描いたものです。教会の権威が国の権威を超える国では、規制が行われています」

「規制のう……どこまで効果があるのやら。裸婦画など世にこぼれておろう？」

「ええ。画家たちはもちろん、後ろ盾の貴族や権力者、金持ちが規制には反対していますからね。抜け道を探すのも上手い。定番なのは『これは裸の女の絵ではなく、精霊の絵である。ゆえに人間の衣類など身につけるはずがない』ですね」

「そのような言い分に納得する教会ではあるまい？」

「各国の芸術関連の協会と、教会の確執はなかなかですよ」

ティグルスが廊下を進み始める。オリオンも彼の隣に並びながら、話を続けた。

「なるほどのう。つまりどちらの勢力も『ルーカス・アストライオス』を引き入れ、囲い込んでおきたいというわけだな？」

「その通りです。何せ『ルーカス・アストライオス』は稀代の風景画家ですからね。協会の権威と王国芸術界発展のため、有能な画家を欲している協会。一方、裸婦の絵を描かない、素晴らしい風景画家と考える教会。双方が取り合おうとしているのです」

そう語るティグルスの顔は不満を隠そうともしない。彼は感情を表に出さないと言われた策士だ。ここまで感情的にさせる辺り、己の婚約者となった女性はただものではない。

「教会は『ルーカス・アストライオス』に宗教画を描かせたいのでしょう。彼女の絵は、ある種の神秘性や神聖性を帯びていますからね」

「神秘性と神聖性か……」

ひたすら絵を描く彼女の姿を思い出す。描き上げた作品もそうだが、絵を描く彼女の姿も神がかっていた。途中で声をかけられない、と——英雄を怖気づかせるほどの、あまりにも神々しい姿が頭に焼きついている。

「本人はどうなのだ？　どちらかに身を置く意志はないのか？」

「あまり気にしていないようです。以前それとなく聞いてみましたが、どちらかに思い入れがあるわけでもなく……僕の好きにしてくれていいと言われました」

「彼女らしい無頓着さだな」

「ええ。ですが、彼女はそれでいいのです。余計なことに気を回してほしくありません。なので……少し反省しています」

友人の、アメリアを語る誇らしげな表情は一瞬で消え失せる。反省というよりも後悔に近いのかもしれない。

「偽者の存在を知らせたことを、か？」

「……そうです。画家に絵を描く以外のことに気を回させるなど、画商としても、彼女の代理人としても失格です……」

「そう落ち込むな。画商になって、まだ十五年程度であろう？　歴十五年と言えば、まだまだ画商としてはひよっこの部類ではないのか？　失敗もしようて」

「ひよっこ……ですか。そんな風に言われるのは、五十年振りですよ」

冗談めかして言うオリオンの隣で、ティグルスは肩を竦めた。

ティグルス・メザーフィールド——ラファエルにとって、彼女がどれだけ重要な存在かわかる。アメリアのためなら、この男はどこにでも行くのだ。危険を承知で王都へ向かうと言う友人を止められるだけの言葉を、オリオンは持ち合わせていなかった。

彼の能力が高いことは知っている。辺境伯だった頃はその力で随分と助けられた。心配する必要はない。賢く、判断力があり、冷静で、俯瞰《ふかん》で物事を見られる男だ。心配など余計なお世話だと、頭では理解している。けれど——

（胸騒ぎがする）

願わくば——この長いつき合いの友が、焦るな、逸るなという、己が忠告を頭の隅に留め置いてくれるように、と。オリオン・ホワイトディアは祈らずにいられなかった――

◇◇◇

思えば、異母妹のことを何も知らない。

何も知らないのは、何も見ていなかったから――なのか。

だとすれば、彼女の言う通りだ。

異母妹は領地に興味がないと思っていた。だが、絵を見ただけで場所がどこかわかる程度には、領地のことを知っていたらしい。どうしてだろうと考えた時、答えはすんなりと出た。

異母妹――プリシア・ローズハートは、領地について学んでいたのだ。

父が、異母妹に男爵領を継がせるつもりで勉強させていたのだろう。だとすると、思っていたよりもはるかに前から、自分は後継者から外されていたのかもしれない。

その夜、アメリアはオリオンと温室にいた。

火を灯したいくつものランプが、温室の花々を淡く照らす。ほのかなオレンジの明かりに包まれた空間は、昼間とは違った姿を見せてくれた。開花した花の甘い香りが漂う中、アメリアはゆっくりとした足取りで進む。オリオンはその少し後ろをついて歩いていた。

ふと、彼女は立ち止まる。

「オリオン様、聞いていただけますか」

振り返ると、彼は静かに佇んでいた。ランプのやわらかい明かりが、オリオンの白銀の髪を染めている。灯りが揺らぐ度にきらきらと輝き、まるで星がまたたいているかのようだった。

「考えてみました。これから、どうすべきなのかを」

「答えは出たのか？」

「はい……というより、最初からそこにありました。『ルーカス』の名を騙る人がいると、初めて話を聞いた時から、わたしの考えは変わっていません」

「と、言うと？」

「好きに言わせておけばいいと、思っています」

絵を売るラファエルにしてみれば大きな問題なのだろうが、アメリアにとっては、さしたる問題ではなかった。もちろん『ルーカス・アストライオス』の名前で、偽者の絵を発表されたら、好きにさせておけばいいとは言っていられないのかもしれない。だが今のところ、その様子はなく、焦燥はない。

ルーカス・アストライオスの名前で、どんな記事が出たところで、すぐ思いつく実害はなかった。だから、アメリアが今、気になるのはひとつだけだ。

「でも、ラファエルさんが……たとえ自主的にだとしても、軟禁されているのなら、怪我をしないうちに帰ってきてほしいです」

紅玉の目を見つめながら、考え抜いた答えを告げる。ラファエルの身の安全より優先すべきことはないのだ、と。オリオンが目を細め、頷く。

「わかった。手の者を動かそう。正面から乗り込むも良し、人知れずつれ出すのも良し……アメリア嬢の好みはどちらかな？」

「好みとなると……後者です。権力をちらつかせて正面から乗り込めば、ホワイトディア家にも、メザーフィールド家にも、ご迷惑がかかるでしょうし……」

「気にせずともかまわんが、そう言ったところで、そなたの気が楽になることはないのであろうな。しかし、秘密裏につれ出すとなると……ヴァルテンベルク伯爵は諦めぬぞ。そなたのことを──否、『ルーカス・アストライオス』のことを追い続けるだろう」

オリオンが顎を撫でながら言った。

「話によれば、相当な執着のようだ。手記を取り下げることもせぬであろうな」

「そう、思われますか？」

「伯爵はラファエルの存在を認識し、顔も知ってしまったからのう。ルーカスに一歩近づいた成功体験ができてしまった以上、引き下がるとは思えぬ。ようやく掴んだ手がかりが消えたとなれば、より過激なことをしでかしかねん」

「より過激……本当に、贋作を発表したりとか、ですか……？」

「ない話ではなかろうて」

嘘を重ね、多くの人を騙してもかまわないと思うほど、自分の絵に執着する人間がいる。その感覚はいくら考えてもよくわからない。

アメリアは描きたいだけの人間だ。評価され、賞賛されることに重きを置いてはおらず、承認欲求は皆無だった。発表したあとの作品の行方はまったく気にならない。だからこそ、販売などの一連の流れを、第三者に丸投げできるのだ。

「ヴァルテンベルク伯爵を諦めさせる方法を考えねばな」

「どうすれば、ヴァルテンベルク伯爵は納得して、諦めてくれるのでしょうか?」

「そうだのう……これは私の経験則だが、相手を納得させるためには、話をするしかない」

「話……?」

彼女は不思議そうに目をまたたかせる。

「力で押せば引かせることは可能だが、それでは敵が納得せぬ。戦火は燻《くすぶ》り続け、禍根《かこん》が残ろう。虎視眈々と機を窺い、いずれ再び研いだ牙を剥いてくる」

アメリアは息を呑む。言葉が出なかった。薄っすらと脊椎を撫でられたような、恐怖を感じる。磨かれた牙を想像して身が竦んだのではない。

オリオンの話に納得してしまったからだ。ヴァルテンベルク伯爵を納得させて、ルーカスへの執着を捨てさせる――あるいは諦めさせるためには、言葉をつくすしかないのだ、と。

(ラファエルさんは、なんて言うかしら……)

彼の反応を考えながら、アメリアは口を開く。

「言葉をつくすということは、話をするということです。ヴァルテンベルク伯爵と、顔を、合わせなければなりません。それは……ルーカス・アストライオスは、わたしだと……女だと告げることを、意味します」

この国は女性の手による作品を芸術だと認めない。みっともないと非難され、蔑む対象となってしまう。だからラファエルも性別を公表するタイミングを見計らっていた。誰よりも『ルーカス・アストライオス』のことを考えているのがラファエルだ。そんな彼の想いを無視して、勝手に名乗り出るのは本意ではない。

それに、そんな世の中で先代辺境伯の──英雄の婚約者が絵を描いているとなれば、オリオン・ホワイトディア──彼の名前にも傷がつく。

「わたしが……ルーカス・アストライオスが女だと広まったら、絵の評価が下がります。それはラファエルさんも望んでいないと思うのです……」

「何？　そなたの絵の価値が下がる？　本気で言うておるのか？」

アメリアは、頷く。

するとオリオンは眉尻を下げ、一歩、彼女のほうへ踏み出した。そのまま彼の腕がゆっくり上がって、アメリアに伸ばされる。

太く、節くれだった指が、アメリアの赤い髪をすくい、そっと耳にかけた。かさついた指先が耳に触れてぴくりと肩が跳ねる。それでも彼の手は離れていかない。

大きな手が、彼女の頭をそっと撫でた。

「オリオン様……？」

困惑するアメリアを見下ろす、紅玉の瞳を見つめ返す。ランプの灯が反射して揺らぎ──いつか厨房で見た、優しい瞳と重なった。

「アメリア嬢、思い違いをしてはならん。そなたの性別が男であろうが、女であろうが、出自がどうであろうが、年齢がいくつであろうが……それは、そなたの描く絵の価値にまったく影響しない、取り留めもないことだ」

「何を……？　そんなはず、ありません……」

低い声がアメリアの鼓膜を震わせる。オリオンの言葉はすんなり耳に入って来るのに、頭で理解できずにいた。

女性芸術家の地位が低いことも、評価を得にくいことも、ラファエルから散々聞いている。彼女自身はそれでもかまわない。だが、今の土壌では男の画家でなければダメなのだと、人生を丸投げできるくらいの信頼を預けた人が、悔しげな顔で言っていた。

（女性の芸術家の作品に価値が見出されないことくらい、オリオン様だって、知っているはずなのに……）

なのに何故、オリオンは紅玉の目に優しさを滲ませながら、そんなことを言うのだろう。アメリアにはわからない。

彼の大きな手が動いていた。彼女の動揺や混乱を宥《なだ》めるかのように、頭を撫で、節くれだった指が髪を梳く。大丈夫だと、落ちつけと、彼の手のぬくもりが語りかけていた。

「アンタレスやミモザは、アメリア嬢の絵にひと目で心を奪われていた。知らぬであろ？　バラリオス城にいる誰もが、絵を描くそなたの姿に惹きつけられ、小さく細い手から生み出される世界を、誇らしく思うておる」

もう随分と聞き慣れた、安心感を覚える声が、言葉を紡いでいく。混乱する彼女にも理解できるように、ひと言ひと言区切りながら。

「王都やよその土地の人間が否定したとしても、この場所がある。全てを受け止め、誠実な目で、そなたの絵を――そなた自身を、我らはしかと見ておるぞ。アメリア嬢の絵の価値がどれほどのものか、アメリア・ローズハート自身の価値がいかほどか、我らは――いや、私は、知っている」

アメリアの開いた口から、声は出なかった。何か言おうと思うのに、言葉を紡ぐことができない。ただ正面から向けられる、優しく、あたたかい眼差しを受け止めるので精いっぱいだ。

胸が熱い。心臓の鼓動が速い。息が――苦しい。なのに、その苦しさが、まったく嫌ではない。

「今はまだ理解できずともよい。ただ、覚えてさえいてくれれば充分だ」

オリオンはそう言うけれど、アメリアはちゃんと理解していた。

ただ、受け止め方がわからない。真正面から差し出された信頼への答え方を、知らなかった。不器用に、戸惑いながら、受け取った信頼を手の平にのせたまま、立ち竦んでいる。

なんて重いのだろう。

重さに動けなくなり、立ち竦みながらも、手の平の信頼を投げ出したいとは思わない。

アメリアは正面に立つ彼を真っ直ぐ見つめ、震える唇で、彼の名を呼んだ。

「……本気で、わたしの絵に……価値があるのだと、言ってくれるのですか？」

「ああ。性別を理由に価値を見誤ることも、評価を変えることも、決してしない。そなたの絵は素晴らしいものだ」

声を震わせながら「本当に？」と、今一度問うアメリアに、オリオンは「本当だとも」と肯定の言葉を告げた。英雄が――婚約者の彼が言いきってくれた。バラリオス城の人々が向けてくれる目のあたたかさも知っている。

もうそれで、充分だった。

ラファエルも、きっと許してくれるはずだ。彼が計っていたタイミングではなく、アメリアの気持ちが固まったタイミングで、第三者に正体を明かしても――

「オリオン様……ヴァルテンベルク伯爵と会って、話そうと思います」

「わかった。手はずを整えよう。安心しなさい。正面切って乗り込ませたりはせぬ」

「では、どうするのですか……？」

オリオンがふっと笑った。

アメリアが首を傾げて尋ねると、頭を撫でてくれていた彼の手が、そっと離れていく。

「まずは、そうだのう……アメリア嬢。ヴァルテンベルク伯爵宛てに、ルーカス・アストライオスの名前で手紙を書いてくれるだろうか？」

「手紙……？　かまいませんが、どういう内容にしたら……？」

「会いたければ会いに来い。場所は……絵の舞台で、とな」

「絵の舞台……ローズハート男爵領……？」

アメリアが尋ねると、オリオンはゆるりと楽しげに目を細めて頷いた――

月を越えて、二月――およそ四か月振りに、彼女は男爵領の地を踏んだ。

王国のやや北寄りに位置するローズハート男爵領は、ホワイトディア辺境伯領ほどではないが、冬になると雪が降る。今日の天気は晴れだが、濃い緑色の森には昨日までの雪が積もっていた。

森の中には無人の山小屋がある。四年前まで木こりを生業《なりわい》にする夫婦が住んでいたが、夫の負傷を機に廃業し、村の中心部へ移住していった。男爵領に下がって一年目の頃、何度か会ったことがあるが、顔はあまり覚えていない。

薄く汚れた小屋に入って窓を開ける。冷たい風が吹き込んできたが、北の辺境伯領に比べれば大した寒さではない。同行してくれたエリックが暖炉に火を入れるのを背に、アメリアは窓際の椅子に腰かける。

そして静かに、その人が来るのを待った。

まだ四か月も経っていないのに、もう随分長いこと、離れていたような気がする。窓の向こうに広がる森の姿を眺めながら、アメリアは密かに安堵した。

北の辺境伯領で過ごす時間があまりにも濃密すぎて、北の大地で目にするものがあまりにも目新しいものばかりで――これまで輝いて見えていた、男爵領の景色が色褪せて見えたらどうしようと、心配していた。

しかしローズハート男爵領に戻り、不安は晴れた。山小屋までの道中の景色も、窓から見る森の景色も、変わらない。

（光り輝いてる……美しいままだわ）

口を閉ざし、景色を見つめたまま、どれほど時間が経っただろう。アメリアは外套の上から腕をさすった。暖炉に火を起《お》こしてもらったが、開いた窓の傍にいれば身体は冷える。窓を閉めようか、もう少し景色を眺めていようか考えていると、外で物音がした。

一瞬、オリオンかと思った。辺境伯領からついて来てくれた彼は、不測の事態に備えて山小屋の外にいる。待ち人がなかなか来ないため、オリオンが一度、中の様子を見に来たのかもしれない。

その考えはすぐに消えた。山小屋の隅にいたエリックが居ずまいを正し、剣の柄に手をかける。どうやら物音を立てたのはオリオンでないらしい。

だとすれば――

山小屋の扉が開く音がした。古い建物だ。蝶番《ちょうつがい》が軋み、扉が閉まる。足音がした。誰かが中に入って来たのだ。その人はぎしぎし床を鳴らしながら、彼女のほうへ近づいてくる。数歩歩いて、音が止まった。

その人の、姿は見えない。

山小屋の中を区分けるように、衝立《ついたて》があった。木こり夫婦が残していったものだ。巨木を切り出して作られており、縦にも横にも広く、互いの姿を隠している。それでもアメリアはわかっていた。衝立の向こうにいるのは待ち人――ヴァルテンベルク伯爵だと。

熱い吐息が、聞こえた。

「ああ……そこにいるんですね……姿が見えなくても、わかります……ずっと、貴方を追い求めていたんですから……」

聞こえる声は、震えている。

「は、はは……いけませんね。貴方に会ったら、話したいことがたくさんあったのに、何も出てきません……こんなに、緊張するのは……生まれて初めてです……ああ、そうでした。約束通り、あの画商はすでに屋敷を出ています。見張りもつけていません……ヴァルテンベルク伯爵家の名に、誓って」

アメリアが返事をしなくても、ルートヴィヒ・ヴァルテンベルク伯爵は話し続けた。一方的に語る声は、どこか恍惚《こうこつ》とした響きを孕《はら》んでいる。返事を求めず言葉を紡ぐ彼は、熱心に教会へ足を運び、神へ心情を吐露する信者のようだった。

「貴方の絵は、素晴らしい……いいえ……素晴らしいなんて陳腐な言葉では、むしろ失礼にあたるかもしれません。どう言葉を尽くせば、貴方の才能を称賛できるのかわからない……不勉強な私をお許しください……」

伯爵は、衝立を——その一線を越えようとしない。『ルーカス・アストライオス』への敬愛と畏怖の感情、神聖性を穢《けが》さないという強い意志を感じた。

向こうで、床が軋んだ。

ふと顔を動かせば、壁に人影が映っているのに気づく。その影——ルートヴィヒ・ヴァルテンベルク伯爵は、床に膝をついていた。埃が積もった、古い山小屋だ。木の板が張られた床はささくれ立ち、汚れている。そんな場所で、権威も資産もある伯爵が、膝をつく。それがどんなにありえないことかわかっているから、アメリアは瞠目《どうもく》した。

「私は……できることなら、貴方の描く世界に生きたいのです……人間のいない世界……ただひたすらに自然が輝き、鳥や獣が力強く生き、清廉な空気が満ちた、あの美しい世界に……貴方も知っているのでしょう？　人間の醜悪さを……だから、貴方の美しい世界に、人間は存在しない……そうなのでしょう？」

問いかけられても、返事はしない——否、できなかった。

ルートヴィヒ・ヴァルテンベルクの根底には人間は醜い生き物だと、そんな考えがあるのだろう。ルーカス・アストライオスも——アメリアも同じ考えではないのかと問われ、彼女ははてと考える。

伯爵の言うように、ルーカス・アストライオスの作品に人間は登場しない。描かれるのは、自然の景色、鳥や動物、建築物——風景ばかりである。

いったい何故、風景画を描くのかと聞かれたら、心が惹かれるからとしか答えられない。光り輝く自然や肌を撫でる風、冷たい雨、降り積もる雪、肌を焼くかのような強い日差し、先が見えなくなるほどの濃霧、鳥の囀りに獣の足音——目に映る世界は美しく、聞こえる音は清らかで、筆を握らずにいられなかった。

（じゃあ、人間は醜い……の、かしら？）

人間と積極的に関わってこなかったアメリアにとって、この問いに答えることは難しい。しかしこれまで、相容れないと思ったことはあっても、醜いと嫌悪したことはない。敵意を向けられ、蔑まれたこともあったが、こちらから同じ感情を返したこともなかった。

「私には、わかります。貴方が、人間と関わりたくない気持ちが……だから、表舞台に出てこなかったんですよね……その気持ちを、あのラファエルという画商に利用され、メザーフィールド侯爵家に囲い込まれて……」

ヴァルテンベルク伯爵が悔しげな声を漏らす。何か誤解しているようだ。ラファエルに利用されてもいなければ、囲われてもいない。そもそもメザーフィールド侯爵家の存在を知ったのも、最近のことである。

「ルーカス・アストライオス、比類なき画家よ……貴方の気持ちがわかるから、貴方の助けになりたくて、名前を騙りました。謝罪します。申しわけありませんでした……でも、わかってください。貴方が絵を描き続けられるように、私を支援者にしてほしくて、捜したんです。醜い人間など視界に入れず、不自由なく、誰にも邪魔されず絵を描ける環境を、私なら手配できます。我が家は伯爵家ですが、侯爵家の傍系や末端には負けません。金も力も蓄えて……いつか来る今日の日を、待っていました」

熱のこもった、真摯な言葉だ。緊張を隠せない震える声が、彼の本気を窺わせる。

「貴方の手がかりを掴んだ日の夜、あまりの喜びで、眠れませんでした。弟の友人の婚約者……その女が、絵の舞台を知っていた……それをただの偶然と言う者がいるかもしれない。でも私には、運命の導きのようでした」

ヴァルテンベルク伯爵が言う女——プリシア・ローズハート。ピンクブロンドの髪の、アメリアの異母妹だ。彼女の姿が頭の中に浮かんだ瞬間、いつかの言葉を思い出した。かつて少女だった頃の彼女は言った。

ここにあんたの居場所なんてないのよ、と――

『世界のどこにだってないでしょうね。だって、あんたは人間に興味ないんだから。誰も、自分に興味がない人となんて、一緒にいたくないわ。わかる？　人間はひとりじゃ生きていけないから、他の人間のことが気になるようにできてるの。そういう生き物なの。だから、他人に興味も感情も向けないあんたは、欠陥品よ』

異母妹の吐き捨てた言葉を反芻《はんすう》し――

「私の手を取ってください。人間なんて醜悪な生き物は、貴方の世界に必要ありません……醜いものを描きたくない。そう思っているのでしょう？」

脳裏をよぎった異母妹の声と、耳から入って来た伯爵の声とが、反響する。そして、何故、ルーカス・アストライオスは人間を描かないのか、気づいた。

それはきっと――

「醜いからではなく、よくわからないから描かないのです」

ぽつりと、漏れた。

「……女の、声……？」

動揺した声が返ってくる。それからしばらく、山小屋の中に沈黙が流れ――次の瞬間、ヴァルテンベルク伯爵が激高した。

「ふざけるな!!　誰だ!?　誰だ貴様は!!」

ガン、ガンと、伯爵が床を殴りつける。

「女⁉　『ルーカス・アストライオス』が女だとでも言うのか⁉　そんなはずない！　女にっ……醜悪な女に！　あの美しい世界が描けるものか‼」

ありえない、あってはならない、と、彼は『ルーカス・アストライオス』が――アメリアが女性だという事実を否定し続けた。激高しているせいか、床を殴る手の痛みすら感じていないようだ。

先ほどまで真摯に紡がれていた言葉は消え、陶酔と妄信の空気は霧散した。愛の告白に似た熱烈さも、今は違う方向へと加熱している。

「ふざけるな！　ふざけるな‼　彼がっ、女であるものか‼」

獣の咆哮《ほうこう》のような叫びを聞きながら、アメリアは怯えるでもなく、落ちついていた。

彼はひたすらに『ルーカス・アストライオス』が女性であることを否定している。激しい負の感情が伝わってきた。崇《あが》めるほど心酔していた画家を、女性であることを理由に否定するのは、この国ではしかたのないことなのかもしれない。ただ、向けられる激情――怒りは、突き放すような拒絶ではなく、もっと攻撃的な――嫌悪だ。

「あなたは……人間が、ではなく、女性が嫌いなのですね」

「当たり前だ！　あんなっ、汚らわしい生き物……‼　っ、あ……うぐっ……ぉ、ぇ……！」

衝立の向こうで、伯爵が嘔吐《おうと》した。激情のまま叫びすぎたのだろう。衝立越しに、苦しげに藻掻《もが》く気配を感じる。咳込んで、嘔吐して……荒い息遣いが聞こえていた。

「伯爵のおっしゃる、醜悪な人間とは……つまりは、女性が醜悪ということですか？」

「っ……醜いのは、男も、同じだ……だが、女のほうが、より醜悪だ……！　権威と金に群がる、下賤《げせん》な生き物……肉欲に溺れる、豚め……っ！」

「それが、あなたの目に映る人間の姿……」

「ああ……ああ、そうだ……！　女は、獣だ……獣に、あんなに素晴らしい絵が……っ、美しい世界が描けるものか……！」

恥も外聞もなく、伯爵が喚《わめ》く。彼は血を吐いて、悶え苦しみながら、女性への嫌悪を叫んだ。もしかするとそれは、嫌悪を越えた、憎悪、なのかもしれない。

「ルートヴィヒ・ヴァルテンベルク伯爵。あなたは、女性に獣を見たのですね」

光、風、温度、香り——アメリアは自分の目に映る世界をキャンバスに描く。他人にそんなものは見えないと言われても、彼女の目には見えている。

他人の否定も、世間の常識も、意味をなさない。目に映るものが全てだ。美しいものだけでなく、醜いものであっても、そうなのだろう。

それがわかるからこそ、アメリアは彼の言葉を否定しようとは思わない。

ただ、顔も知らない男の叫びに耳を傾ける。

「私は……まだ、十二歳だった……一番信頼していた侍女が……私を……っ!!　何がお手つきだ!?　子供だぞ!?　私は……まだ子供だった!!　子供に欲情する、獣め!!　クソッ！　醜悪な豚め!!」

伯爵は怒りを抑えきれないとばかりに声を荒らげ——ふ、と嘲《あざけ》るように笑い出した。感情を制御できないのか、笑い声は次第に大きくなっていく。

アメリアは椅子に座ったまま、彼の笑い声と、怒声と、罵《ののし》る言葉を聞いていた。

「女はな、おぞましい行為が平気でできるんだ……時に愛なんて言葉を免罪符に、時に自身を悲劇の主人公のように哀れみ……しかたなかったんだと罪を認めず、己を肯定する！　子供を傷つけて……人を殺してもだ！　そういう獣なんだよ、女はっ!!　あの女も……っ、あの女もそうだった!!」

叫びすぎたのか、彼が噎《む》せた。呼吸すらままならないようで、苦しそうだ。それでも彼は、苦しみながらも叫ぶのをやめない。

「っ……前のヴァルテンベルク伯爵……私の両親は、馬車の事故で死んだことになっているがな……本当は違う!!　父に懸想していた女……あいつが嫉妬に狂って両親を殺したのだ!!　自分が伯爵夫人になるのを夢見てな!!」

ルートヴィヒ・ヴァルテンベルクが、罵る。

夫人だけを殺すはずが想い人まで殺《あや》めてしまった。絶望したその女性は最後、自ら喉を掻っ切って死んだという。伯爵夫妻と女の三人が同時に死んだなど、公表できない。尾鰭《おひれ》がついて面白おかしく噂されるのは明らかだ。体面を重視する貴族にとって、その手のスキャンダルは命取りである。流される噂の内容によっては、一気に伯爵家が没落しかねないのだ。

不幸な馬車の事故に落ちつかせたのは、現ヴァルテンベルク伯爵の手腕によるものだろう。怒りの矛先を向ける相手がいない虚しさ、誰にも頼れない孤独、理不尽な現実の無情さ——当時二十一歳だった彼は、それらを呑み込んだ。そして淡々と伯爵としての役割をこなしていく中で、彼はずっと、嫌悪と憎悪の炎を燃やしていたのかもしれない。

「両親が亡くなったあと、叔母が来た……娘をつれてな……信じられるか？　同情するフリをして、あの女は……私の寝室に娘を送り込んだ!!　十四歳の娘だ!!　ハハッ、何もわからないような顔をして、ある夜気づけば小娘が私の上に跨《また》がっていた!!」

老若関係なく、女は醜い。獣だ。豚だ――吠える伯爵の慟哭《どうこく》を、アメリアは静かに聞いていた。

否定も肯定も、慰めることもできない。かけるべき言葉も、彼女にはなかった。

「女だけじゃない……若い伯爵を食い物にしようとする人間は掃いて捨てるほどいた！　それを全部蹴散らして、踏みつけて……！　私はヴァルテンベルク伯爵家を守っている!!　どれほどの重圧かわかるか!?　喉が酸で焼けるほど吐いて、体重は減り続け……はは……用を足したら、血が出た……」

アメリアはエリックの報告を思い出す。彼はヴァルテンベルク伯爵は痩せた体躯だと言っていた。もしかすると爵位を継承する前は違ったのかもしれない。

「この世界は……人間は……醜いばかりだ……何も知らない弟が、両親の死を悲しみ、泣いている姿にさえ……嫌悪感を抱いた。唯一の兄弟である、まだ幼かった弟にすら……人の気も知らずにと、怒りを向け……なんと醜いのだろうな。私自身もまた……醜悪な人間だと、絶望したよ……弟を抱き締め、慰め、謝った。それでも、気持ちは晴れない……いっそ全てを捨て、楽になろうかと思った時、私は……出会った……」

光り輝く、美しい世界に救われた――と、彼は言う。

五年前、突然、画壇に現れた『ルーカス・アストライオス』が描く世界には、光がこぼれていた。

美しい自然と、そこに生きる動物たちの姿が、眩いばかりの色彩で描かれている。この世のものとは思えないほど美しい青の空に雲がたなびき、清い風すら感じた。彼は爵位を継いでから初めて、深く、深く、呼吸ができたと、力なく笑った。

「私は……どうしようもないほどに、焦がれた……」

キャンバスの中の、その世界に生きたいと――

ルートヴィヒ・ヴァルテンベルクは語る。声には嗚咽《おえつ》が混じっていた。山小屋へ足を踏み入れた瞬間から、喜び、怒り、嘆き……彼の感情は忙しく変化している。アメリアは衝立の向こうに渦巻く激情が、迫ってくるのを感じていた。

「『ルーカス・アストライオス』は、人間だ……醜い、人間のひとりだ……それは、しかたない……けれど……女であってはならない……！　絶対に……っ……それだけは、あってはならない！」

「それでも、女です。ルーカス・アストライオスが、人間であるのがしかたのないことなら、女であるのもまた、しかたのないことなんです」

「だったら！」

感情に振り回される男が、吠えた。

「だったら!!　私が『ルーカス・アストライオス』を作る！　手記を読んだだろう!?　あれが……っ……彼が!!　あるべき姿の『ルーカス・アストライオス』だ!!」

事実を知ってもなお、彼は『ルーカス・アストライオス』を捨てられない。執着し、手放せずにいる。

アメリアは小さく、口元に笑みを浮かべた。

「あなたが、そうしたいのなら、わたしは止めません。どうぞご自由にしてください。『ルーカス・アストライオス』の名前が欲しいのなら、差し上げます」

もしかすると、自分よりも彼のほうが、その画家に思い入れがあるのかもしれない。これほどまでに欲しているのなら、渡してもかまわなかった。

「っ、何を……馬鹿にしているのか!?」

「馬鹿になんてしていません。『ルーカス・アストライオス』という、器が欲しければ差し上げます。そこに……中身はありませんから」

名前を奪われたとしても、アメリアは絵を描くことをやめられない。これまで『ルーカス・アストライオス』を育て、守ってきたラファエルには申しわけないけれど、最初からやり直してもらうことになるだろう。

彼女にとって大事なのは『ルーカス・アストライオス』の名前ではない。目に映る世界を描くこと。美しい世界をキャンバスに表すこと――たとえ名前が変わっても、やりたいことも、やることも、やるべきことも、変わらない。

「次はどんな『名前』になるのかは、わかりません。また違う名前かもしれないし、もしかすると、自分の本当の名前で描くのかもしれない。どんな名前だろうと、わたしは描くことをやめません。これからも、あなたが美しいと……救われたと言ってくださった絵は――世の中に出回るでしょう」

「っ……ち、がう……違う!!　私を救ってくれた絵は、女の絵などではない……!!」

彼の嘆きを受け止めながら、アメリアの頭にはオリオンの姿が浮かんでいた。

オリオンは言った。

(性別を理由に価値を見誤ることも、評価を変えることも、決してしない。そなたの絵は素晴らしいものだ)──と。

しかし、あれだけルーカス・アストライオスに陶酔し、熱に浮かされていた伯爵が、事実を知った途端、激怒し、否定し、憎悪した。多少の差異はあるのかもしれないが、仮に、ルーカス・アストライオスの正体が露見した時、世間の反応はそうなるのだろう。

(だけど、それでもいい。だって──)

アメリアは胸元に手を当て、目を伏せる。ゆっくりと、一度だけ。頭に浮かんだオリオンの姿が消えていくのを、惜しむように。

「事実は……隠すことはできても、変えられないんです」

「だったら……隠匿《いんとく》したまま消えてしまえ!」

伯爵本人も、もはや、自分が何を言っているのかわかっていないのかもしれない。

姿を見なくても、わかってしまう。衝立の向こうで彼は、頭も心もぐちゃぐちゃになって、必死に足掻いている。絶望の中で見つけた心の拠りどころ──自分の一番やわらかい部分である『ルーカス・アストライオス』を、守っているのだ。

「ああ……そうだ……それがいい……穢されてしまう前に、私の手で終わらせなければ……貴様を殺して、あのジジイも殺して……私が、救うのだ……そうすれば、穢れることはない。永遠に、美しい『ルーカス・アストライオス』を――」

「そうですか……わたしがここで死ねば、その絵が遺作になりますね」

「……え――……」

山小屋に入った時、衝立の向こうに、一枚の絵を置いてきた。壁に直接立てかけて白い布で覆っているため、何が描かれているのか伯爵には見えない。それでも確かに、彼の傍にはキャンバスが――ルーカス・アストライオスの未発表作品がある。

「わたしが描いたものは、もう、見る価値がありませんか？」

醜悪な女が描いた絵の価値を、問う。

その場には、妙な静寂が落ちていた。

「見ないまま、廃すこともできます。暖炉にくべても消えますし、この山小屋は木こりの夫婦が住んでいた家です。斧も、そこにある。手に取って、絵を叩き割ることも、衝立を壊して、わたしを殺すことも……あなたにはできます」

アメリアの後ろで気配が揺れた。これまで動かず、話さず、気配を消し続けていたエリック・ハルドが、動揺したのか警戒したのか、存在感を匂わせた。エリックが最初に山小屋を確認した時、斧の存在を見落としていたとは思わない。斧を持った痩躯の貴族を、剣を佩いた竜騎士が制圧するのは容易いと考えたのだろう。ただ、アメリアが斧の存在をあえて知らせるのは、想定していなかったに違いない。

衝立の向こうで、ヴァルテンベルク伯爵がふらつきながら、立ち上がる。壁に映る影で動きがわかった。彼は何かを拾っている。どうやら斧を手にしたらしい。彼はそのまま、床を軋ませながら壁に近づく――布の落ちる音がした。

キャンバスに描いたのは、雪景色だ。葉を落とした細枝の木々と、堅く凍りついた池に雪が積もっている。池の岸崩れを防止するために、木の杭が連続的に打ち込まれ、その上には羽を休める小鳥がいた。青灰色の羽と白色の腹のルリガラだ。夜明けの、黄色味がかった朝陽が差し、雪景色であるのに、冷たさよりもぬくもりを感じた瞬間を、描いた。

彼が、息を呑んだのがわかる。そして――床に、斧が落ちた。

聞こえたのは、絶叫にも似た泣き声だ。伯爵――ルートヴィヒが膝をつき、絵を抱き締めながら、涙を流している。喚き声も罵倒も聞こえない。彼はまるで子供のように、ただただ泣いていた。

アメリアは外套のフードを深く被って、椅子から立ち上がる。床を軋ませながら進み、彼女の背よりも高い衝立の横を通り、山小屋の出入り口に向かう。エリックもあとに続いた。細く白い手が、ドアに手をかけた時――

「……ただ……伝えたくて……」

背中に、伯爵の声を聞く。

「真っ暗な……絶望から、救って、もらった……ただ、感謝を……伝えたくて、捜した……ようやく、見つけて……それなのに……なんで、女なんだ……」

アメリアは自分に声をかけられたのかと思ったが、そうではないらしい。ルートヴィヒは己自身へ語りかけるように、ぽつぽつと、言葉を漏らしている。彼は返事なんて求めていない。ドアにかけていた手に、力を込める。

「っ、なんで……どうして……女だとわかってもなお、こんなにも、美しいんだ……!!」

彼女はそのまま、振り返ることなく、山小屋を出た――

終章

山小屋を出たアメリアは、正面から歩いてくる人物——オリオンの姿を視界に捉えると、翡翠色の目を大きく見開く。気づけば地面を蹴っていた。慌てて彼の元へと駆け寄って行く。

「オリオン様、それは、どうなさったのです……!?」

アメリアは外套のフードを取って視界を広くすると、オリオンを上から下、下から上へと忙しく見た。彼女の顔色はどんどん青くなっていく。無理もない話だ。オリオンの外套は、前の合わせの部分が横一線に切り裂かれていた。どこかに引っかけて破れたのではないと、素人目にもわかる。刃物が用いられたことが明白な、あまりにも綺麗すぎる切り口だった。

眉を下げたオリオンが、頬を指で掻く。どことなくバツの悪そうな顔をしていた。

「これはだな、その……少々、若人の相手をしてやったのだ。どうしても一戦交えたいと、剣を抜いてきおってな……」

「お怪我はありませんか……?」

「うむ、案ずるな。被害は外套一枚だ。どこも負傷してはおらぬよ」

「本当に、大丈夫ですか?」

「心配をかけてすまぬな。だが、この通り無事だ」

オリオンが外套の前の合わせを広げた。切れた外套の下の服は無傷だ。見た限り血が滲んでいるところもなく、アメリアは安堵の息を漏らした。

「もしかして、伯爵の護衛とやり合ったのですか？」

後ろをついて来ていたエリックが問いかける。エリックの驚愕に染まった表情を見て、相手はかなりの実力者なのだと察した。ふたり分の視線を受けたオリオンが、是とばかりに肩を竦める。

「あの男と剣を交えて、よくご無事でしたね……被害が布一枚だなんて……」

「そうだのう……伯爵の護衛というだけのことはあって腕は良かった。並の者では相手にならぬだろう。だが戦闘の経験値が足りていない。これまでに己よりも強い相手と戦ってこなかったのだろうな」

「それで、あの男は──」

エリックが何かを言いかけて、ハッとしたようにアメリアを見る。

「いいえ、なんでもありません」

「エリック、早とちりするでない。殺めてはおらぬ」

「え……」

「アメリア嬢に血生臭い話を聞かせまいとする気遣いは妥当だが、私をなんだと思うておる。戦場ではないのだ。むやみに命を奪ったりするものか。軽く揉んでやっただけだ」

「そうでしたか……」

「もっとも、しばらくは剣を握れぬであろうが。骨を──いや、私の話はいいのだ。アメリア嬢、そちらの首尾はどうであった？」

アメリアは山小屋のほうに顔を向けた。中からルートヴィヒ・ヴァルテンベルク伯爵の声は聞こえてこない。彼は未だに絵を抱いたまま、涙を流しているのだろうか。

山小屋から視線を外して、オリオンへと向き直る。彼のやわらかな視線を一身に浴びて、アメリアは肩の力が抜けていくのを感じた。衝立越しとはいえ、男性に怒鳴られるのも、恫喝《どうかつ》されるのも、傍で泣かれるのも、全て初めての経験だった。無意識のうちに緊張していたらしい。

彼女は小さく息を吐き、口を開いた。

「この件は、もう大丈夫だと思います」

時間が経った時、冷静になった伯爵が何を思うのか。それは彼女にわかることではない。けれど少なくとも、ヴァルテンベルク伯爵は『ルーカス・アストライオス』の正体が女だと知った上でもなお、美しいと、肯定の言葉を紡いでいた。

きっと、それが全てだ。

オリオンが目を細め、口角をゆるりと持ち上げる。

「そうか。ならば良かった」

「ラファエルさんも解放されたそうです。早く迎えに行かないと……」

解放し、見張りもつけていないと、伯爵が言っていた。思い出してオリオンに伝えれば、エリックが自分が行くと手を上げた。王都に同行していた彼は、ラファエルが身を寄せる場所に心当たりがあるらしい。オリオンが許可すると、エリックは足早に相棒の飛竜が待つほうへ行ってしまった。

「エリックも思うところがあったのかもしれぬ。あやつ自ら企み、望んだとはいえ、敵の手中に置き去りにしてしまったのだからな」

「危険な場所に行かせてしまって……いえ、それだけではなくて、ラファエルさんに謝ることがたくさんあります。オリオン様にも、いろいろと心配をおかけして、申しわけございませんでした……」

アメリアが謝る。オリオンはふっと笑って、首を振った。

「――こと、そなたの絵に関して、私がしてやれることは少ない。もしかすると、少ないどころか何もないのやもしれぬ……ラファエルのほうが余程『ルーカス・アストライオス』のために骨を折り、多くのものを与えられるのであろう」

そう言う彼は笑みを浮かべているけれど、喜びも嬉しさも、楽しさも、感じているわけではなさそうだ。どこか切なげな表情にも見えて、アメリアは小さく首を傾げた。

「オリオン様……？」

彼の大きな手が伸びてくる。節くれだった太い指が、彼女の冷えた頬を撫でた。二度、三度とこすられて、くすぐったさに身をよじる。

す、と指が離れた。オリオンが何故そんなことをしたのかわからない。彼女は、自分に向けられる彼の真っ直ぐな眼差しに、目をまたたかせた。

「謝罪など、してくれるな。何もしてはやれぬが、心配くらいはさせてくれ」

その言葉は懇願にも似た響きを孕んでいた。アメリアはオリオンの言葉を――

「そんなこと、ありません」

――即座に否定する。

「伯爵と話している時、オリオン様の言葉を思い出していました。覚えておられますか？　性別を理由に価値を見誤ることも、評価を変えることも、決してしない。わたしの絵は素晴らしいものだと……あなたはおっしゃってくださいました」

「ああ。今でもそう思うておる」

「伯爵は『ルーカス・アストライオス』が女であるなら、絵の価値はないと言いました。おそらく世間の反応もそうなのだろうと考えて……わたし、それでもいいって、思ったんです。顔の見えない誰かに何を言われても、わたしには、真正面から素晴らしいって言ってくれる人がいるんだからって」

彼女は手を伸ばし、離れてしまったオリオンの指に触れる。自分のものとは全然違う、硬い指を掴み、ぎゅっと握った。

「ラファエルさんは『ルーカス・アストライオス』のために動いてくれました。でも、わたしの……アメリア・ローズハートの傍にいてくださったのは、オリオン様です」

彼の姿を翡翠色の目に映しながら、彼女は言葉を紡いだ。

自分の真正面に立って、こんなにも向き合ってくれたのは、オリオンが初めてだった。

これまでのアメリアにとって、一番近くにいた人間は、ラファエルだ。

彼は『ルーカス・アストライオス』を後ろから見守り、時に背中を押してくれた。彼自身が前を行くこともある。場を整え、しっかりお膳立てをして『ルーカス・アストライオス』を導いてくれた。新進気鋭の風景画家を作り出したのは、間違いなく、ラファエルだ。

しかし今『ルーカス・アストライオス』――否、アメリア・ローズハートの一番近くにいる人間は、オリオン・ホワイトディアだった。

「わたしみたいな、欠陥だらけの人間に寄り添って、向き合ってくださるのは――」

「アメリア嬢」

握っていた指を、握り返される。オリオンを見上げたまま、アメリアは動けなくなった。こちらを見据えるオリオンの紅玉が、あまりに真剣だったからだ。

「アメリア嬢、己自身を、そのように言うでない」

「でも、わたしは……人間に興味が持てない人間なんです。人間嫌いの伯爵より余程、たちが悪いでしょう？」

だから山小屋では伯爵の慟哭を、絶望を、怒りを、真の意味では理解できなかった。人間への嫌悪を問われても、それ以前の話なのだ。

「興味がないのは、好き嫌い以前の問題です。誰だって、そんな、自分に興味のない人間とは一緒にいたくないですよね。そんな人間は人の輪の中には入れない……でもそれは、生き物として致命的な欠陥らしくて――」

「誰に言われた」

「え……」

紅玉の瞳が憤怒《ふんぬ》を孕んでいる。

「誰がそなたをそのように蔑んだ？　暴論を唱え、心得違いの言葉を植えつけた？」

「心得違い？」

「ああ、そうとも。人間は孤独な生き物だが、同時に、決してひとりでは生きていけぬ生き物でもある。他人への興味があるなしにかかわらず、必ず誰かの手を借り、誰かを傷つけ、誰かに想われ、死んでいくのが人間だ」

「えっと……あの、それは、どういう……？」

アメリアは翡翠色の目をまたたかせた。

矛盾しているような気もするし、妙な説得力があるような気もする。理解が及ばず混乱していると、次第に彼の瞳の怒気が消えていくのがわかった。

「今はわからずともよい。歳を重ねて、初めて理解できることもある」

「そういうもの、なのですか？」

「うむ、そういうものだ。それにのう……そなたが人間に興味がなく、人の輪の中に入れぬと言うのであれば、私が手を引いてつれて行こう。アメリア嬢のエスコートは、婚約者である私の権利だからな」

冗談めかしたように、けれど、紅玉の瞳に強い光を宿しながら、オリオンが言う。

人の輪の中に入りたい、と――

「いつか、そう思う日が来るのでしょうか？」

「さてなあ。それぱっかりはその時になってみなければわからぬ。そなたは来てほしいか？　そのような日が」

「……どうなのでしょう。わかりません……」

「よいよい。それが普通だ。先のことなど誰にもわからぬ。私とて、まさか六十を過ぎて伴侶を得ることになるとは思ってもいなかった……人生など、そういうものだ」

伴侶、と口の中でその言葉を転がした。

春になったら、そうなる。

三か月と少し前。名ばかりの夫婦になるだろうと思いながらこの地を発って、北の辺境伯領へ向かい——オリオンと出会った。婚約者。伴侶。夫婦——関係性を示すその言葉のどれにも実感が湧かず、どこか宙に浮いているようだった。

しかし今、繋いだままの指先から広がる熱と共に、浮いていた言葉たちに実が伴っていく。理性的な頭の中でも、欲望が渦巻く腹の底でもない。胸の奥が、ざわつく。オリオンという人間に触れる度、おそらく、心という部分が、揺らぐのだ。

（どうして、かしら）

その問いへの答えは、まだ彼女の中にはなかった——

その後——
アメリアはオリオンに抱えられる体勢でクィーンに乗り、ホワイトディア辺境伯領へと戻った。

数日遅れて、ラファエルをつれたエリックが帰ってくる。頬に青痣《あおあざ》を作ったラファエルの姿にアメリアは驚愕し「無茶はしないで」と詰め寄った。ラファエルは「わかりました」と答えていたが、同じようなことが起きれば、彼はまた自身を囮《おとり》にするのだろう。

新聞に掲載された『ルーカス・アストライオス』の手記は、取り下げられていない。しかしあの日以降、再び紙面を飾ることはなかった――

二月の半ばを過ぎ、北の大地の寒さは厳しさを増してきた。

その日も、アメリアはキャンバスに筆を走らせていた。バラリオス城内にある竜舎の前で、美しい白の女王の姿を描いていく。アメリアのことが気になるのか、こちらを見てくる飛竜や、後ろを歩き回る飛竜もいた。しかし集中しているアメリアは、周囲の様子など気にも留めず、一心不乱にクィーンと向き合う。

（……あ……）

不意に、彼女の集中が途切れた。

女王が動いたからだ。白銀の鱗に覆われた太く立派な尾を、彼女はバシンと地面に打ちつけた。横たえていた身体を起こし、翼を一度羽ばたかせる。彼女の金色の目の先を追えば、こちらへ歩いてくる彼の姿があった。

「ああ、すまぬ。邪魔をしてしまったか」

「いえ……」

彼女が絵を描く最中にオリオンが来るのは珍しい。アメリアは不思議そうに首を傾げた。

「オリオン様、どうなさったのですか？」

「そろそろ身体を温める時間だと聞いてな。リサに役目を譲ってもらったのだが……気が急いて早くついてしまった。そなたに渡したい物があってのう」

「渡したい物ですか？」

「うむ。これを――」

そう言ってオリオンが差し出したのは、短剣――金の鞘《さや》に入ったダガーだ。金の装飾が施された鞘には、オリオンの目と同じ色の紅玉がはめ込まれている。アメリアの手にも収まるサイズだ。受け取って、おそるおそる抜いてみる。精巧な造りの鞘とは裏腹に、武骨で、切れ味が鋭そうな刃が出てきた。

アメリアは細心の注意を払ってダガーを鞘にしまい、オリオンの顔を見る。いつになく、彼は真剣な顔をしていた。

「何故、わたしに短剣を……？」

「知っての通り、ホワイトディア辺境伯領は常に戦地だ。平和そうに見えても、前線では今もなお戦う同胞たちがいる。戦いは終わっておらぬのだ」

彼の言葉に、アメリアは頷く。

オリオンは続けた。

多くの犠牲の上で、最北の前線以外の地では血を流すことがなくなった。人はどれほど悲惨な出来事を経験しても、時間が経てば記憶が薄れていく生き物だ。それは人間が生きていくための、自己防衛の本能で、致し方のないことだ、と。

「致し方なくとも、忘れてはならぬ。ゆえに風化させぬため、北の地では、今でも戦時中の習わしを続けておる。花嫁に指輪ではなく、短剣を贈るのだ」

「それは……」

アメリアは少し考えて、口を開く。

「敵に穢されそうになったら、自ら命を断てと……？」

「いや、そうではない。これは己の命を断つための剣ではなく、敵を葬る武器としての剣だ。いざという時、己が身、大切なもの、あるいは大切な誰かを守るために、人は戦わねばならんからな」

アメリアは手中の剣を見つめた。装飾のある鞘に比べて武骨な刃は、実用性を重視した造りなのだろう。敵に向ける武器。手の中の短剣が、重さを増した気がした。

「だが、剣を贈るのは、あくまで北の風習だ。これも用意している」

オリオンが懐から取り出したのは、小さな箱だ。彼の大きな手の中にあると、随分と小さく見える。オリオンが箱を開けると、真っ赤な宝石が品良く鎮座する指輪が入っていた。

手中の短剣と、箱の中の指輪、オリオンの顔を順に見る。彼は、どちらを選んでもかまわないとでも言うような顔をしていた。

いつかの日も、オリオンはアメリアに選択肢を提示し、彼女は選んだ。

その日のことを、ちゃんと覚えている。

「わたしは、あの日、逃げないと決めました。気持ちは、変わっていません。だから……短剣を、いただいても、よろしいですか？」

「ああ、もちろんだとも」

彼女は短剣を鞘ごと胸に抱いた。

ふと、オリオンが小さく笑みをこぼす。口元は緩やかに弧を描き、目尻に皺が寄っていた。

「だがのう、指輪はアメリア嬢の指に合わせて用意してしまったのだ。良ければ、これも受け取ってはくれまいか？」

「両方、くださるのですか？」

「うむ。そなたに受け取ってもらえるのであれば、幸甚《こうじん》の至りだ」

「……ありがとう、ございます。大切にしますね」

指輪が入った箱も受け取る。不思議と、短剣と同じくらい重く感じた。けれど、どちらの重さも不快ではない。放り出そうとは微塵も思わなかった。

「さて……では、そろそろ参ろうか」

「……え？」

「身体を温めなければならない時間であろう？　温室に茶と軽食を用意した。ハッロングロットルはお好みかな？」

「あ、はい……」

ハッロングロットルは、バタークッキーの生地の中心を窪ませ、その穴にラズベリーのジャムを入れて焼いた菓子だ。

「ラズベリーのジャムとコケモモのジャムの二種類を用意した。調子にのって数を焼きすぎてしまってのう。たくさん食べてくれ」

「たくさん……がんばります。キャンバスを片づけるので少し、時間をいただいてもいいですか？」

「慌てずともよい。ゆっくりなさい」

アメリアはキャンバスや絵の具などを、まとめていく。オリオンはクィーンの元へ行くと、顔を撫でながら話しかけていた。

冷たい冬の風が吹く。

風の中から、声が、聞こえた。

ここにあんたの居場所なんてないのよ、と――

『世界のどこにだってないでしょうね。だって、あんたは人間に興味ないんだから。誰も、自分に興味がない人となんて、一緒にいたくないわ。わかる？　人間はひとりじゃ生きていけないから、他の人間のことが気になるようにできてるの。そういう生き物なの。だから、他人に興味も感情も向けないあんたは、欠陥品よ』

言葉に続いて、異母妹の高笑いが響き――消える。

強く吹いた風は、すぐにやんだ。木々の揺れる音が鎮まっていくのを聞きながら、彼女は乱れて目にかかった前髪を整え、動きを止めた。

（あ……）

顔を上げた視界の先に、美しい白の竜と、大きな雪兎がいる。降り積もった雪に紛れてしまいそうな色合いなのに、アメリアの目には、ひとりと一匹の姿がはっきり映っていた。降り注ぐやわらかな日差しを浴びて輝く、活き活きとした、命だ。

見つめていると、紅玉の瞳がこちらを向く。彼は耳に心地よい低い声を響かせて、彼女の名前を呼んだ。

ずっと、居場所というものを探していた。この地に足を運んで三か月と少し。ここがそうなのかは、まだわからない。わからない、けれど――

(いつか――)

また強く、風が吹いた。白銀の雪が勢いよく舞い上がり、陽光を反射させて煌めく。

冬の晴れ間の空は美しく、輝いていた。アメリアの翡翠色の目が、その光景を切り取った。

あの日の少女の声を、雄大な北の大地に吹いた雪風が、つれていく――

この作品に対する皆様のご意見・ご感想をお待ちしております。
おハガキ・お手紙は以下の宛先にお送りください。

【宛先】
〒150-6019 東京都渋谷区恵比寿 4-20-3 恵比寿ｶﾞｰﾃﾞﾝﾌﾟﾚｲｽﾀﾜｰ 19F
（株）アルファポリス　書籍感想係

メールフォームでのご意見・ご感想は右のＱＲコードから、
あるいは以下のワードで検索をかけてください。

アルファポリス　書籍の感想　検索

ご感想はこちらから

本書は、「アルファポリス」（https://www.alphapolis.co.jp/）に掲載されていたものを、
改題、改稿、加筆のうえ、書籍化したものです。

絵描《えか》き令嬢《れいじょう》は元辺境伯《もとへんきょうはく》の愛《あい》に包《つつ》まれスローライフを謳歌《おうか》する

光延ミトジ（みつのぶ みとじ）

2024年 11月 5日初版発行

編集－桐田千帆・大木 瞳
編集長－倉持真理
発行者－梶本雄介
発行所－株式会社アルファポリス
〒150-6019 東京都渋谷区恵比寿4-20-3 恵比寿ｶﾞｰﾃﾞﾝﾌﾟﾚｲｽﾀﾜｰ19F
TEL 03-6277-1601（営業） 03-6277-1602（編集）
URL https://www.alphapolis.co.jp/
発売元－株式会社星雲社（共同出版社・流通責任出版社）
〒112-0005 東京都文京区水道1-3-30
TEL 03-3868-3275
装丁・本文イラスト－亥助
装丁デザイン－AFTERGLOW
（レーベルフォーマットデザイン－ansyyqdesign）
印刷－中央精版印刷株式会社

価格はカバーに表示されてあります。
落丁乱丁の場合はアルファポリスまでご連絡ください。
送料は小社負担でお取り替えします。

ISBN978-4-434-34705-4 C0093